U0542684

1990年代以来汉语新诗的抒情主体研究

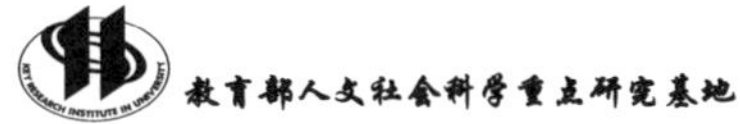

南京大学中国新文学研究中心

Center for Research of Chinese New Literature of Nanjing University

教育部人文社会科学
重点研究基地
南京大学中国新文学
研究中心学术文库

主　　编　丁　帆
执行主编　王彬彬
　　　　　张光芒

李倩冉　著

南京大学出版社

目　录

绪　论

本书聚焦于文本内部的研究，所要探讨的核心问题是：在1990年代至今的汉语新诗中，抒情主体有怎样的新变？它通过不同的诗歌技艺与诗中其他元素形成了怎样的关系？这种关系又对诗歌的审美质地产生了怎样的影响？

然而，什么是抒情主体，为何研究抒情主体，为何选取1990年代以来的汉语新诗作为考察对象？本书将在绪论中首先回答后几个问题。

一、问题的提出："抒情主体"研究

诗歌中的"抒情主体"，部分地类似于小说叙事学里的"隐含作者"，但又有不同。在小说叙事学领域，"隐含作者"(implied author)是韦恩·布斯在《小说修辞学》中提出的概念，指作家在写作某一部作品过程中创造出来的一个替身，或曰"第二自我"，不同的作品可以有不同的"第二自我"。而这一"隐含作者"，在叙述中的位置介于作者的真身与叙事人之间，它的形象是"由作品的全部形式表达出来"的，"是他自己选择的东西的总和"，[①]亦即，可以通过文本中的叙述来归纳、推断出"隐含作者"的人格。[②]

① [美]韦恩·布斯：《小说修辞学》，华明、胡晓苏、周宪译，北京联合出版公司2017年版，第69页。

② 赵毅衡：《当说者被说的时候：比较叙述学导论》，四川文艺出版社2013年版，第15页。

而"抒情诗"与小说等叙述文体存在着差异。在西方文学传统中,"抒情诗"与史诗(叙述)、戏剧的区别主要在于"全部第一人称叙述"[①],指"单个抒情人的话语构成的任何短小的诗歌",表达"单个抒情人"的"思想状态或领悟、思考和感知的过程"。[②] 在十八至十九世纪浪漫主义思潮中,抒情诗一跃成为诗歌类的精粹,而"抒情诗般的"则可用来指"叙事诗中富于表现力的"[③]段落。比对中国文学,陈世骧曾在将中国古典文学纳入比较文学的视野中时,认为《楚辞》符合乔伊斯对当代抒情诗的定义:"艺术家以与自我直接关涉的方式呈示意象",并将"歌——或曰言辞乐章(word-music)所具备的形式结构",和"在内容上或意向上表现出来的主体性和自抒胸臆(self-expression)",作为"抒情诗的两大基本要素",以此建构了中国古典文学的"抒情传统"。[④] 可以说,相比于叙述类的文体,"抒情诗"的特征在于"单个声音"、"第一人称",乃至"自我关涉",这也就决定了抒情诗中基本不存在角色的分立,除了"发声者"(speaking voice)以外的元素,基本是以客体的方式被纳入作品中的。"抒情主体"与诗歌中其他元素之间,是一种主客体关系。所以,相比于小说中"隐含作者"、"叙事人"、"人物"等不同层级个体之间的分别,抒情诗中几乎不存在"人物","叙事人"基本等同于抒情诗中的"发声者",这一声音大部分时候与抒情主体贴合,但当发声者被角色化的时候,"抒情主体"则有别于"发声者",成为类似于"隐含作者"之于"叙事人"的更为后撤的概念。

卡梅隆(Sharon Cameron)在《抒情诗时代》(*Lyric Time*)一书中对抒情诗与叙事、戏剧之间区别的分析也印证了这一点:"不同于戏剧的兴趣在于冲突,也不同于小说或叙事文体串连起孤立的时间片断,来编织一个包含了多种人

---

① "文学类型"词条,[美]艾布拉姆斯:《文学术语词典》(第7版,中英对照),吴松江等编译,北京大学出版社2009年版,第217页。

② "抒情诗"词条,[美]艾布拉姆斯:《文学术语词典》,同上,第293页。

③ "抒情诗"词条,[美]艾布拉姆斯:《文学术语词典》,同上,第295页。

④ 陈世骧:《论中国抒情传统》,陈国球、王德威编《抒情之现代性》,生活·读书·新知三联书店2014年版,第46—47页。

物且以社会语境为框架的故事,抒情诗的声音是孤独的,且通常在一个特定的瞬间言说……当其他模仿形式将冲突明显地外化,并分配给不同的角色,让这些角色在极富张力的对立观点中实现它们,(抒情诗)则倾向于将冲突内化成含混的或明晰的矛盾。"[①]其中,"内化"一词确立了抒情诗中"主体"的角色与功能:它是现实经验进入文本时的转化者,也是文本内部各种元素调配的中枢。"抒情主体"因而成为抒情诗的核心要素之一。

正是因为抒情主体在抒情诗中起到如此重要的作用,所以对抒情主体的研究,可以为诗歌中一系列问题的发现和探讨提供一个新的角度。本书在这一向度上进行开掘,聚焦于文本内部的审美空间,将"抒情主体"作为考察对象,而主体用以调配诗中各种元素的"诗歌技艺"则是本书切入抒情主体的角度:一方面,从诗中的抒情声音、语调,可以反推得到一个抒情主体的形象;另一方面,考察抒情主体与诗中其他元素形成怎样的关系,以及构建这些关系使用了怎样的诗歌技法,可以看到仅从孤立的意象、主题或修辞分析无法获得的诗歌内部的动力机制和组织原则。这一想法基于这样的信念:在抒情诗中,"诗歌技艺"并不会单独存在或成立,它们必定与诗中的抒情主体对修辞、知识、世界的种种态度相关,用什么样的意象、纳入怎样的场景、多大程度上炫示修辞的技法、在诗歌文本中如何让现实生活的世界得以进入……均或多或少地包含了主体的选择。哪怕是超现实主义的"自动写作",也仍然包含着主体对语言的态度。诗人希尼(Seamus Heaney)曾对"工艺"(craft)与"技术"(technique)做过区分,认为前者是"可以从其他诗歌那里学到"的一种"制作的技能",后者则"不仅包含诗人处理文字的方式,他对格律、节奏和文字肌理的

---

① Sharon Cameron, *Lyric Time: Dickinson and the Limits of Genre*, London: Johns Hopkins University Press, 1979, p.23. 转引自 Marjorie Perloff, "Pound/Stevens: Whose Era?" *The Dance of the Intellect: Studies in the Poetry of the Pound Tradition*, Evanston, Ill.: Northwestern University Press, 1996, p.15. 笔者自译。

把握,还包含定义他对生命的态度,定义他自己的现实”。[①] 在分析文本时,判断修辞在诗中是工艺还是技术,它们如何与主体形成联结,正需要通过对“抒情主体与诗歌技艺的关联”进行分析。而本书所使用的“诗歌技艺”一词,并不预先地在希尼的意义上对工艺还是技术作区分,它广泛地代指诗歌中小到意象、修辞,大到结构、虚实等各种手法,本书将在具体文本中对“技艺”与“主体”的联结方式展开分析。

从胡适受美国意象派的启发开始,现代汉语诗歌的发生和发展,就深受西方诗歌的影响。具体说来,这一影响的来源主要集中于十八世纪以来浪漫主义、象征主义、现代主义为主干的世界诗歌思潮。在这一时段内,随着抒情诗体式的发展,“抒情主体”也历经变化,其中较为重要的一次转变是十九世纪中期现代抒情主体的生成。在此前的浪漫主义思潮中,抒情诗的主体还大多是诗人的经验自我,但也因为经验自我的情感抒发而带来滥情的危机。到了波德莱尔(Charles Baudelaire),他受爱伦·坡的启发,区分了作为诗人的“经验个体”和诗歌中的“抒情主体”,提倡“幻想的感受能力”,而非“心灵的感受能力”,即“为了一种目光敏锐的幻想而离弃所有个人的感伤情调”,以便“表达出人类所有可能的意识状态”。因此,《恶之花》中的抒情主体,不再仅仅是波德莱尔的经验自我,而是幻化为“现代性的受苦者”,一种“清除了个人偶然性的现代主体”。[②] 这一“去个性化”(impersonnalité)的转变,催生了抒情诗中现代主体的生成。波德莱尔以降的现代诗歌,对汉语新诗,尤其是八十年代以来的部分,产生了尤为深刻的影响。

不过,随着二十世纪哲学领域的“语言学转向”,主体的消隐也在欧美诗歌中形成波澜。从马拉美的“绝对作品”,到超现实主义的“自动写作”,再到二十

① [爱尔兰]谢默斯·希尼:《把感觉带入文字》,《希尼三十年文选》,黄灿然译,浙江文艺出版社2018年版,第24—25页。

② [德]胡戈·弗里德里希:《现代诗歌的结构:19世纪中期至20世纪中期的抒情诗》,李双志译,译林出版社2010年版,第23—24页。

世纪美国诗歌中以庞德(Ezra Pound)为代表的"现代史诗"小传统:在《诗章》中,庞德罗列了历史上的诸多事件、典故、不同文字的引言,将它们并置在文本中,不加以个人意志的干预,让它们像历史事件在时间中一样,如其所是地存放在文本中,并由读者去勾连阐发意义。奥尔森(Charles Olson)、朱可夫斯基(Louis Zukofsky)、威廉·卡洛斯·威廉斯(William Carols Williams)的语言拼贴和长诗写作被认为属于这一脉络,他们与史蒂文斯所承袭的从济慈到叶芝的浪漫—象征主义传统形成隐在的对垒。但这种后现代的主体消隐,在汉语新诗中的受众并不广泛。

总的来说,在十八世纪以来欧美诗歌的光谱中,对汉语新诗影响最大的波段,集中在十八至十九世纪浪漫主义—象征主义诗歌,还包括二十世纪美国诗歌中被指认为偏向于浪漫主义的史蒂文斯一脉。而汉语新诗中抒情主体的形态,也与浪漫主义—象征主义的抒情主体形态最为贴合:通过想象对自我、存在、精神世界等进行的思考,会形成一个明确的主体态度,并以有机的文本形式和明晰的声音表现出来。

对百年来汉语新诗抒情主体的形态加以辨析可以发现,抒情主体一个明显的变化发生在八十年代后期到九十年代初。从新诗发生之初到朦胧诗,除了 1940 年代的部分诗作,抒情主体在大多数时候都居于中心位置,形成对意象的绝对控制,诗中的意象大多是装饰性的、附着的,尚未获得自己的生命。到了八十年代朦胧诗之后的先锋诗歌中,意象获得了生长,在诗中形成了一定的连续性和延展性,而主体仍是以歌唱性的单一音调为主,属于浪漫主义式的"主体大于世界"的模式。这一形态一定程度上和八十年代诗歌热相关,学者奚密曾对八九十年代先锋诗中的"诗歌崇拜"现象及诗人形象系谱做过详尽的分析。① 八十年代末到九十年代初,一方面是历史语境突然发生转变,政治性创伤加上经济转向,共同作用于诗歌的急速边缘化,一些诗人发现之前英雄式

---

① 奚密:《当代中国的"诗歌崇拜"》,《从边缘出发:现代汉诗的另类传统》,广东人民出版社 2000 年版,第 205—254 页。

的抒情姿态已然太过虚幻、脆弱；另一方面是诗歌内部美学探索的日益深入，过去较为单一的抒情姿态已无法容纳更为复杂的经验，因此，抒情主体开启了对日常的注目、对外部世界的倾听和交谈。在这种抒情姿态的调整中，外部世界的物象不再只是承载主体情感的标尺，抒情主体与物象获得一种更为有机的联系，反讽、怀疑、叙述、对话等更多地被纳入，抒情主体与外部世界、与语言形成了更多元的观看、倾听、商榷的模式。本书将时间定在九十年代以来，正是基于这一转变之后抒情主体的复杂性，并依据文本中与抒情主体关联较为紧密的几个元素，从主体与物象、主体与语言、主体与现实世界三个角度对抒情主体展开分析。

二、研究对象与背景

本书将考察的时间段设定在九十年代至今，按字面定义是 1990 年至 2019 年这三十年的时间。不过，这一时间段的划分只是一个约略的历史时间。由于本书采取的是诗人个案研究的方式，每个诗人创作的转变、风格的发展，不可能随着历史时间而整齐划一，不仅心灵的变动体现在文本中会有先后之分，而且创作风格还带有更为隐秘的个人因素。所以上述时间的分界线在实际行文中并没有一个严格的时间点，仅仅表示本书的研究将置于八九十年代之交汉语新诗整体范式转变之后的范围内。

如果将 1978 年《今天》的诞生视为当代汉语先锋诗歌的一个重要起点，那么，在 1978 年至今的四十多年中，八十年代与后面的三十年相比稍有不同。从诗歌场域的情况来看，八十年代诗歌更具一种“运动”的性质，各种流派、主义纷纷被提出，呈山头林立之势，但作品仍是实验色彩较浓，成熟之作较少。从九十年代往后，成熟的作品逐渐增多，诗歌主张的效力慢慢让位于作品自身的分量。而从抒情主体的语调来看，八十年代的诗歌大多是歌唱性的，诗句多由短语组成，而九十年代以来，主谓宾完整的陈述语句增加，抒情主体开始调用更繁复的语言策略，这一抒情范式的转变也一定程度上塑成了当下汉语诗歌的写作和阅读习惯。由于本书以审美分析为旨归，因此，将考察时间段设定在九十年代以来，也有基于作品成熟度的考量。

谈及九十年代以来的诗歌，一个不容忽视的背景是自九十年代开始一度非常显赫的“九十年代诗歌”命题，以及对这一命题的重审。诗人、学者胡续冬曾对“九十年代诗歌”这一命题所经历的三个主要阶段做过清晰的梳理：九十年代前期，这一概念由一些八十年代即已成名并对写作进程较为敏感的诗人、批评家提出，在《现代汉诗》、《南方诗志》、《九十年代》以及海外复刊的《今天》上频频出现，代表性的文章有欧阳江河《89 后国内诗歌写作——本土气质、中年特征与知识分子身份》、王家新《回答四十个问题》、臧棣《后朦胧：作为一种写作的诗歌》等。九十年代后期，一些学者在研究文章中开始使用“九十年代诗歌”的概念，并以一系列子概念（包括“及物性”、“知识分子写作”、“中年写作”、“个人写作”、“叙事性”等）来厘定“九十年代诗歌”的具体内涵，让它不仅是一个时间概念，也包含着诗学倾向性；同时，《山花》、《诗探索》等刊物，改革出版社、文化艺术出版社、湖南文艺出版社等出版机构，以及学术机构，纷纷组织关于“九十年代诗歌”的专栏、诗集出版、研讨会等。到了 1999 年之后，“九十年代诗歌”经过长时间的“自我叙述”，这一概念所指称的诗人获得了话语权的优势，即后来被指认为“知识分子写作”的一批诗人，同时，对这一概念的质疑也在群体内部和对立的“民间写作”阵营出现，后者甚至形成了“盘峰论争”等诗歌事件。[①]

“九十年代诗歌”及其子概念，一定程度上为新世纪以来数十年的诗歌研究提供了一些阐释模型，但这些模型逐渐显出陈腐和无力的一面，变成诗学话语的惰性生产。第一如姜涛所言，叙事性、及物性、本土化等概念在提出之时多有诗人自我阐述的权宜色彩，[②]故标准含混，难以界定。而当下的许多研究

① 胡旭东（笔名胡续冬）：《“九十年代诗歌”研究》，北京大学 2002 年博士论文。

② 姜涛：《叙述中的当代诗歌》，《诗探索》1998 年第 2 期。

逡巡于这些子概念的反复辨析，并不触及真问题。第二，站在现在的角度重新审视集束在“九十年代诗歌”共名之下的创作，很多作品呈现出题材的近似、写作模式的类同，一些原则性的话语（比如对公共生活的关注等）也无法涵盖诗歌创作的艺术多样性。第三，“九十年代诗歌”作为一种创作范式和话语预流，其概念下的诗人受惠于这一象征资本，在较长时段内名声显赫，但九十年代以来许多创作同样出色但并未参与这些话语建构的优秀诗人被排除在外。因此，本书的讨论，建立在对“九十年代诗歌”这一主导性话语的重审与反思的基础上。一方面，本书分析抒情主体与诗歌技艺关系的三个角度——物象、语言、现实世界，试图以打破九十年代论述框架的方式，重新审视和回应“及物性”、“知识分子写作”、“叙事”等命题；另一方面，本书选取的分析对象，在上述三个角度中择取代表性的基础上，也偏重于被九十年代诗歌话语所遗漏的优秀诗人。

2000年后，当代汉语诗歌的场域较之九十年代又有了一些变化。首先，互联网的普及带来了诗歌论坛的兴盛，在民刊时代形成的基于地域分野的诗歌团体渐趋淡化，跨区域的诗歌交流逐渐增加。网络博客、微博、自媒体的兴起也为诗歌发表提供了更多元的渠道。其次，主流诗歌和民间诗歌的界限不再如八九十年代那么分明。一方面，许多从民刊起家的诗人进入官办诗歌刊物做编辑，官办诗歌刊物的审美有了较大改观，可以容纳较多的先锋诗歌，而民刊则转向网络、以书代刊等形式；另一方面，官方秩序也通过文学奖、工作职位等方式对诗人进行收编，西川、于坚获“鲁迅文学奖”[①]成为常被人提起的标志。第三，九十年代以后成名的诗人，不再热衷于将自身审美范式的确立建筑在推翻前一代诗人的基础上，而是在一个逐渐成型的体系中寻找自己的位置。一些概念如“江南诗歌”、“草根诗学”等虽不断被提出，但并不冲击当代汉语诗歌的整体格局，而只是做局部的策略性闪现。第四，在更年轻的诗人身上，对语

---

① 柯雷(Maghiel V. Crevel)：《中国民间诗刊：一篇文章和一份编目》，李倩冉译，《两岸诗》第4期(2019年6月)，第187—209页。

言本体的兴趣和基于学院知识话语生产的诗歌写作渐成风尚。总的来说，在二十一世纪以来的诗歌场域中，诗歌作为一种“运动”的效应相对减少，在趋于扁平化、去除了地域区隔的空间里，诗歌写作受到的外部影响相对减弱，而更多有赖于诗人个体的学养、语言观念与精神探索。

在上述背景之下，本书对具体研究对象的选择，还兼顾了以下几个方面：第一，以上述历史语境为前提，本书的研究对象局限在大陆地区。港台及海外华语诗歌暂不在本书的考察范围。第二，本书选取的诗人年龄段集中在50—70岁之间，即出生于1950—1969年之间，俗称“50后”、“60后”诗人。因为本书所采取的个案研究方式，需要建立在诗人整体风格的基础上，更为年轻的诗人风格尚在形成之中，不太适合做个案式的考察。而一些1970年代早期出生的诗人，虽然与1960年代末期出生的诗人差别有限，但由于篇幅和研究时间的限制，无法一一展开，有待后续的研究进行补充。第三，从代表性和美学成就来说，本书选取的研究对象基于先锋诗歌的“民刊”传统，除个别作为对照的例子，大多保持着创作的独立性至今，较少或几乎没有应制之作；同时，本书研究对象的取舍，基于这些诗人从九十年代至今作品的整体水平，尤其是在今天的角度看，其创作仍然可以成立、美学成就较高的诗人，有一些在八九十年代较为突出，但写作并没有能够延续下去的诗人，不在本书的考察范围。当然，此处美学标准的确立，无可避免地体现着笔者自身的审美判断。

三、研究现状

“抒情主体”虽为抒情诗中的核心元素，但由于它是一个需要通过对诗人声音(speaking voice)和语调(tone)进行分析、想象和还原的形象，并不能从文本字面直接获得，具有一定的难度，因而尚未被很多人研究。

在汉语新诗领域，较早明确提出“抒情主体”并对它在现代诗歌中的位置进行过准确定义的，是诗人张枣对鲁迅《野草》的研究。在《秋夜的忧郁》一文开篇，张枣即对鲁迅《野草》中的主体进行指认："鲁迅的《野草》从头到尾设计了一个主体，一个'我'，我们不妨把这个主体称作'抒情主体'(lyrical subject)或者'抒情我'(lyrical I)。"同时，他提到了"发声与抒情主体"的关系，以及现代诗学领域中"虚构主体"与"经验主体"的区别："诗人采用什么声音说话，并非命定，也不一定系于性情，而是一种选择，一种营造。……如果说声音是一种营造，是摆出(assume)了一种发声的姿态，那就等于是创造或虚构了一个发声者。……虚构声音者，也就很自然地虚构了一个自我，因而，文本中的那个抒情我，与日常我或'经验我'(empirical I)是不同的……"[①]根据后文中的线索，张枣对抒情主体的认知，很可能来自德国的文学研究成果，他提到胡戈·弗里德里希(Hugo Friedrich)和迈克·汉博格(Michael Hamburger)曾将现代主体称为"消极主体"(negative subject)。

在近年来的学术论文中，明确将"抒情主体"作为一个题目研究的还有傅元峰、谭君强、娄燕京等，他们的研究各有偏重。在2011年的一篇论文中，傅元峰以杨键、蓝蓝、潘维三位诗人为例，探讨了"当代汉诗抒情主体在诗美整饬中的作用"："抒情主体在诗歌中的言说姿态与它自我形象的塑造策略及最终效果本身就具有美学价值，而抒情主体的美学价值更重要地体现在他/她(们)对作为其对象的诗歌客体的控制过程中，这些价值体现的差异性决定了诗歌经典性的强弱分层……"[②]作者在文章开头简要论及了抒情主体在诗歌分析中的不同层面，并进行了哲学上的追溯。不过，这篇文章中的思路尚显驳杂，直到2016年的另一篇文章中，作者对抒情主体的界定才更为简练明晰："'抒情主体'，指在诗中以显性或隐性方式控制表情达意过程的主体存在，是诗人在诗中的心灵投影或角色化，是影响诗歌构形的内在因素。抒情主体概念的生

---

① 张枣：《秋夜的忧郁》，《张枣随笔选》，人民文学出版社2012年版，第116—117页。

② 傅元峰：《论当代汉诗抒情主体在诗美整饬中的作用——以杨键、蓝蓝、潘维的诗作为例》，《扬子江评论》2011年第4期。

成得益于哲学和叙事学对诗歌批评的理论植入。”[①]本书对抒情主体的关注，曾一定程度上受到这几篇文章的启发。而谭君强《论叙事学视阈中抒情诗的抒情主体》、《抒情诗中抒情主体的时空存在》[②]等文章，也是一定程度上借用了叙事学的理论介入抒情诗的分析中，认为无论在叙事文本还是抒情文本中，均存在一个中介体，“透过这一中介将文本组织在一起，赋予文本以特定的形式与结构”，而“抒情诗中的抒情主体是一个具有自我自反性的主体”。[③] 谭君强这两篇文章集中在对理论本身的探讨。娄燕京在《“我”与“我们”的辩证法——论穆旦诗歌的人称结构与主体意识》中，区分了“穆旦诗歌人称变换”和“背后的主体意识”两个层面，文章的分析较为清晰，不过，该文中的“主体意识”更多指向社会与哲学层面——“主体与历史、现实的关系”，“主体在历史中的困惑”，[④]这一点与本书的角度稍有不同。

另有一些研究，尽管并未明确使用“抒情主体”一词，但行文中所涉的分析方法与本书的思路相似。比如，李琬在《“宅男”与“武将”——论姜涛的诗》一文中，用了“发声位置”一词：“姜涛诗歌的发声位置是难以捕捉的”，她区分了诗人的“书写位置”与“发声位置”，认为后者更偏向于文本内部的概念：“而发声位置，则暴露作者和他所写之物之间、作者和读者之间的相对关系和距离远近。”[⑤]李琬对“发声位置”的定义与分析，与本书对抒情主体与诗歌中其他元素关系的考察几乎是同等概念的不同表述。

同时，对“抒情主体”的理解和使用也存在较为含混的现象，其中最为典型的是将“抒情主体”简单理解为“人称”。比如颜同林、彭冠龙的《新世纪贵州诗歌抒情主体变迁探析》，在篇首即概括道：“新世纪贵州诗歌相对于十七年时期

---

① 傅元峰：《错失了的象征——论新诗抒情主体的审美选择》，《文学评论》2016 年第 1 期。

② 谭君强：《抒情诗中抒情主体的时空存在》，《中国文学研究》2019 年第 1 期。

③ 谭君强：《论叙事学视阈中抒情诗的抒情主体》，《云南师范大学学报》2016 年第 3 期。

④ 娄燕京：《“我”与“我们”的辩证法——论穆旦诗歌的人称结构与主体意识》，《中国文学研究》2019 年第 3 期。

⑤ 李琬：《“宅男”与“武将”——论姜涛的诗》，《翼女性诗刊》2019 年。

和新时期贵州诗歌的最大变化在于抒情主体由'我们'变为'我'。"[①]这里将"抒情主体"用作更政治化的个体与群体概念，而非审美分析概念；蔡玉辉在《卞之琳早期诗歌中抒情主体的泛化》[②]一文中，也将"抒情主体"等同于卞之琳诗歌中的"我"，并将人称的替换称之为"抒情主体的泛化"。尽管很难说这是一种误用，但将"抒情主体"简化为"人称"，无疑是窄化了"抒情主体"的概念范畴。

如果不专门以"抒情主体"为关键词，对于九十年代以来诗歌作品和诗人的研究，有一部分较为出色的研究成果对本书的写作构成启发：姜涛《巴枯宁的手》(北京大学出版社 2010 年版)、胡旭冬《"九十年代诗歌"研究》(北京大学 2002 年博士论文)、贾鉴《先锋诗歌的转折——从 1980 年代末到 1990 年代》(上海大学 2016 年博士论文)、冷霜《论 1990 年代的"诗人批评"》(收录于作者文集《分叉的想象》光明日报出版社 2016 年版)、颜炼军《象征的漂移：汉语新诗的诗意变形记》(广西师范大学出版社 2015 年版)等，还有一些并未结集的零散篇目，本书将在具体的诗人个案研究中述及。同时，一些诗人写的述评文章，如陈东东在《收获》杂志"明亮的星"专栏对同代诗人的论述，以及部分文章的结集版《我们时代的诗人》(东方出版中心 2017 年版)；张枣去世后诗人朋友们的纪念述评《亲爱的张枣》(江苏文艺出版社 2010 年初版)；凌越对一批诗人的访谈《与词的搏斗》(安徽教育出版社 2012 年版)；散见于《新诗评论》、《诗探索》、《诗建设》、《飞地》等较有影响的刊物中的诗人研究专题，均为当代汉语诗歌的研究积累了资料，为本书中具体的个案研究提供了启发。

不过，上述成果大多出自具有诗歌写作经验的作者之手，当代诗歌研究在狭义的"学院"之中，作为"现当代文学"学科里较为边缘、相对独立的一块领域，仍存在一些问题。一方面，在一些学者的研究中，外围的现象研究较多，真正有能力深入文本肌理的研究较少，他们对于诗学理论的建构，很多建立在剥

---

① 颜同林、彭冠龙：《新世纪贵州诗歌抒情主体变迁探析》，《贵州师范学院学报》2012 年第 2 期。

② 蔡玉辉：《卞之琳早期诗歌中抒情主体的泛化》，《安徽师范大学学报》2012 年第 5 期。

削、拆卸文本的基础之上，这或许并不有益于汉语新诗研究的推进。另一方面，上述文献中一些诗人对同行的评论，虽对于诗歌文本的理解深入、精湛，角度刁钻，但呈现为“印象式批评”，这些文章的目的不在于对当代诗歌整体面貌做出考察或建立诗学体系，而是写作者从自身诗歌趣味有感而发，行文也呈现为感性化、散文化的特征。正是这两种研究文章之间罅隙的存在，以及上文提到的“抒情主体”研究的空缺，成为本书研究得以展开的契机。

四、本书的方法与结构

本书聚焦于文本内部的审美分析，采用“新批评”式的文本细读方法，从文本中诗歌技法与抒情主体的关系去考察主体。同时，视具体的文本需要，借用叙事学、电影学等方面的术语，以求对诗歌做准确深入的分析。在结构和布局上，本书将九十年代至今的三十年作为一个整体，分别从主体与物象、主体与语言、主体与现实世界三个方面，在每个角度之下选取最有代表性的几位诗人进行个案研究。不过需要说明的是，被置于某一角度之下的诗人，其作品并非只体现这一类别的特征，尤其是越优秀的诗人会兼涉多个方面，本书在安排时，以这位诗人最为突出的特点，以及物象、语言和现实世界在其诗中所起的功能来定夺。比如，张枣的诗中多涉及小物件，但综合看来，他对物的书写需要归结到他对语言的思考之上，因此会安排在主体与语言的章节之中。具体章节安排如下：

除绪论之外，本书的第一章扮演着“前奏”的功能，在进入对九十年代以降抒情主体的分析之前，第一节先简要勾勒八十年代抒情主体的概况，它们的几个突出特征。第二节以多多为个案，考察这一较为典型的“前九十年代”抒情主体姿态：多多诗歌中的“强力主体”是九十年代以前“主体大于世界”的模式，而他因旅居海外，并未太多受到九十年代抒情主体转向的影响，并长期保持着抒情的强度。那么，这一强力主体抒情的动力机制是什么，美学成就何在，如何面对情绪衰减后写作的持续性问题？对多多的分析，意在与后三章中九十年代之后渐成主流的主体模式形成对比。

第二至四章呈平行结构，从物象、语言、现实世界三个角度分析九十年代以来的抒情主体。第二章“主体与物象”讨论了一些着重物象书写的诗作：在其中，抒情主体以怎样的手法处理物象？其中包含了怎样的“观看”关系？如何作用于诗的审美？如何映现主体自身的存在？诗人对日常的关注不仅是一种态度，也关乎视角的选择。这一问题的探讨，一定程度上是对“九十年代诗歌”中“及物性”提法的重新审视。在第二章中，王小妮（1955 年生）、吕德安（1960 年生）、叶辉（1964 年生）三位诗人被作为重点讨论对象，从他们各自不同的风格中，看到当代汉语诗歌对“物”的独特呈现，物与主体深层的关联。同时，从这些诗歌共性的问题，也可以看到以物象为中心的诗歌可能存在的局限。

第三章“主体与语言”着重讨论了当代诗中将语言直接当作对象物来处理的诗歌。在这些作品中，诗人们通过转喻、拆解语词等方式，使得语言传达意义的功能让位于语言自身变形、游戏性的功能。通过分析欧阳江河（1956 年生）、张枣（1962—2010）这两位在不同方向上进行语言操纵的诗人，这一章试图探讨这种语言游戏的美学价值何在？语言游戏中主体的位置在哪？其中体现的语言与主体、与现实的关联又如何？以及，修辞技艺的腾挪中隐在的对知识话语的迷恋，在年轻诗人中产生的影响。

第四章“主体与现实世界”的话题更为综合，考察抒情主体在物象和语言这两个相对单一的维度之外，对周遭世界中关系、事件等经验的综合能力，而这其中还包含着一个更为重要的问题：主体在处理现实经验时所面对的“介入现实”与“诗歌审美”之间的张力。这一章选取张曙光（1956 年生）、王家新（1957 年生）、刘立杆（1967 年生）、朱朱（1969 年生）四位诗人为分析对象，前两者与后两者形成了基于时代和代际的差异。通过分析他们诗歌中处理现实的局限和新变，探讨汉语新诗的写作者如何在见证时代的同时打开诗歌的审美维度。这样的审美维度对于诗人们意图介入的现实又是如何发挥作用的？这些探讨尝试为诗歌中“抒情主体如何承担现实”的难题提供新的思考向度。

上述三个角度远远不能涵盖对抒情主体考察的全部，但本书从这些角度出发，试图勾勒出：九十年代至今汉语新诗抒情主体在处理物象、语言和现实世界时呈现出怎样的形象？诗人们诸种诗歌技艺的探索与抒情主体之间形成了怎样的关系？这种关系对当代汉语诗歌的抒情体式和审美质地产生了怎样的影响？当然，审美分析并非仅仅关涉美学本身，如果我们认同张枣在《跟茨维塔伊娃的对话》中写下的句子“人，完蛋了，如果词的传诵，/不像蝴蝶，将花的血脉震悚”，以及“词不是物，诗歌必须改变自己和生活”，[①]那么“抒情主体”作为文本内部的一个潜望镜，或许可以由此观测到更广大的现实：在更复杂、多元关系的建立中，独断式的抒情主体朝向对话式抒情主体的转变，或许也可以视为一个主体面对现实世界之姿态的投影。

---

① 张枣：《朝向语言风景的危险旅行——中国当代诗歌的元诗结构和写者姿态》，《张枣随笔选》，人民文学出版社2012年版，第191页。

第一章　前奏：1980 年代的抒情主体

第一节　八十年代抒情主体概况

在正式进入对九十年代以后汉语新诗抒情主体的论述之前，本节作为前奏，先简要概括一下八十年代抒情主体的状况。在严格来说应起始于 1978 年 12 月《今天》在北京创刊，到 1989 年的这十二年间，先锋诗歌总体来说作为一种"运动"的性质更为强烈，与社会思潮的应和也较为紧密。七十年代末到八十年代初可看作"朦胧诗"时代，而到了 1983—1984 年左右，"第三代"诗歌运动以不同于上一辈的写作姿态出现，并举起"pass 北岛"的旗帜后，整个八十年代中后期基本处于"第三代诗歌运动"的范畴之中。

文学史上用"朦胧诗"对七八十年代之交一批诗人的写作进行命名，如今看来已有诸多不妥之处。不仅诗人们纷纷否认自己属于这一共名之下，"朦胧诗"意指的含混也无法准确概括他们的特征，仅从不同的朦胧诗选本中诗人风格的差异，就可以看出这一命名的权且。不过，从抒情主体与意象的关系角度来看，仍然可以总结出那几年出现的诗歌作品中存在的一些共性的特征：意象的装饰功能，以及主体与意象联系的松散。比如，北岛的《宣告——献给遇罗克》："宁静的地平线/分开了生者和死者的行列/我只能选择天空/决不跪在地上/以显出刽子手们的高大/好阻挡那自由的风//从星星的弹孔里/将流出血红的黎明”，诗中的“天空”指代高尚，“风”指代自由，“黎明”则代表胜利的希望，意象都是基于它们明确的喻指才被抒情主体选择的。这在以《回答》为代表的七十年代诗歌中已见端倪，“通行证”、“墓志铭”、“冰凌”、“宣判”等语汇，均是富含社会政治指称的意象的移植，这些词汇，包括后来的“钟表”、“苹果”等，成为北岛诗歌中的固定语汇。他的诗是由谜语构成的，人们必须在解谜的过程中去理解。同时，《回答》的第 1、2、5、6 节，都是由对仗和排比构成，诗句显得非常规整，适合在广场朗诵。这些整齐的句子大多是基于意象本身的对称性、相似性组合起来的，以不同意象的变奏来表达相同的意思，比如冰川纪和好望角两句，均指向社会剧变后为何没有进一步的变化发生，而“我不相信”四句，则重复地表达了对虚假世界的怀疑。结尾处“新的转机”、“未来”等乐观情绪的象征，则将整首诗置于七十年代末有限度的政治反思框架之中，成为一种政治态度的表达。可以说，在北岛的诗中，主体与意象并未形成有效的互动，仅仅是用这一系列意象背后固化的象征来表达自己的态度立场。这一直延续到八十年代末《空间》中“我们”与“孩子们”由空间落差形成的象征。再往后，“钟表内部/留下青春的水泥”（《无题》），“所有钟表/停止在无梦的时刻”（《过节》），“风在钥匙孔里成了形/那是死者的记忆/夜的知识”（《纪念日》），“一颗子弹穿过苹果/生活已被借用”（《苹果与顽石》）等，均是用一些物体的形态来指代自身的政治性创伤。不仅物象用来比喻的本体过于单一，在诗中也很难看到抒情主体个体化的情绪附着，诗歌只是谜语和拼图的组合。

北岛的问题，在“朦胧诗”中普遍存在。它体现了八十年代初“思想解放、人的觉醒”对于抒情主体的作用，但也同时体现出这些意识形态上的转变未能很好地转化为诗歌语言的缺憾。而朦胧诗中抒情主体的“对抗性”姿态，作为上一个年代的印记，也一定程度上损害了诗歌的审美表现。有学者已经指认出，更新的一代诗人提出了“朦胧诗人身上存在的两个问题”：“一是历史代言人姿态”，“另一个问题，是‘意象’主义的倾向”，“朦胧诗虽然是一场美学上的先锋革命，但表达方式上，仍未摆脱新诗传统的样式，如偏爱使用那些十分文学化的、具有象征色彩的意象，这使他们的写作有一种内在的'成规性'……"[①]西渡在《当代诗歌中的意象问题》开头也将朦胧诗指认为"准意象主义"的写法，在对主流诗歌口号式写法的反抗中，含有一定的因袭性："朦胧诗不同意主流诗歌A=B的公式，对此它说'我不相信'，然后它说A=C。但是，这两个公式实际上是同构的。"[②]他进而认为，朦胧诗的意象使用方法还是旧诗的方法，而"新诗的意象则是空间性的，它主要和文本的上下文发生关系，处于上下文的结构之中，这个诗歌空间的结构决定了意象的意义"[③]。这两则论断所表达的共性问题，如今已基本成为共识。尽管两者均从意象角度进行讨论，但意象的形态也是抒情主体形态的旁证。

到了山头林立、风起云涌的"第三代"诗歌现场，抒情主体因为各个诗歌群体主张的不同而呈现出不同的样态，但抒情主体与诗歌中其他元素之间连结的松散、观念化，并未走出"朦胧诗"太远。首先看以韩东、于坚为代表的"他们"诗派。"他们"以口语写作著称，但这些诗人早期作品中的"口语"，其实并非人们的日常生活语言，而是具有明显的文化消解意图。以韩东最著名的《你见过大海》来说，"你见过大海/你想象过/大海/你想象过大海/然后见到它/就是这样/……"(《你见过大海》)这类无意义的重复意在构成一种话语意图：将无意义感放大，以消解"大海"在汉语传统中所负载的浪漫想象。由于主体的解构意图非常明显，诗中的意象其实并不具有唯一性，将诗中的"大海"，以及相关的"水手"、"淹死"等词替换成"高山"、"登山者"、"摔死"等另一系列的词汇，丝毫不会改变诗歌的结构和表达效果。因此，这些诗中的意象具有工具性，并不与主体发生深度关联，而仅仅是主体展现其意图的一个例子而已。当然，这首和《有关大雁塔》作为韩东的成名作，其实是较为极端的例子，韩东的

---

① 姜涛：《冲击诗歌的"极限"——海子与80年代诗歌》，《巴枯宁的手》，北京大学出版社2010年版，第113页。

② 西渡：《当代诗歌中的意象问题》，《扬子江评论》2017年第3期。

③ 西渡：《当代诗歌中的意象问题》，《扬子江评论》2017年第3期。

创作也并不止这一种类型。在同一时期，《我们的朋友》、《温柔的部分》，以及稍后的《成长的错误》、《生日来临》、《爸爸在天上看我》等作品，通过琐屑的絮语、呢喃，流露出对生活平实的记述和对哀伤较为深沉、节制的体认，成为口语诗中的佳作。这些诗中，抒情主体模拟一种"语调"来传达情绪，是诗歌审美质感建立的主要途径。于坚的《尚义街六号》亦属此列，不过主体语调更添一层玩世不恭的味道。然而，口语写作倘若像九十年代更为激进的口语派那样，被当作一种专利式的诗歌方法，而不考虑抒情主体与意象、事件的关联，那么抒情主体亲和、平易的语调在大量重复中会失之简单，成为一种固化的格式。

以海子为代表的浪漫主义主体，是八十年代另一类典型的主体形态。在《诗学：一份提纲》中，海子较为明确地表达过他的浪漫主义理想，他认为，建筑在古典理性主义之上的语言和文明，是对生命和诗意的损伤，他所倾心的是浪漫主义王子："雪莱、叶赛宁、荷尔德林、坡、马洛、韩波、克兰、狄兰……席勒甚至普希金。……他们悲剧性的抗争和抒情，本身就是人类存在最为壮丽的诗篇。"他将我们生活的时代定义为"主体贫乏的时代"，认为这些浪漫主义王子活在"原始力量的中心"，"我与这些抒情主体的王子们已经融为一体"。[①] 在海子的诗中，有极为明显的对"我"的突出："万人都要将火熄灭　我一人独将此火高高举起"、"我选择永恒的事业/我的事业　就是要成为太阳的一生"[《祖国(或以梦为马)》]，诗句中，"我"与"万人"形成对立，而与"永恒"、"太阳"这些宏大的事物同在。在《黑夜的献诗》、《遥远的路程：十四行献给 89 年初的雪》、《远方》等多首诗中，海子更是将"我"和"远方"直接地放置在一起。李章斌曾在《"王在写诗"——海子与浪漫主义诗人的自我定位》一文中得出结论，海子诗中的"祖国"并非社会政治意义上的，而是"诗歌王国"，完全是一种"诗人是世界的立法者"的态度。而在诗人自我与世界的关系上，海子也表现出一种浪

① 海子：《诗学：一份提纲》，西川编《海子诗全集》，作家出版社 2009 年版，第 1038—1052 页。

漫主义式的“主观唯心论”[①]，除了文中列举的“废弃不用的地平线/为我在草原和雪山升起”（《献诗》，1989），还有“今天的太平洋只为我流淌　为着我闪闪发亮/我的太阳高悬上空　照耀这广阔太平洋”（《太平洋的献诗》），“我把天空和大地打扫干干净净/归还给一个陌不相识的人”（《黎明》）等。从中可以发现，在海子的观念架构中，没有具体的社会和人的层面，而是“我”与一个宏大的空间、触不可及的物象之间的直接关系，仿佛“我”可以主宰天地、海洋、行星的起落运转。这是典型的浪漫主义式的“主体大于世界”的方式，它不仅带来史诗的创作，也在抒情短诗中贯注了对纯净、极致的追求。海子的朋友骆一禾可被视为海子的同道者，骆一禾对“心象”和“原型”的强调，亦是建立在对文明整体的观照之上。可惜两位诗人的生命均终结在九十年代的前夜，人们无法看到这一浪漫主义主体对当代汉语新诗进一步的塑造。

此外，于1986年前后兴起的四川“整体主义”，尝试以巫觋式的抒情主体，对传统文化中金木水火土等元素进行史诗创作，欧阳江河的《悬棺》以及宋渠、宋炜的部分作品是这一风潮的典型表征，但如今看来，几乎未能产生佳作。

而在另几位诗人的部分作品中，主体的自足呈现为强烈的抒情性。在上海，陈东东以《海神的一夜》、《点灯》、《雨中的马》为代表的一批作品，塑造了一个唯美、纯粹的抒情主体；陆忆敏《对了，吉特力治》、《美国妇女杂志》、《可以死去就死去》、《温柔地死在本城》等诗中，可以读到一个坚定、沉静的含有女性主义色彩的主体；柏桦在八十年代末期如灵光乍现般突然涌出的一批诗作《往事》、《回忆》、《自由》、《骑手》中，含有一个同时聚合了激烈与温柔的抒情主体。这几首均是如今检视八十年代汉语诗歌抒情主体时，不可遗漏的佳作，但这种抒情性在这三位诗人身上，也仅为阶段性特征。陈东东、柏桦后来转向古典主义，而陆忆敏则在九十年代以后几乎停笔。

总体来看，八十年代汉语新诗中的抒情主体，尽管形态、风格各异，但几乎

---

① 李章斌：《“王在写诗”——海子与浪漫主义诗人的自我定位》，《文艺争鸣》2013年第2期。

都有一种完整表述自身的能力，它们与外界的关联并不那么紧密，实际的生存图景很少进入诗歌中，更多呈现为一种“主体大于外部世界”的独语状态，或者“主体独自构筑了一个诗歌世界”的状态。这与八十年代诗歌作为一桩明星般的事业，乃至作为一种“诗歌狂热”（cult），并拥有一个骄傲的歌唱位置相关。而到了九十年代，诗歌在政治、经济、文化场域中急速边缘化，如滚烫的烙铁淬入凉水之中，热烈的抒情主体也随之陡然溃败，在这种冷遇和落差中，周遭的世界更多地进入了抒情主体的视野。

第二节 多多：强力主体与抒情诗的动力问题

在第一节的概述之后，本节将多多作为一个个案进行详细分析。这一方面是因为多多可以称为当代汉语新诗中最为强劲的歌者之一，他的诗歌，是强力主体情感迸发的产物：其中的抒情性，不仅体现在技法层面节奏和音乐性的营造，更在于他诗歌抒情的动力机制，总是由强烈的主体情感所驱动，外部世界以变形的意象进入诗歌，且往往并不遵循自身的事件逻辑，而是围绕主体情绪的律动。同时，意象的活力往往与情绪的激烈程度呈正相关，这使得在诗歌文本内部，抒情主体对物象构成绝对的统摄，乃至一种生成关系。这样的抒情模式，一定程度上代表并延续了八十年代典型的汉语新诗抒情范式。另一方面，在九十年代以后，汉语新诗中的抒情主体普遍姿态下沉，不再居于对物象的统摄地位，主体与世界形成了多种形式的观看、倾听、争辩关系，多多仍以持续爆发的抒情强度，很长一段时间内保持着八十年代式的抒情，成为当代汉语新诗中卓异的男高音，并且几乎是唯一将这种强力的独唱式抒情主体延续到九十年代以后的诗人。因此，在本章第一节所提到的诗人们纷纷改弦易辙，调整了自我与世界的关系之后，多多的持续性为我们提供了一个样本和一种对照：如果并非因为外部环境的改变，这种强力的、统摄性的独唱式主体，在较长的时段内包含着汉语诗歌怎样的可能性和问题？

在多多的个体创作中，这一抒情范式首先引向的问题是：爆发式的抒情如何在长时段的写作生命中获得持续性？中外文学史上，以情感的爆发力见长的抒情者如曼德尔施塔姆、普拉斯、策兰、兰波，写作生涯乃至个体生命都大多如流星般短暂，汉语新诗中，八十年代浓烈奔放的抒情体式也仅仅维持了几年的喷涌，很快便随着九十年代的前夜戛然而止。而多多似乎是这则规律的一个例外。多多从七十年代初的"抽屉文学"开始，至今已持续了长达四十年的诗歌写作，且无论个人风格如何向前推进——个体情绪的张扬、奇崛的意象、悖谬的张力，都始终没有离开强力的主体情感作为抒情的动力源。但纵观多多的创作历程，情感的强度和感染力确呈慢慢减弱之势，而这位对诗艺有极高要求的诗人也在努力寻求风格的转变，他新世纪以来的创作中，尝试引入哲思，以在情感之外增加诗歌的纵深。但对多多诗歌的好评，大都还是集中于他早期的作品，对晚近的变化，许多诗人、论者均持观望态度。[①] 这是多多抒情气息短促有力"遭遇到"写作生命的漫长所必须面对的难题。那么，多多诗中这一强力的抒情者是如何生成的？它与意象、语言结构、主体情绪、他者之间形成了怎样的关系？创造了哪些审美特质？多多在尝试解决抒情气力的减弱时遇到哪些问题？本节将按照时间脉络，分阶段从上述角度对多多的创作进行勘察。

一、浪漫的，天真的：浪漫主体的形成

多多七十年代的作品，作为"潜在写作"、"地下文学"、"白洋淀群落"的一部分，已进入文学史，也因此被诸多研究者论述。这些研究大多强调了这样一

① 比如多多在与凌越的访谈中提到，"黄亦兵（麦芒）只认我早期的东西……还有一些人就认我九十年代初的诗……简单地说，我感觉到最喜欢我新写的东西的人可以说非常非常少"，参见《多多：变迁是我的故乡》，凌越《与词的搏斗》，安徽教育出版社2012年版，第196页。此外，木叶《多多：诗人的原义是保持整理老虎背上斑纹的疯狂》（《上海文化》2018年第5期）、邹汉明《为窒息的天空持烛——多多论》（《扬子江评论》2018年第4期）、胡桑《骄傲的听觉——论多多》（《诗建设》2008年第2期）等在评论中都含蓄地表达过对多多近些年诗歌的保留意见。

个特征：多多早期作品通过黑暗、荒诞的意象，展露出对充满压迫和矛盾的七十年代社会景象的清醒观察和“异端性思考”[①]。的确，从文学为社会提供思想和认知的角度，《当人民从干酪上站起》、《祝福》、《无题》等诗确乎道破了荒诞社会的某些特征，是红色海洋中异质性的声音。但从多多诗歌的选本来看，集束在“1970年代”条目下的作品，除了这类以黑暗的意象指斥社会弊病的诗歌，还有另一类，抒发了爱恋、梦想等少年心绪和浪漫感情。既往的研究多强调前者，并以此突出多多诗歌“早慧”、犀利、警醒以及现代性的特点，如果提到后者，也将其作为多多诗歌学徒期不成熟的痕迹。[②] 然而，从抒情主体的角度来看，后一类抒发个人心绪的作品在多多诗歌中的作用，或许更加不可忽视。这些诗中流露出的鲜活、张扬的主体性情，其中的柔和、浪漫与天真，在对爱情和自我生活的想象中，以一种明亮、温情的语调展露出来。有别于当时以及晚至“今天派”的大部分诗歌。甚至可以说，正是这一浪漫、热烈的主体，后来作为一条潜隐的线索，成为多多诗歌抒情的动力机制。这可从诗中角色的动作和主体的言说语调两方面看出。

比如，写于1972年的《蜜周》，以七首的篇幅写了一对青年男女在一周内闪电般的相爱和分手。无论是欢爱中的打情骂俏，还是闹别扭的气闷赌咒、独自失落，都漫溢着那个年代所几乎不可能存在的活泼劲。诗中对“我”的情绪的展现，大多通过真切、充满个体性情的动作语言表现出来。在那个个体情感压抑窒闷的年代，不管这首诗中的情景有多少来自灰皮书、黄皮书里外国文学的启蒙，都真切、鲜活得仿佛是那个世界里唯一敢爱敢恨的男孩子，甚至带有唐·璜的意味。还有1973年的短诗《诱惑》中耽溺的迷狂，《青春》里“疯狂追逐过女人”的回忆，都是这一主体浪漫情感的表现。正是这一亮烈、真诚的抒

---

① 奚密：《“狂风狂暴灵魂的独白”：多多早期的诗与诗学》，李章斌译，《文艺争鸣》2014年第10期；李润霞：《颓废的纪念与青春的薄奠——论多多在“文化大革命”时期的地下诗歌创作》，《江汉论坛》2008年第12期；贯鉴：《多多：张望，又一次提高了围墙……》，《华文文学》2006年第1期。

② 刘志荣：《“我始终欣喜有一道光在黑夜里”——多多论》，《文艺争鸣》2014年第6期。

情主体，能够在那个年代铁一般的书写范式中掺入柔情，它对个体爱欲本能以及鲜活的审美感知的唤醒，能量不亚于从理性层面对社会真相的揭示。

这一主体的浪漫还表现在对私人生活的想象上，比如《能够》：

能够有大口喝醉烧酒的日子
能够壮烈、酩酊
能够在中午
在钟表滴答的窗幔后面
想一些琐碎的心事
能够认真地久久地难为情

能够一个人散步
坐到漆绿的椅子上
合一会儿眼睛
能够舒舒服服地叹息
回忆并不愉快的往事
忘记烟灰
弹落在什么地方

能够在生病的日子里
发脾气，做出不体面的事
能够沿着走惯的路
一路走回家去
能够有一个人亲你
擦洗你，还有精致的谎话
在等你，能够这样活着

可有多好，随时随地
手能够折下鲜花
嘴唇能够够到嘴唇
没有风暴也没有革命
灌溉大地的是人民捐献的酒
能够这样活着
可有多好，要多好就有多好！（《能够》）[①]

在前三节里由“能够”引领的一系列动作中，弥漫着一种完全意义上的个体生活。因为具有一个想象出来的私密空间，所以展露出充分的纵情和自适。如果说“大口”、“喝醉”、“壮烈”、“酩酊”是最浅表的生命的放纵，那么在后面几行中，“认真地久久地难为情”、“一个人散步”、“想琐碎的心事”、“回忆并不愉快的往事”、“在生病的日子里发脾气”、“做出不体面的事”，等等，都全然属于自外于时代规训的“个体时空”。在一个所有人必须按“规定动作”去谋划自己的愉快与哭泣，情感被缩减到只剩下“应该”对谁持有热爱的年代，这些小动作里所包含的主导自己生命的渴望，在足够的安全感中的骄傲、天真和任性，确乎回到真实的自我内面性之中。如果说北岛的“我渴望在情人的眼睛里/度过每个宁静的黄昏”（《结局或开始》）[②]，或者梁小斌的“我想回家/打开抽屉、翻一翻我儿童时代的画片”（《中国，我的钥匙丢了》）[③]也提及了个体生活的失落，但它们仅仅以一句话成为这两首诗试图控诉的“时代失范”的佐证。而多多诗中的“个体时空”，因为有足够繁密的细节，故不再是任何理念的佐证，而是全然属于抒情主体自身。尽管，在诗的最后一节里，“能够”被补全成了“要是能

① 多多：《能够》，《多多诗选》，花城出版社 2005 年版，第 20—21 页。
② 北岛：《履历：诗选 1972—1988》，生活·读书·新知三联书店 2015 年版，第 51 页。
③ 《朦胧诗选》，阎月君、高岩等编选，春风文艺出版社 1985 年版，第 148 页。

够……该多好"的假设,将前面所有推翻为一种想象,但这番想象所召唤的生活细节本身,连同"能够这样活着/可有多好,要多好就有多好!"的孩童式的娇嗔语调,都成为晦暗生活里的明黄色。

"言说语调"(speaking tone)是读者想象抒情主体性格的主要依据。类似"要多好就有多好"的亲切与性情,在多多同时期的其他诗中并不鲜见,甚或更为丰富。如《玛格丽和我的旅行》中,呼唤、请求、疑问等舞台剧式的对话语调也被引入:"像对太阳答应过的那样/疯狂起来吧,玛格丽",内心的狂喜伴随着一种怂恿叛逆的快感,或"肯吗,你,我的玛格丽","农民,亲爱的/你知道农民吗",逗号的分隔制造了戏剧动作式的表演性和歌唱性,这位向玛格丽发出邀约的主体,展现出内心的温和、从容、慷慨和优美。而在《鳄鱼市场》中,这个纯真的主体第一次见到社会冷漠、残酷的真相,表现出一种受伤的哭泣:"可我们还从未见过玫瑰呢/我们这些从未见过玫瑰的男孩子呵"、"我们原是梦想成为神奇乐师的人呵"。在这首较长的诗中,那些"想一步就跨到街上/对着岁月皮肤松弛的脸/迎面洒上一大把/新鲜的六月的樱桃"的"英俊的少年人",在看到人们"用残酷的机器烤肉/在剥下象征纯洁的皮"之后,在不可避免地被卷入社会的异化时,一心只想寻回"无用的羞耻"、"最初的人格",他们怀念原初的天真和勇气:"可你们——有谁/敢再提到哪儿/去寻找一个出租勇气的地方/找到那家经营贪婪的商店/让二十万头肉牛/一齐烂死在里边",亲切的语调此时变成了执拗的质问。"天真"在多多这里,很难说只是一种视角的选择,而更像是本性的坦露,包含着一个真正的诗人所天然携带的精神纯度。很容易让人想起《皇帝的新衣》中那声道出真相的响亮童音,或者在咖啡馆一把撕碎鹰犬人员手中黑名单的曼德尔施塔姆。这种因为"天真"而在某个瞬间无所顾忌的勇气,不仅赋予诗歌中的词语以爆破性能量,也往往决定了一个诗人的精神海拔。它们确乎存在于多多的诗歌与性格中。

不过,如果更进一步追溯"天真"作为一种写作特质的历史,或许会来到帕慕克在《天真的和感伤的小说家》中援引席勒《论天真的诗和感伤的诗》(中译大多将“天真”译为“素朴”）所区分的两种写作类型：“天真”意味着一种自然流露、如获神启、对技巧毫无挂碍的率性创作，而“感伤”的作者则对自我情绪、表达效力、写作技巧等充满了疑虑和反思。[①] 多多早期诗作所流露出的“天真”，或许不仅仅是抒情主体的性格特质，而同时成为一种写作风格。他的自我表白、对爱情对象的呼唤，并没有太多技巧上的经营，具有浪漫主义诗歌抒情的直接性。[②] 无论这种浪漫主义在多大程度上混融了本地的时代基因（即 1960—1970 年代中国大陆的“革命的浪漫主义”），以现代的眼光看，它作为一种写作风格，都多少偏向于自发的而非自觉的，这也是“天真”一词所区别于“感伤”的含义所在。即便是《回忆与思考》中对社会景况较为准确的指涉，其意象和意义也大多是在同一个方向上用力的，缺少一种轻重平衡的作用力。比如，尽管多多写诗受陈敬容译波德莱尔启发，[③]早期意象有对波德莱尔的模仿，但波德莱尔与死尸的关系，具有唯美主义式的亲密感和恋物癖，而多多诗歌中的尸体，仍是社会暴力创伤的遗存。《教诲——颓废的纪念》、《我记得》等诗，也并不出当时的控诉和反思文学其右，其中的“粉碎”、“黑暗”、“屈辱”等词语及其隐喻的使用，与当时的“朦胧诗”相差无几。因此，重估多多早年的诗歌，其价值或许在于它们提供了一种真实的性情以及它所携带的语调，但这对于一个成熟的诗人显然还不够：抒情主体在向外发散其情绪能量的时候，对修辞、意象上的创造已开始虚位以待。

---

① ［土耳其］奥尔罕·帕慕克：《天真的和感伤的小说家》，彭发胜译，上海人民出版社 2012 年版，第 12—16 页。

② 因“浪漫主义”概念内涵驳杂，此处对“浪漫主义”一词的使用更多是比喻意义上的，意在指多多诗中较为直接的抒情方式，并非严格指向十八至十九世纪西方的浪漫主义思潮，因此也不与多多诗中的现代主义特质呈对立关系。此外，对于作为一种倾向的“浪漫主义”近几十年在现代诗中的复活，王敖：《怎样给奔跑中的诗人们对表——关于诗歌史的问题与主义》（《新诗评论》2008 年第 2 辑，第 3—48 页）一文有较为详尽的论述。

③ 多多、凌越：《我的大学就是田野——多多访谈录》，《多多诗选》，花城出版社 2005 年版，第 269 页；多多、李章斌：《是我站在寂静的中心——多多、李章斌对谈录》，《文艺争鸣》2019 年第 3 期。

二、 虚实之间：作为情绪度量的意象

如果说七十年代的诗中，多多的情绪表达还是质朴的、未经太多修饰的，那么，在八十年代初开始的一批诗作中，多多逐渐探索出一种方式：赋予强烈的情感以暴烈、浓丽的意象。

> "一些着火的儿童正拉着手围着厨刀歌唱"、"女人，在用爱情向他的脸疯狂射击"、"一列与死亡对开的列车将要通过"(《一个故事中有他全部的过去》)
>
> "春天，才像铃那样咬着他的心/类似孩子的头沉到井底的声音/类似滚开的火上煮着一个孩子/他的痛苦——类似一个巨人//在放倒的木材上锯着/好像锯着自己的腿"(《北方闲置的田野有一张犁让我疼痛》)
>
> "只要/神圣的器皿中依旧盛放着被割掉的角/我，就要为那只角尽力流血"(《当春天的灵车穿过开采硫磺的流放地》)

这些句子，大多用激烈的动作、对疼痛与死亡的着迷，展现出青春期式的极致的情感特征："咬"、"煮"、"锯着自己的腿"、"被割掉的角"、"尽力流血"……不过，尽管带有唯美主义的耽溺和迷狂，但这些意象并不导向孱弱或自怜，而是充溢着阳刚勇猛的气力。这一特点贯注在多多这一时期的意象所营造的视觉特征中。

第一是颜色。多多喜好用浓艳的、明亮的色彩加以堆叠，如果用色谱对诗中所呈现的色彩进行分析，可以发现出现最多的是红色、金黄、昏黄等暖色调，比如《北方闲置的田野有一张犁让我疼痛》里"棕红的胡子"、"滚开的火"、"亚麻色的农妇"、"生锈的母亲"，《登高》中"黄昏的铜臂"、"片片红瓦"、"红色海洋"，《醒来》中"红砖墙"、"金黄的谷粒"，《技》的第一段就集中了"日暮"、"夕阳"、"红墙"、"黄金"、"红铜"，《告别》(1985)里的"红布"、"黄金"、"朝阳"、"金

碗”、“午夜的太阳”、“黑色的阳光”……仔细观察可以发现，上述诗歌意象的用色，并非仅仅是颜料或色块意义上的色彩搭配，而是由光线、季候，并且最终是由情感所决定的，其中大量出现的橙黄、金黄或红色，往往与黎明或黄昏时的日照、光线相关。而这些光线往往并不直射下来，而是会在某一金属介质上反射一下，比如上文引述的红铜、黄金，还有比如“地里布满太阳的铁钉”（《寿》），“太阳的光芒像出炉的钢水倒进田野/它的光线从巨鸟展开双翼的方向投来”（《春之舞》），“他们把什么抬起来了——大地的肉/像金子一样抖动起来了”（《搬家》），等等。金属的使用，除了丰富光线的层次之外，还起到了增加意象硬度的效果。另一些时候，红色除了是黎明、黄昏、火焰的颜色，还可能与流血有关，如“黎明，竟是绿茵茵的草场中/那点鲜红的血”、“我就要为那只角尽力流血”（《当春天的灵车穿过开采硫磺的流放地》），盲人邮差“绿色的血”（《是》），“黑暗原野上咳血疾驰的野王子”（《马》）。这些流血大多并非实指，而是对情感之强烈程度的指代。此外，这三首诗例又同时呈现了配色上的一个特征，即颜色对比：红与绿、红与黑、红与白（“冰雪皇后”），这种色彩的对位增强了整首诗的视觉冲击力。多多八十年代中期开始画画，在 1985 年的第一批钢笔、彩笔纸本绘画中，已开始“研究发现色彩的对位问题”[①]，他也曾在访谈中论及，他同一年的诗作与画作往往会在风格上相互决定。[②] 这或可为上述分析提供一定的支撑。

第二是意象的体量。看《登高》：

> “一万年，就蹲伏在那里：//穿行红色海洋夺目的风暴/……/巨笼失火，于一口大笼内焚烧/……/钟声向四野散开沉寂的长发……”（《登高》）

---

① 参考 OCAT 深圳馆展览“共生：诗与艺术的互文”（2019.9.21—11.10）作品介绍，网址 https://mp.weixin.qq.com/s/VJlYyUiwPJRX2tEI90UncA。

② 多多 2019 年 10 月 27 日在 OCAT 深圳馆—图书馆与仇晓飞所做的对谈“从《间冰期》谈起”上的发言，笔者根据讲座视频整理。

诗中，一万年、红色海洋、巨笼、四野，几乎每一个意象都用尽了全部的力气。海洋、田野、大地、天空在多多诗中往往一出现就是作为整体："北方的海，巨型玻璃混在冰中汹涌"(《北方的海》)，"巨冰打扫茫茫大海"、"整齐的音节在覆雪的旷野如履带碾过"(《墓碑》)。除了整全之外，还有数量的庞大："而我的头肿大着，像千万只马蹄在击鼓"(《一个故事中有他全部的过去》)，"五十朵坏云"、"一百个老女人"、"一千个男孩子"、"一亿个星球"(《北方的土地》)。而这些巨大的、整体的意象，有时竟能因为主体的情感而发生位移："大海倾斜，海水进入贝壳的一刻/我不信。我汲满泪水的眼睛无人相信/就像倾斜的天空，你在走来/总是在向我走来/整个大海随你移动/噢，我再没见过，再也没有见过/没有大海之前的国土……"(《火光深处》)，这充分体现了多多诗中情感的巨大势能，情绪作为诗歌的抒情动力源，成为意象变化走向的决定性因素。

第三是雄奇的物种。很多分析者已注意到最常出现的"马"的意象，而多多诗歌中的"神奇动物"还有很多，且大体可以分为三类：一类与上文中体量惊人的意象相关，是体积巨大且一般不常见的猛兽猛禽："在运送猛虎过海的夜晚/一只老虎的影子从我脸上经过"(《北方的海》)，"巨蟒纹身/挣脱豹眼中的图像"(《技》)。这些动物，有时作为主谓宾完整的表意单元，成为诗歌所搭造景观的一部分，更多的时候，则以作为定语或状语的修饰成分或比喻成分出现，去形容一种抽象情绪或氛围的剧烈极致，比如："海兽发现大陆之前的寂寞"，"大地有着被狼吃掉最后一个孩子后的寂静"(《北方的海》)，"整理老虎背上斑纹的疯狂"(《冬夜女人》)，"夕阳，老虎推动磨盘般庄严"(《北方的夜》)，"噢，我的心情是那样好/就像顺着巨鲸光滑的脊背抚摸下去"(《冬夜的天空》)……与此相对的一类，是小动物，主要是小鸟和小老鼠，它们扮演的角色，主要是类似戏剧道具的功能：要么作为光线的反射点："鸟儿的头，一把金光闪闪的小凿子"(《关怀》)，"当你追赶穿越时间的大树/金色的过水的耗子，把你梦见"(《里程》)；要么作为趣味化的调剂："冬日老鼠四散溜冰的下午/我作出要搬家的意思"(《搬家》)，"小白老鼠玩耍自己双脚的那会儿"(《马》)，"我用细弱的爪子摩擦鹅卵石/夜老鼠也像个儿童//把银白的大地走得沙沙响”(《黎明的枪口余烟袅袅》)。第三类，则是含义最为丰富的马。仔细整理多多诗中有关马的意象，可以发现，“马”比其他动物更贴近于抒情主体的心灵，近乎一种本体存在。比如《马》：

“黑暗原野上咳血疾驰的野王子
旧世界的最后一名骑士

——马
一匹无头的马，在奔驰……”

这几乎是诗人内心“狂风狂暴灵魂”的外化，勇猛、高贵，有着不计代价的果敢坚定。在“当春天像一匹马倒下，从一辆/空荡荡的收尸的车上”(《北方闲置的田野有一张犁让我疼痛》)中，尽管马作为喻体形容的是春天，但分明可以读到抒情主体内心某种情绪的轰然倒塌。另一些句子中，马的眼睛被强调：

“‘谁来搂我的脖子啊！’/我听到马/边走边嘀咕//‘喀嚓喀嚓’巨大的剪刀开始工作/从一个大窟窿中，星星们全都起身/在马眼中溅起了波涛”(《冬夜的天空》)

“忧郁的船经过我的双眼/从马眼中我望到整个大海”(《火光深处》)

这些诗句中的马眼，仿佛是马格利特《错误的镜子》中的那只眼眶，在其中，我们可以看到几乎一切的风景，但当我们注视它时，也同时被它所包含的万物凝视，乃至审视：“一切一切议论/应当停止——当/四周的马匹是那样安静/当它们，在观察人的眼睛……”(《语言的制作来自厨房》)因为具有亲和感，马的意象常联结着生命本体的震颤，甚至成为主体的化身。比如“我读到我父亲是一匹眼睛大大的马","我读到我父亲把我重新放回到一匹马腹中去"(《我读着》1991),这是极端孤独中对亲情、保护的渴求。

第四是通感对物象的变形作用。比如《歌声》:

歌　声

歌声,是歌声伐光了白桦林
寂静就像大雪急下
每一棵白桦树记得我的歌声
我听到了使世界安息的歌声
是我要求它安息
全身披满大雪的奇装
是我站在寂静的中心
就像大雪停住一样寂静
就连这只梨内也是一片寂静
是我的歌声曾使满天的星星无光
我也再不会是树林上空的一片星光①

诗中用一系列比喻、比较,使声音具有了形象:"寂静"与色彩上的白(梨肉、大雪)相对应,而"歌声"则视觉化为一幅锋利、尖锐的图景("伐光了白桦林"、"使世界安息"、"使满天的星星无光"),其中抽象与具象的转化以及锋利感,有些类似于《十月的天空》中"多少割破过风的头"。不仅是声音,多多也常赋予抽象情感以一个具体的场景:"我的生命没有人与人交换血液的激动"(《北方的海》),"我的额头,冷静得像冬天的暴风雪"(《告别》),"一种眩晕的感觉/好像月亮巨大的臀部在窗口滚动"(《火光深处》)。如果上述多为抽象感官

① 多多:《歌声》,《多多诗选》,花城出版社2005年版,第87页。

向视觉的转化，反过来也有视觉到触觉："在光的磁砖的额头上滑行"，"而太阳在一只盆里游着/游着，水流中的鱼群/在撞击我的头……"（《爱好哭泣的窗户》），或触觉到味觉："一阵牛奶似的抚摸"（《关怀》）。在一个神奇的句子中，"一块古老的东方的猪油肥皂//一个搀扶盲人过街的水手/把它丢进了轰鸣的宇宙"（《1986 年 6 月 30 日》），视觉、听觉、触觉、日常景观、宏大视野、时间、地域，全被综合在了一起，但又不显得杂乱。

从上述四个方面对多多诗中的视觉特征进行分析，可看出这些意象大多具有超现实的特点。但是，这并非仅仅是纯粹技法层面的学习，而是如希尼对"工艺"（craft）与"技术"（technique）的区分①，后者还包括了诗人整个的生命态度和现实。仔细考察这些意象的来源可以获知，这些体量巨大的、奇崛的意象，往往由充沛的情绪所推动，甚至只有当诗中注入了强烈的情感力量时，这些意象才真正被激活了。抒情主体的情绪成为这些意象、技法背后的风筝线，这也涉及汉语新诗的抒情范式在主体与物象的关系方面发生转换的问题。1990 年代以来中国大陆的汉语新诗中，大多是一个外部的实体物象在先，抒情主体看到这个物象后，引起内心的触动，产生联想或感悟。物象在诗中的呈现方式，也大多通过主体的旁观视角、白描手法和陈述句式。而 1980 年代则不同，抒情主体的情感先在于物象，意象尽管不乏观察所得，但并非即时的、现场的，而是根据主体情感的需要，从记忆或想象中抓取，并根据情感的律动和心灵的结构组装起来的。多多诗歌意象的超现实，也正是要从心灵结构的层面加以理解。

从意象与抒情主体的关系角度，多多诗中的意象大多并非实景，而是扮演着为主体情绪定调、计量的功能。正如本节第一部分和第二部分开头所分析的，多多七八十年代诗歌的抒情主体，几乎完全被一种充溢的情绪和少年心气所统领。正是这一追求极致、绝对的抒情主体所发出的超常的情感，在以情感

---

① ［爱尔兰］谢默斯·希尼：《把感觉带入文字》，《希尼三十年文选》，黄灿然译，浙江文艺出版社 2018 年版，第 24—25 页。

为动力内核的抒情机制中，孕育了超出正常规模的、非日常的意象。也因为这些意象是情感的外化，而非实景，所以，它们在主体情感面前所承担的功能并不能与作为实景的意象混同。比如，在多首诗中出现的黎明、日暮、大雪，或血液、红色、金黄，一方面当然可以理解为诗人容易在这些时段生发出更多的感动，但更恰切的理解或许是，这些意象根据感情色彩的需要出现，扮演着为情绪定性定量的作用，或可将它们称为“程度意象”。不过，尽管情绪经过视觉图像得以具象地呈现，但这些视觉图像又并未将这些情绪落得很实，主要因为这些动作、场景，往往因其极致或超现实色彩，而并不真正存在。因此，一个朝向具象化的趋向，反而在这一视觉转化中被抽空了，形成了虚实之间的微妙滑动。

但意象作为情绪浓度的“量表”，也带来一个问题：如果考虑到诗歌力学的搭配，或许可以发现，这些诗中强烈的情绪往往用浓烈的意象来表现，形成一种“正相关”的“强强联合”。多多很少用轻去表现重、用平静去表现激烈，来达成一种反向的、举重若轻的效果。同时，多多的这些意象奇崛、炫目，以惊异的色彩照耀人，但形象自身都不属于具有多个立面的、值得玩味的客体。这或许也造成了多多后期诗歌情绪衰减后，形象硬度与活力的弱化。

三、自命的张力

对于多多八十年代末人生境遇的突然转折，曾有研究者这样叙述：“1989 年 6 月 3 日他远赴英国，参加早已安排好的诗歌活动。但是当他走下飞机时，他却发现自己成为西方媒体关注的焦点，并自此开始了在欧洲长达十五年的写作生涯。这是诗人意料之外也无所选择的命运。”[①]从这样的叙述看来，多多的去国并非一个主体深思熟虑后的决定，而是具有偶然性和被迫之感。这种痛苦，在《在英格兰》一诗中有所表露：“是英格兰/使我到达我被失去的地点”，

① 奚密：《“狂风狂暴灵魂的独白”：多多早期的诗与诗学》，李章斌译，《文艺争鸣》2014 年第 10 期。

并在多多八十年代末至九十年代初的多首诗中被反复地书写：

> “你循着肉钩荡出肉店的后窗/你身后，有一条腿继续搁在肉案上/你认出那正是你的腿/因你跨过了那一步。”（《地图》）
>
> “流动//流动，也只是河流的屈从”（《居民》）

如果对这种情感加以体察，《在英格兰》中那句著名的“整个英格兰，容不下我的骄傲”，或许就需要重新理解。这并非很多评论者解读的仅仅来自“诗人的骄傲”，而是一种极度痛苦的，甚至任性和不加理智的控诉。这句诗或许约略可以等于：整个英格兰，无法容纳我的痛苦。因为真正给予他痛苦和耻辱的对立面，一方面有如与马西亚斯决斗的阿波罗一样，强暴、蛮横、持有绝对力量，[①]另一方面，这一力量所统领的土地、风物、家园，又确乎是他身心萦系，这两者的一体性，成为流亡者悖谬的隐痛。而英格兰作为命运中偶然的第三方，因为一种可以置身事外的旁观、完好，乃至带有猎奇的审视，成为“我”之愤怒、痛苦的承接者。

重大历史节点对于个体命运不可回溯的更改，或许是理解多多1990年代创作的关键，也构成了他很长一段时间诗歌的抒情结构。在这一时段的创作中，多多的“强力主体”又有了不同于之前二十年的形变，展现为困兽般的自我缠斗和撕扯，并主要通过语句的复沓表现出来。比如《没有》中，诗人在开头“没有”所设定的荒凉、贫瘠的景观之下，以“除了……”、“只有……”等句式，展开一些受困的（“只有光反复折磨着”）、滞重的（“停滞在黎明”）、弥留的（“最后的光”）、痛苦的（“我用斧劈开肉，听到牧人在黎明的尖叫”）场景，又插入单行成段的“没有语言”、“没有郁金香”、“没有光”、“没有喊声”，将上述已非常微弱的、残存的景象再次否定和取消。

---

① 典出[波兰]兹比格涅夫·赫贝特：《阿波罗与马西亚斯》，《赫贝特诗集》（上），赵刚译，花城出版社2018年版，第286—288页。

不过，多多并不会仅仅以受害者的姿态，展现这种无法抗拒的予取予夺给主体造成的禁锢。相反，正是这一强蛮之力，激起了诗人的反抗，诗中相应出现了一种对抗的力量：

看过了冬天的海，血管中流的一定不再是血
所以做爱时一定要望到大海
一定地你们还在等待
等待海风再次朝向你们
那风一定从床上来
……
看海一定耗尽了你们的年华
眼中存留的星群一定变成了煤渣
大海的阴影一定从海底漏向另一个世界
在反正得有人死去的夜里有一个人一定得死
虽然戒指一定不愿长死在肉里
打了激素的马的屁股却一定要激动
所以整理一定就是乱翻
车链掉了车蹬就一定踏得飞快
春天的风一定像肾结石患者系过的绿腰带
出租汽车司机的脸一定像煮过的水果
你们回家时那把旧椅子一定年轻，一定的

（《看海》节选）①

尽管“一定”的连用不乏诗歌节奏上的考虑，多多也曾自述，此类“词组节

① 多多：《看海》，《多多诗选》，花城出版社2005年版，第169—170页。

奏”受狄兰·托马斯的影响甚巨，[①]且几乎直接学自巫宁坤译狄兰·托马斯《死亡也一定不会战胜》[②]。但是，倘若从内容、抒情主体的语调及情感关联来看，“一定”后所接的有些是命定的事实，而更多的是不可能发生的，甚至前后矛盾的事情。那么，让这些不可能的事情在语言的表述中“一定”发生，包含着一种在自我的幻想中改变现实、制造奇迹的笃定，甚至是一种强行挣脱现状，让衰老、朽逝等命定规律发生逆转的决心。但显然，这些发生在语言中的扭转，并不会真正出现在生活中，那些注定到来的衰朽和错失，并不因为主体的意愿而有丝毫更改，尤其是最后一句“你们回家时那把旧椅子一定年轻，一定的”，几乎是与时间、死神的直接角力。这一系列注定落空的“一定”，叠加得越多、越笃定，就有越强烈的悲剧意味。

但值得注意的是，这种一开始由于意外命运所被给予的痛苦，随着时间的推移，在多多诗歌中慢慢内化为一种自身的矛盾结构。比如，《在这样一种天气里来自天气的任何意义都没有》这一缠绕的标题下，是这样的句子：“土地没有幅员，铁轨朝向没有方向/被一场做完的梦所拒绝/被装进一只鞋匣里/被一种无法控诉所控制/在虫子走过的时间里/畏惧死亡的人更加依赖畏惧/……”这几句繁复的悖谬结构，大量存在于多多九十年代的诗歌中。从技巧层面来说，一些词语的复沓、双音节词所构成的头韵尾韵，可能是出于音韵节奏的考虑，如上文中“朝向”与“方向”，“控诉”与“控制”，或如《什么时候我知道铃声是绿色的》中“树间隐藏着橄榄绿的字/像光隐藏在词典里”，“字”与“光”的调换，以营造陌生感。另一方面，上文“畏惧死亡的人更加依赖畏惧”，“让从未开始航行的人/永生——都不得归来”(《归来》)，“我寻找我失落的/并把得到的，放走”(《冬日》)，以及“为了所有的，而不是仅有的/为了那永不磨灭的/已被歪曲，为了那个歪曲/已扩张为一张完整的地图”(《为了》)等句子，并非仅仅技法

---

① 多多、凌越：《我的大学就是田野——多多访谈录》，《多多诗选》，花城出版社 2005 年版，第 272 页。

② 李章斌：《“保持整理老虎背上斑纹的疯狂”：再读多多》，《扬子江评论》2018 年第 2 期。

上的语词回环，而确实是人类内心一种悖论式的情感。

不过，流亡异乡的无奈、命定感、孤独、离别之痛、思乡之苦在脱离了一开始作为事件的实景后，慢慢内化为多多内心的一种结构性格式，并在诗中形成反复的自我冲撞、自我扭结，尽管仍然具有情绪上的感染力，但由于一再地重复，诗歌中由悖谬而达至的张力，逐渐从“命定”的，变为“自命”的，并成为一种语言的惯性：“只允许有一个记忆”、“只允许有一个季节”、“只允许有一种死亡”（《只允许》），“没有风的时候，有鸟/‘有鸟，但是没有早晨’”（《捉马蜂的男孩》），“从额头顶着额头，站在门坎上/说再见，瞬间就是五年”、“云/叫我流泪，瞬间我就流//但我朝任何方向走/瞬间，就变成漂流”（《归来》）……曾有人引述多多的话：“在中国，我总有一个对立面可以痛痛快快地骂它；而在西方，我只能折腾我自己，最后简直受不了。”[①]上述例子确乎为这种“折腾”的结果。尽管这些悖谬的语言结构在诗歌节奏上造成的音乐效果已被学者敏锐地注意到并纳入新诗节奏理论的建构中，[②]但值得追问的或许是，如果这种悖论式的语言结构，作为日常缠斗、突围的遗存，在情感上的痛苦被渐渐榨干或钙化之后，成为纯语言层面的诗歌动力机制，是否会造成诗歌在同一平面上的逡巡乃至滑脱？

比如，在九十年代后期的一些诗中，仍不乏早年雄奇的意象，但似乎不再能激起巨大的情绪感召力：“你姥姥桌上的60只苹果，还在闪闪发亮”，“我们的道路，仍是远离兄弟姐妹的同一只鞋”（《节日》），“总有一块麦田还在动感情”（《小麦的光芒》）……诗中愈发频繁的“还在”、“仍然”、“已是”等词的使用，不仅暗示着这些巨大的意象不再由激情支撑，而是残存的、困顿的，像一次漫长而痛苦的搏斗之后的喘息，而且隐约透露出这些情感已被一再地重复、铺陈，缺少发展、急转、波动，而近乎疲倦。

---

① 朴素：《八月空旷——关于诗人多多》，《诗歌月刊》2006年第2期。

② 李章斌：《多多诗歌的音乐结构》（《当代作家评论》2011年第3期），以及《语言的悖论与悖论的语言——多多后期诗歌的语言思考与操作》（《中国现代文学研究丛刊》2011年第8期）等。

四、语言的“抽象画”

或许正是感到上述以情绪为策动力的抒情方式不再能够满足创造力，多多新世纪以来的作品，逐渐尝试在诗中引入新的动力机制。就情感强度而言，充盈、向外爆破的情绪回转向内，导向对静默乃至“空无”的体认与追求；而在词语上，抽象名词取代意象名词，使得诗中由意象群组成的具象画面，转变为由抽象词汇搭建而成的“抽象画”。但抒情主体在诗歌中与词语的关系，仍是具有统摄性的。

对空无的追求，在《维米尔的光》中有所体现：

按禅境的比例，一架小秤
称着光线中的尘埃
以及尘埃中意义过重的重量

粒粒细小的珍珠，经
金色瞳仁姑娘的触摸
带来更为细小的光亮

以此提炼数，教数
学会歌——至多晚，至多久
抵达维米尔的光

从未言说，因此是至美[①]

---

① 多多：《维米尔的光》，《多多四十年诗选》，江苏文艺出版社 2013 年版，第 278 页。

与多多早期作品给人留下的浓烈、狂暴的印象相比，这首写于2004年的诗显得出奇地安静。这首诗应是取材于荷兰画家维米尔的画作《持天平的女子》(Woman Holding a Balance)。维米尔在荷兰风俗画中已经算是一个偏于精神世界、神秘、永恒性的异数[①]，而多多这首诗所表现出的对神秘和空无的追求，则比维米尔的画作更多地剥离了日常，而近乎一个无人之境。

开篇"按禅境的比例"就为诗歌定下了一个"微缩"、"空寂"的调子，"光线中的尘埃"本是日常物象之间微不足道的缝隙，几乎可被忽略。但在这里，尘埃不仅被画面核心的"天平"称量，还被赋予了"意义过重的重量"。这种对极致的"小"的注目，延续到了第二节。"金色瞳仁姑娘的触摸"是全诗中唯一带有体温的一行，"粒粒细小的珍珠"经过这一触摸，被赋予了"更为细小"也更为虚幻的"光亮"。这是一种虚化，也是一种带有神秘色彩的提炼，它直接指向第三节的魔法："以此提炼数，教数/学会歌"，从生活的尘埃、珍珠的光亮里"提炼"出的是一个更为抽象的东西："数"，并以诗赋予它音乐，教它歌唱。倒数第三行的破折号有一种无限延续的意味，似乎在诗人看来，循着上述方向不断从细小处"提炼"，才有可能无限接近"维米尔的光"。这是一个从"细微"行至"空无"的过程，且这一过程被看作美的生成。诗的末句，"从未言说，因此是至美"，不仅是对前面这一导向空寂之美的总结，也包含了诗人对语言的态度：图像优于语言，更接近他所青睐的静默空无之美。

这首诗是对维米尔的阅读，也是对艺术(诗歌)创作本身的探讨。其中所显露出的对空无向度上的神秘性的迷恋，以及由此而产生的对形而上的执意追求、对语言效力的怀疑，某种程度上代表了多多后期诗歌的特征。

通过同一话题在不同时段的多次书写，可一窥多多后期的这种变化。他曾数次在访谈中表达过他对美国自白派诗人普拉斯的推崇，也写过多首纪念普拉斯的诗，在早先的《1988年2月11日——纪念普拉斯》(1988)以及《它

① [法]茨维坦·托多罗夫：《日常生活颂歌：论十七世纪荷兰绘画》，曹丹红译，华东师范大学出版社2012年版，第183页。

们——纪念西尔维娅·普拉斯》(1993)中，诗人更偏向于从旁观者的视角去描画普拉斯的激烈、锋利和孤独，强度多体现于意象，比如“她沉重的臀部，让以后的天空/有了被坐弯的屋顶的形状”，“装满被颠昏的苹果的火车”，“‘我要吃带尖儿的东西！’”，“把你留在人间的气味/全部吸光”……即便是书写死亡，上述诗歌也是饱满的、淋漓的。而《在几经修改过后的跳海声中——纪念普拉斯》(2003)中，死亡、痛苦、孤独，在诗中则内置于抒情主体自身的体认，带有一种“知天命”式的承纳。这一特点映现在诗行中，一方面体现为很多关键句落在陈述性质的语句上，如“在祈祷和摧毁之间/词，选择摧毁”，“痛苦，比语言清晰/诀别声，比告别声传得远”，仅仅是通过比较，轻声说出了一些事实，而不像上文所引的早年诗歌中极尽夸张的形容。另一方面，哪怕是一些具象景观的呈现，也偏于安静，呈闭合、静息状：“大海，已由无尽的卵石组成/一种没有世界的人类在那里汇合/无帆，无影，毫无波澜//……最纯粹的死，已不再返回”，不再有早年诗中涉及死亡时的疼痛暴烈。

多多曾用“一个年龄一个境界”在形容创作在年岁渐长中的变化，视之为不少大诗人共有的特征，他认为，“现在写的是人生彻悟的，最终的几句话，把它说出来就行了，就是一首诗”[①]。的确，多多在这一时期的诗中，对存在、死亡、意义、虚无，有较深入的思考和较直白的、不依托于意象的表述。比如《吃杏仁的秘密》开头：“活这意义，一种死/领先暂时的生”，生命的意义恰在于死亡所设定的绝对期限，这一想法合辙于海德格尔早期哲学“向死而生”的意识；又如《痴呆山上》的结尾：“那埋着古船古镜的古镇/也埋着你的家乡//多好，古墓就这么对着坡上的风光/多好，恶和它的饥饿还很年轻……”史迹消亡时带走了个体的故乡记忆，人类易朽，而草木无情、长在，与恶一样永恒；再比如，“什么是人，为什么是人/介入了流浪的山河……”(《青草——源头》)思考了人类在自然循环中的存在角色与意义。

---

① 多多、李章斌：《是我站在寂静的中心——多多、李章斌对谈录》，《文艺争鸣》2019 年第 3 期。

但是，这一时期多多的诗歌，并不尽然如他自己所说，是“人生彻悟的、最终的几句话”，“说出来就行了”。哲思的引入，在多多晚近的诗歌中，仍为数不少地以一种更抽象的方式，将一些概念名词（如“爱”、“存在”、“思”、“沉默”等）当作意象，在诗中组成一定的空间图式。这些图式中仍会出现山川河流等实景，但它们大多扮演脚手架的作用，搭造了一个舞台，而上述概念名词在这一舞台上形成高低远近的位置关系，甚至通过各自的运动轨迹变化，来呈现诗人对人生、世界、存在的思考。这也颇似艺术领域抽象画的表现方式，与多多晚近的画作风格暗合：

“所有的低处，都曾是顶点//从能够听懂的深渊/传回来的，只是他者的沉默/高处仍在低处/爱，在最低处”（《读伟大诗篇》）

“在，已把接纳与逗留/留在你现在的位置上/不在——永在/与思完全平行”（《读书的女雕像》）

“石头被推上山顶/不幸，便处于最低水平//在这低下之内/通过我们被颠倒的劳作/向更低处漂流人//……在这报告之外/不多的生活，是生活”（《从两座监狱来》）

从上述诗例可以看出，多多苦心搭建了许多复杂的空间结构，用以承载他对人世的思考。这些相互扭结的词语并非仅仅是语言的机锋或游戏，而是有切实的逻辑关系做支撑。诗中诸多逻辑连接词，并非如废名《妆台》中“因为此地是妆台/不可有悲哀”的假逻辑（pseudo-logic），而是确实围绕A、非A、A’、A的补集等，构建了多多对生命本质的理解：世事变迁的沧海桑田、爱的易朽、交流的不可能、精神与肉身的裂隙、死亡作为写作的底色、词语的谦卑等。但也正因为这些思考的真切、逻辑建构方式的直接、语调的笃定，多多这类诗更像教义或箴言。

一方面，倘若读者以共情的方式加以体察，确实可以认同其中对人生的透彻了悟，但从抒情主体的语调来看，主体与物象的关系仍然与早年由情绪策动的诗歌同构，只不过情绪被替换成了哲思，即物象或哲思均环绕一个先在的主体，主体根据自己的先验之思，抓取意象或概念为自己的表达所用。在其中，主体仍然是绝对的、主导的，意象只是主体思维结构中的一枚棋子，被罗布在诗行中，而并未具备独立性，与主体发生对话。因此，即便诗中不乏悖谬结构，仍然是主体思维内部的张力，而非与外部的交流乃至争辩。比如，“保留你性格中的纹理/要持久，就需要荒芜”、“光，是可以迟到的//诗行，并未后退”（《一张书桌没有边缘》），更像是诗人对于自己写作态度、诗学理念、行世原则的宣喻。

另一方面，这些诗中多次直接出现“词”、“词语”与“存在”的对喻，诗歌便成为一则可被解开的谜语。比如《存于词里》：

为绝尘，因埋骨处
无人，词拒绝无词
弃词，量出回声：

这身世的压力场

从流动的永逝
成长为无时
无时和永续
没有共同的词

我们没有，他们没有
没有另外的寓言……

这首诗像一个谜面，几乎每一句都是可以被释义、被“翻译”的。“词”、“无词”、“弃词”、“没有共同的词”均可作为人的存在状态来理解：一个人因为世间“人”的缺在而主动与尘世相隔绝，置身事外恰得以测量出场域的回声；“流动的永逝”逐渐变成没有时间感的空无，但这种空无并不意味着永动机般没有痛苦的世界。整首诗恰如末句所述，是一则“寓言”，但又并非“朦胧诗”简单的隐喻系统，而是将人类的存在及其种种悖谬，在诗中化约为“词”的运动图式。这仍是上文提及的“抽象画”方式，语词更多是被作为“色块”、“线条”来使用的。这是对语言功能的全新开发吗？还是对语言表意功能的削弱？

语言的传统表意功能意味着，诗中的画面多是由语言通过使用意象、描述场景生成的，恰如多多早年的方式。不过，多多曾数次在诗中表达他对语言表意功能的不信任。前文提到的《维米尔的光》末句即写到“从未言说，因此是至美”，在《对像间无语》中他又写“词，在很远的地方/对应，但不相遇/达义，已让其变形/闪电抓住图像/暗澹的，强烈起来/崩解了，而仍未释放//为保持沉默的锋芒”，均显露出对语言表达效力的怀疑。或许正是这些思考，将多多引向了对语言其他使用方式的开发。但问题在于，在“用语言的表意功能去呈现图像”和“把语言作为一个图像来使用”的选择中，多多又并非“具象诗”（如台湾诗人林亨泰、陈黎等）的方式，当他把语言作为色块、线条去运用的时候，仍然有赖于语言作为表意功能的逻辑连接词和比喻系统，甚至在语词的扭结中，作为表意功能核心的逻辑不但没有被规避，反而更突显了。

或许不可简单否定多多“将语言用作色块”这一朝向绘画领域迁移的实验性意义，但诗歌与绘画的不同之处在于，诗歌作品的呈现形式与对作品的阐释、理解，均依赖于同一介质——语言，尤其是语言表意的这一面。在当代艺术中，不乏诗歌、影像、绘画、摄影、雕塑、装置、行为之间的“互文”或“共生”，[①]

---

① 类似的呈现近年来在当代艺术领域涌现较多，诸如曾在UCCA尤伦斯当代艺术中心举办的“寒夜”（2017.9.15—12.17），OCAT深圳馆的一系列展览项目：“小说艺术”（2018.6.23—8.12）、“共生：诗与艺术的互文”（2019.9.21—11.10）等。

但这类互文其实对作品的有效性提出了更高的要求：由于对其他艺术形式不同程度的借用，或是共享同一个观念，创作者必须更大程度上发挥、挖掘他所使用的媒介自身的特质，而不能仅将跨界作为一种“借力”方式，成为两边都暧昧搭界却发展不充分的产物。也就是说，倘若是以诗歌为灵感的绘画、影像、装置、行为，更需要绘画自身形象表达的充分，影像独特的镜头语言呈现，或装置对材料质感的把控，行为与身体的深刻关联等。因此，反过来，如果把多多这一部分诗歌看作语言的“抽象画”方式，那么，语言自身的特质则更需要被强调和思考。

多多诗歌转变的尝试可以遵循他自身的创作脉络继续发展，也值得期待。不过，倘若顺着他对语言的不信任，另一种思路或许也可以被纳入考量，即跳出语词的冲撞，仍用早年的意象方式，以形象去呈现哲思、神秘与空无。多多从不掩饰对策兰的推崇，羡慕他“把词敲得那么碎”，但策兰的碎裂或许并非由逻辑主导的，而是情感痛苦造成的断裂。况且，晚期策兰诗歌节奏上的停顿、留白，其实并没有完全脱离形象。被多多当作艺术至高境界的那种“神秘性”，在诗歌中用词语描绘出一个安谧的氛围同样可以抵达。在这一过程中，多多需要移动的，或许更应该是主体，让它出现犹疑、与物的对话。

小结：重审“绝对抒情”

回顾多多近半个世纪的诗歌创作，作为一个强力的抒情者，张扬的主体成为他诗歌的主要动力核心与动力来源。从本节前四个部分的分析可以得知，无论是早年迥异于集体抒情的亲切丰富的语调，还是八十年代以来亮烈奇崛的、作为情绪度量的意象，或是诗歌语言的张力结构，多多的诗歌技艺无论发生怎样的变化，主体情感始终是第一义的，它居于中心位置，成为诗中各要素背后的“命运之手”，也即诗歌的语调、意象、语言、结构等，均呈碎片化和附着性，环绕着这一强力的主体而存在，由它生成、为它所调用。在新世纪以来的诗作中，多多发展出对哲思、理智的兴趣，但归结到主体与语言、世界的关系上，哲思对情绪的取代，并未改变强力主体对意象、语词的统摄关系，概念名词仍然围绕主体之思，形成了一种偏于抽象的空间图式。此外，抒情的强力不仅成为多多写作的一种特征，也进一步成为观察和看待事物的方式：一种极致的、几乎不留中间余地的绝对视角。多多后期诗作由“暴烈”向“空无”的极限转换，亦可归因于此。这种强力主体在诗中占据绝对统摄性，导向的是一种类似于浪漫主义主体的“绝对的抒情”。

或许可以追问，多多这种强力、极致的抒情主体是缘何而形成的？首先，这与多多的童年和少年经历有着精神底色上的联系。作为一位出生于1951年的诗人，多多的整个青春期，几乎都在“文化大革命”的时代度过。他曾多次在访谈中提到，“文革”对他的影响，“是不可磨灭的”，也是“非常复杂的”。在“文革”开始最火热的几年中，多多作为初中生，参与或见证过串联、武斗、插队，那个时代氛围，客观上给予他们一种“勇气、造反、反抗”的影响，甚至是一种可与1968年欧美左翼风潮联动的“理想主义色彩”[①]；而到了后来，他和一部分同龄人“很快又对‘文化大革命’的本质进行思考，成为反对派”，“开始是无知的孩子，然后变成自觉的抵抗者，然后又从抵抗者变为流亡者”。[②] 但是，尽管对“文革”的灾难形成理性的反思，但当时狂热、暴烈的时代气氛，作为一种少年记忆，仍然根植于一个人的血液中，也多少决定了五六十年代出生的一批诗人天然的精神底色，正如诗人柏桦回忆他们这一代诗人的书名所意图揭示的“左边：毛泽东时代的抒情诗人”[③]。而在少年印记之外，多多在后来的人生中所阅读、推崇、效法的，也是偏向于一个以爆发力见长的、具有浪漫主体的诗人谱系：狄兰·托马斯、普拉斯、曼德尔施塔姆、策兰、勒内·夏尔、茨维塔耶娃……这些诗人，不仅在诗人形象气质上给多多以影响，也在抒情方式上（比

① 多多、凌越：《我的大学就是田野——多多访谈录》，《多多诗选》，花城出版社2005年版，第267页。

② 多多、凌越：《我的大学就是田野——多多访谈录》，《多多诗选》，第267页。

③ 柏桦：《左边：毛泽东时代的抒情诗人》，江苏文艺出版社2009年版。

如狄兰・托马斯的“词组节奏”）部分塑造了多多诗歌的抒情面貌。这或许正如以赛亚・伯林在《浪漫主义的根源》中提到的浪漫主义的正反两面。[①]

不可否认，多多以独异的声线、不苟合的态度，至今仍为当代汉语诗歌的高标之一，他的“强力抒情”也远远超越了同代人，不同于北岛等人诗歌中的“绝对命定性”仍然大多借用自公共语汇，也不同于海子等人的抒情光芒更多地仅依赖青春情绪。但如果站在更宏阔的坐标系上重新审视，多多后期所遇到的抒情气力不足的难题，也部分映射了中国大陆当代汉语新诗写作范式的年代变迁。多多所代表的，是一种典型的 1980 年代“主体大于世界”的抒情方式，并在九十年代诗人们集体转向之后，仍长时间地延续着这一风格。它强调抒情主体的绝对中心位置，通过主体的想象力来创设幻境，外部世界往往以碎片的方式，透过主体想象的玻璃墙壁折射进诗歌。这同样与八十年代“解冻”的狂喜、相对自由的社会环境相关。而到了 1990 年代，由于九十年代前夜给诗人们造成的普遍的精神创伤，历史时间的猝然断裂，使得沸腾在整个八十年代的主体性的狂热扩张不再能够继续。因此，1990 年代以后，中国大陆汉语新诗的抒情主体，大多以一种脆弱、受挫、边缘的姿态，朝向日常生活、内心世界回归。这一回归，尽管不乏被动乃至被迫的成分，却意外带来了主体对外部世界的倾听。从诗歌抒情的动力机制来说，一首诗的情感不再仅仅发源于主体的内在世界，也不再单以抒情主体为轴心来结构，外部世界的物象不再只是承载主体强烈情感的标尺，通过冷静的旁观、叙事、描摹，乃至反讽、拼贴，真实的外部世界秩序得以进入诗歌，抒情主体与外部世界、与语言形成了更多元的观看、倾听、商榷的模式，汉语新诗的抒情边界得以拓展。本书将在下面的章节中论述这一变化。

---

① ［英］以赛亚・伯林：《浪漫主义的根源》，吕梁、洪丽娟、孙易译，译林出版社 2011 年版。

第二章　主体与物象：写物与主体的内在性

本章主要讨论当代汉语诗歌中一些着重物象书写的诗作：在其中，抒情主体如何通过视角选择、镜头挪移、对话、造境等诗歌技法处理物象。这种处理让两者形成了怎样的关系？并如何作用于诗的审美？

谈 1990 年代以来汉语诗歌中“物”的书写，一个不容忽视的背景是 1990 年代诗学概念里对“及物性”的提倡。尽管这一概念在一些诗歌理论文本中被做了与“零度写作”的复杂勾连，但这一提法的核心其实是“对日常的回归”：1980 年代张扬的主体在遭遇到历史的猝然断裂后，走出无限膨胀、狂热的抒情之“我”，开始回归自身的处境，关注身边的日常事物，并重新审视自身与周遭世界的关系。在这一过程中，诗歌中的“意象”不再仅仅是抒情主体头脑中的产物，而是较多取自生活所见，因而更适合被称为“物象”。

诗人在诗中写日常之“物”，实际上展开了一种观看行为，这关涉着诗人视角的选择。约翰·伯格在《观看之道》里提道，“我们从不单单注视一件东西，我们总是在审度物我之间的关系”[①]。这种“关系”，一方面在诗歌文本的技术层面，意味着抒情主体如何去书写一个物象？比如形象的呈现、细节的描摹、画面的转接等。另一方面，高于技术层面，这种物我关系的建立，归根结底是抒情主体与周遭世界的关联方式，以及更本质的，是抒情主体内面性的呈现。

① ［英］约翰·伯格：《观看之道》，戴行钺译，广西师范大学出版社 2015 年版，第 5 页。

正如美国诗人简·赫斯菲尔德在其诗论中提供的说法："通过开采外部的矿石而挖掘内在的知识。"①

本章选取王小妮（1955 年生）、吕德安（1960 年生）、叶辉（1964 年生）三位诗人作重点论述。他（她）们诗中的抒情主体，在处理身边的日常或自然物象时，各自以不同的风格激活并确立了当代诗中"物"的独特呈现。从他们写作的成功之处，可以反观当代汉语诗中其他完成度尚有欠缺的物象诗；而从他们自身存在的缺憾，亦可审视当代汉语诗中物象书写本身携带的局限。当然，选取这三者为例，并非指他们的诗歌仅仅局限于"状物"，而是因为，在他们的诗歌中占很大比重的部分是围绕名词性的物件组织起来的，尽管其中不乏抒情、叙事等多种手法，但物象往往成为他们灵感触发的由头。

第一节　王小妮：物我对话中的抒情与批判

从 1980 年代初至今，王小妮近四十年的写作始终贯注着一个较为集中的主题："我"与周围日常生活的紧密互动。就作品风格来说，王小妮诗歌的阶段性变化并不明显，且与当代汉语诗歌风格变迁的潮流较为疏离。如果将 1988 年的自印诗集《我悠悠的世界》看作诗人成熟的开端，那么后面的创作，大体是在同一风格的向度上做了一些细微的改变。因此，评论者们在述及王小妮的诗时，大多将其称为"个人化写作"②，认为她建构了一个"失去象征的日常世界"③。这些评论的说法固然正确，但仍是站在一个外部的视角，论述王小妮之

---

① Jane Hirshfield, "Two Secrets: On Poetry's Inward and Outward Looking," *Nine Gates: Entering the Mind of Poetry*, New York: Harper Perennial, 1998, p.128. 中译参考［美］简·赫斯菲尔德：《秘密二种：论诗歌的内视与外视》，许敏霏译，王家新校，"诗观点文库"https://www.poemlife.com/index.php? mod=libshow&id=4070。查阅日期：2019 年 12 月 28 日。

② 比如罗振亚：《飞翔在"日常生活"与"自己的心情"之间——论王小妮的个人化诗歌创作》，《当代作家评论》2009 年第 2 期；赵彬：《王小妮论》，《文艺争鸣》2009 年第 4 期，均对王小妮的"个人化"做了着重论述。

③ 耿占春：《失去象征的日常世界——王小妮近作论》，《当代作家评论》2008 年第 1 期。

于同时代或前代诗人的特出之处，即：不再仅仅注目于作为政治象征的意象或表达集体的情感，而是开始回归个人视角。

不过，返回到王小妮诗歌的文本内部则会发现，所谓“个人化”和“去除象征”的概括仍然显得大而化之，除非它们同时涵盖了这样一层含义：王小妮在处理物象时有一种直接性，诗中的物象与主体之间的相互作用力非常大，它们在触及彼此时，往往产生即刻性的变形。因此，需要进一步深入文本，对王小妮诗歌中的抒情声音进行追踪：这一抒情声音背后的抒情主体，与她所亲近的日常物象之间究竟形成了怎样的关系？其间的“相互作用力”对两者分别产生了怎样的作用？

一、“我”与“万物”的对话

王小妮早年的诗作中，“物”与“我”的互动呈现和谐、柔情的状态。主体对这个世界的美好想象常以相互的变形呈现出来。抒情主体往往从诗中非常明确的第一人称“我”出发。比如，在《一走路，我就觉得我还算伟大》中，因为“我”的走动，世界发生了变化：“我看见宇宙因此/一节一节/变成真的蔚蓝”，而在《睡着了的宫殿是辉煌的紫色》中，则是睡着的“我”在想象的神秘氛围中变了形：“我和你/睡着了以后。/我的脚步/孔雀一样幽蓝着跳跃。//它又从云中飘落。/我第五次/呈现葡萄汁儿的颜色。”上述的例子，尽管尚为轻浅，但基本呈现出王小妮诗中“我”与物象世界的关系模式：像是双人舞的双方，在抒情主体松弛闲散的，乃至略带天真的语调中，有时是主体想象自身幻化为物象世界的一部分，有时是物象世界呈现出与主体情绪相符的形状、色泽，有时，则是将两者的微妙关系描述为肉眼可见的步伐互动：“我有声地走近。/世界就舒缓着向后避退。”（《死了的人就不再有朋友》）

除了以“我”为中心发散出去的想象，王小妮诗中还常常出现作为抒情主体言说对象的第二人称“你”，而非仅仅是作为诗中角色的“你”。比如《你变绿后，我就什么也不写了》：

突然看见你
随风哗变成了绿色。

你变绿以后
世界一段一段枯燥。
你用无数只手扑叫我。
纸在空中应声凌乱。
我写的诗纷纷走散
乌云一样追随着乌云。

现在我感受到你
五岁小树般的
眼睛。[①]

诗中的"你"更多是作为一种称谓、一种对抒情语调的安置而出现的，并不特别具有角色功能。这个"你"与"变绿"相连，既可以实指窗外的树木、植物在春天的新生，也可以虚指亲人或友人走到一棵树下瞬间被绿色隐没。抒情主体虚化了事件，更强调一个"变绿"的状态之后，"我"的情绪、动作、打算的变化，而"你"无论指什么，都是"我"的对话者，"我"一系列动作的起因。此类第二人称在王小妮的诗中较为常见，它们往往并不经过铺垫，也没有具体的情节，只是突然被主体以"你"的称谓唤出来，甚至往往在诗的标题或第一句就兀自出现。比如这些诗的开头："首要的是你不在。/首要的是没有人在"（《那样想，然后这样想》），"靠在黑暗里注视你。/看见你落进/睡眠那只暗门。/看见你身上/缠绕了叮咚的昏果子"（《我走不进你的梦里》），"海洋突然间用身体歌

① 王小妮：《你变绿后，我就什么也不写了》，《半个我正在疼痛》，华艺出版社 2005 年版，第 20—21 页。

唱。/你抓紧海吧。/丝绸起伏得一阵忧伤”(《当你撞上死亡》),等等。在最后一个例子中,对“你”的言说出现了祈使句,这也是王小妮诗歌的语调特征之一,类似的例子还有:“你不能这样削响梨子”(《许许多多的梨子》),或如诗题《不要帮我,让我自己乱》。这些诗例中的“你”,即便有些可被较为明确地指认为诗人身边真实存在的“人”,他们也并不具有太多情节性功能,仅仅是作为“我”的说话对象,在更多的情况下,“你”作为一种虚化的存在,其实将“我”的言说对象从某个特定情节中的特定对象,引向了更广阔的世界,成为“我”与世界之间的对话。其中最为明显的表征之一,是《紧闭家门》中的一句:“我要警告万物保持安静”。在这一句中,王小妮诗的一个对话结构被明确标示出来:“我”与“万物”。

不仅仅是与“万物”的对话,王小妮在诗中常常会将细微的身体或日常物件代换为一些“大词”,日常的境界会得到一种突然的敞开。比如《半个我正在疼痛》主要涉及一次牙痛的经历,但这首诗并不仅仅局限在口腔的空间:“有一只漂亮的小虫/情愿蛀我的牙。//世界/它的右侧骤然动人。”“坐着再站着/让风这边那边地吹。/疼痛闪烁的时候/才发现这世界并不平凡。/我们不健康/但是/还想走来走去。//用不疼的半边/迷恋你。/用左手替你推动着门。/世界的右部/灿烂明亮。/疼痛的长发/飘散成丛林。/那也是我/那是另外一个好女人。”[①]在短短的数十行诗中,出现了三次“世界”:“世界/它的右侧骤然动人”,“疼痛闪烁的时候/才发现这世界并不平凡”,以及“世界的右部/灿烂明亮”。疼痛的经验告诉我们,神经的牵引确实会给人以“半个我”被疼痛所控制的感觉。但在这首诗中,诗人所泛化的并不是痛感,而是世界和身体律动(神经跳动)的同构节律:“动人”、“不平凡”、“灿烂”,将幽微的甚至冷色调的个体感官,扩展为一个暖色调的外部世界的光谱。这种“大词”用于感官的“扩张”和“虚化”,在王小妮的诗中也较为多见,比如“夏天在我的灌木丛里/像燃烧的

① 王小妮:《半个我正在疼痛》,《半个我正在疼痛》,华艺出版社2005年版,第44—45页。

年幼的铜”(《夏天的姿势》),“世界垂下头的时候/我们灿烂失眠/成为一个光芒万丈的好物体”(《失眠以后》),“有人突然吼叫/吼声缩小我。/跳荡时/老板的五官全部锋利。/我注视世界全部掀起时/那仓皇的一瞬”(《不反驳的人》)……将这些宏大词汇迁移到个体世界,赋予王小妮的诗以开阔的质地,不同于一般常见于“女性写作”的幽闭空间;同时,与八十年代一些同龄诗人仅仅停留在宏大语汇营造的“政治力比多”相比,王小妮的“世界”、“地球”都从个体出发,因而可知可感。

二、潜隐的批判

如果说在前一阶段,王小妮诗中“我”与物象世界的关系尚且融洽,是从“我”出发去拥抱世界,并充满了对话可能性的“相向运动”。那么在1993年以来的一批诗作中,物象的变形则开始携带诗人对人世的冷静洞察乃至批判。比如《等巴士的人们》:

早晨的太阳
照到了巴士站
有的人被涂上光彩。

他们突然和颜悦色。
那是多么好的一群人呵。

光
降临在
等巴士的人群中。
毫不留情地
把他们一分为二。

我猜想
在好人背后
黯然失色的就是坏人。

巴士很久很久不来。
灿烂的太阳不能久等。
好人和坏人
正一寸一寸地转换。
光芒临身的人正在糜烂变质。
刚刚猥琐无光的地方
明媚起来了。

神
你的光这样游移不定。
你这可怜的
站在中天的盲人。
你看见的善也是恶
恶也是善。[①]

不过是等公交车时阳光角度的位移，在王小妮的诗中，成了世间善恶的隐喻。尽管将被阳光照射的人群看作“好人”，阴影中的看作“坏人”，乍看上去完全是顽皮的灵光一现，但后一节“好人和坏人/正一寸一寸地转换”，分明又以貌似童真的语气，说出了人性中善恶两面并存，不可能泾渭分明，甚至有时互相生化的事实。最后一段，抒情主体突然由客观的叙述和想象，变为与“神”的

① 王小妮：《等巴士的人们》，《半个我正在疼痛》，华艺出版社2005年版，第92—93页。

对话："你的光这样游移不定。/你这可怜的/站在中天的盲人"，则将对人性善恶不定的洞悉提升到新的维度：清晨等车时照射的太阳，在此被称为"神"，并被等同于"命运"，而将命运的"游移不定"指斥为"站在中天的盲人"，则暗指了命运的无常，甚至造化弄人的成分。天地万物只是按照自己的程序在运行，是人的价值判断让善恶得以出现，但从人的角度，自然没有情感偏好的运行、演变则如天地不仁。不过，这一沉重的命题，在王小妮的诗中被处理得非常轻盈，她似乎不经意就能发现表象背后的玄机。

王小妮善于从最平凡普通的日常生活中提取到一种既是个人体验，又分明是普世道理的东西。这些场景往往与家务、或曰生活之"物"有关。但作为一位女诗人，即便诗歌常常取材于"室内"生活和家庭，她也并不属于典型的"女性写作"范畴。与翟永明的"黑夜意识"、伊蕾"独身女人的卧室"、唐丹鸿的欲望隐喻相比，王小妮诗中的意象更家常，也更开阔，主体在"物"中所见到的，并非特殊的女性经验，而是无性别差异的人与外部世界的关系。在《白纸的内部》中，抒情主体一开始呈现为"心平气坦"的家常状态："一日三餐/理着温顺的菜心"，"在我的气息悠远之际/白色的米/被煮成了白色的饭"，甚至将隐没在墙体之内的管道想象成"它们把我亲密无间地围绕"。但抒情主体并不甘于仅仅呈现出一幅和谐的生活图景，上述亲密氛围的营造，毋宁说是为后续的转折铺垫：

……

米饭的香气走在家里
只有我试到了
那香里面的险峻不定。
有哪一把刀
正划开这世界的表层。

一呼一吸地活着

在我的纸里

永远包藏着我的火。(《白纸的内部》)①

王小妮很擅长在很短的诗行里,快速转接不同的层次。在这首诗的结尾两段,她以“险峻不定”揭开生活温顺表皮下的真相之后,又紧接着以“在我的纸里/永远包藏着我的火”宣喻了主体不驯从的、与凌厉世界同构的“外柔内刚”的态度。这一明确的态度,与上一部分主体与世界的“对话”、“共舞”已不太相同,可以说是“我”站在与物象一定的距离之外,对自身主体性的确认。

这一结构也多次出现在王小妮的其他诗中。王小妮在描述外部世界物象的运动时,看似客观白描,却擅以反讽吐露态度。同时,她几乎不事渲染,也不会将物件描绘成那种可以随着情感层层推进、不断绵延的意象,而是在果决、坦荡的短句中,直接指认某种“发现”,与这个世界的物象特征直接对撞。而这些“发现”,就常常像从米饭的香气中触摸到“险峻不定”那样,对大家认为“美好”的事物表象提出了质疑。比如,被许多人认为是夏季繁盛生命力的蝉鸣:“蝉强迫我在粗砂纸间走/让我来来回回地难过。/又干又涩又漫长/十米以外爆炸开花的泡桐树/隐蔽很好的蝉在高处切我。//总有不怀好意的家伙/总有藏刀子的人。/今天轮到蝉了”(《蝉叫》);再比如,“我”擦干净窗户后,并未有“窗明几净”的舒坦,而是突然感到隐私的暴露:“什么东西都精通背叛。/这最古老的手艺/轻易地通过了一块柔软的脏布。/现在我被困在它的暴露之中。//别人最大的自由/是看的自由。/在这个复杂又明媚的春天/立体主义走下画布。/每一个人都获得了剖开障碍的神力/我的日子正被一层层看穿”(《一块布的背叛》);还有,一般能够给人以希望的早晨的阳光,在诗人这里成为自由的剥夺者:“为什么没有人发现/光芒正是我们的牢狱?/太阳迫使我

① 王小妮:《白纸的内部》,《半个我正在疼痛》,华艺出版社2005年,第107—108页。

们/一层层现出人的颜色。/我并没有说/我要在其他人类喧哗的同时/变化成人”，“我看见太大的光/正是我被拿走的自由。”(《我没有说我要醒来》)并不用搬出“太阳”的政治隐喻，也可以读出诗人潜在的批判态度，但这一态度并非基于某种对立的概念，而是源于微末的生活细节，源于对内在自由的彻底珍视。

对于这些“恶意入侵”，抒情主体往往会在揭示出其中的荒谬性后，明确表达自己的“打算”：“只有人才要隐秘/除了人/现在我什么都想冒充”(《一块布的背叛》)；“我的水/既不结冰也不温暖。/谁也不能打动我/哪怕是五月。/我今天的坚硬/超过了任何带壳的种子。//春天跟指甲那么短。/而我再也不用做你的树/一季一季去演出”(《最软的季节》)……这些句子中，主体与物形成了一种界限分明的态势：以一种想象的可能性，表达了对生活中细微的“强权”的拒绝，形成了自身明朗、果敢、不依附的态度。尽管对于这种“可能性”的想象，不过是灵魂出窍的闪念，更大程度上，是一种“自以为可以逃脱”的任性表达，但正是因为其中的“不认真”、“不算数”，诗的机趣才没有变成死板的道德宣喻，而是随着情境的变化“因地制宜”——在《一块布的背叛》中刚刚反讽地说到“不想做人”，在另一首诗中，与现代都市中高楼的突兀冷硬相比，“人”又成了“无限美好”的代名词：“人们造好高楼大厦/人赶紧接通了电就撤退了。/让它独自一个站在最黑暗的前线/额头毒亮毒亮/像个壮丁，像个傻子/像个自封的当代英雄。/……/这一生能做一个人已经无限无限美好。”(《深夜的高楼大厦里都有什么》)无论要不要做“人”，王小妮对人类现代处境之悲哀的反思是一致的，但这些前后不一的“主意”，是一个任性而执拗的抒情主体瞬时的想法，增加了诗歌的灵动性。

而在《台风正在登陆》的开头，抒情主体呼告：“救生员/不要阻止我/我要到海扬起来的身前去。/我要用手/碰一碰那全身暴跳的水。”抒情主体坚定地认为，“我是唯一/不会被这激烈液体/伤害的人”，不过主体的这种“自信”，并非八十年代张扬的主体。八十年代诗歌对外部世界往往是忽略的，其中所呈现的客观物象与世界，往往只是抒情主体内在世界的外化和变形，颇有表现主义的变形感。而王小妮是建立在对外部的真实认知上："海脱落了无数牙齿/把生命像橡皮一样擦掉。/最悲伤的人中/一定有我的朋友。"因此，后面的"但它绝不会吞没我/让我去碰一碰那电一样的水"，更像是一种弱者的执拗，而非强者的张扬——这些"绝不会"、"唯一"恰恰从反面揭示了人的脆弱和有限。因此，王小妮对外部世界的批判，并不是一些二元对立的老调重弹，她从不站在"物"的对面，而是可以持握一种微妙的语调，在与"物"的貌似共情中，实则发现"我"的悲哀，并最终是"人"的悲哀。可以看《西瓜的悲哀》：

付了钱以后
这只西瓜像蒙了眼的囚徒跟上我。

上汽车啊
一生没换过外衣的家伙
不长骨头却有太多血的家伙
被无数的手拍到砰砰成熟的家伙。

我在中途改变了方向
总有事情不让我们回家。
生命被迫延长的西瓜
在车厢里难过地左右碰壁。
想死想活一样难
夜灯照亮了收档的刀铺。
西瓜跟上我
只能越走越远
我要用所有的手稳住它
充血的大头。

我无缘无故带着一只瓜赶路
事情无缘无故带着我走。①

明明等待被“屠戮”的是西瓜，“我”某种程度上是“凶手”，但“我”在与西瓜“相伴一路”的过程中，感到人与西瓜生命所共有的忧伤。诗中第二节的“上汽车啊”，还是“我”对西瓜的“喊话”，而后的三个“家伙”，也分明是对于一个外在于“我”的事物的调侃，但到了第三节，“总有事情不让我们回家”，称谓就变成了“我们”，而后的“想死想活一样难”，与其说是西瓜的处境，不如说是人的处境。这种共情，到了最后一节“我无缘无故带着一只瓜赶路/事情无缘无故带着我走”，明确地发展成为“我”与西瓜境遇的同构——在生命奔向死亡的途中，充满人生的徒劳，和命运的不定数。

从这部分诗作可以看出，王小妮在日常生活的世界里洞悉人性、人类处境之暗面的时候，仍然保留着与开阔的物象世界的对话。尽管主体由温和逐渐变得亮烈，却并未丢弃共情的能力。

三、“写物”的气韵问题

王小妮的诗大多短制，这或许与她的书写方式有关：抒情主体的灵感触发往往基于“物”的某种瞬间状态。她的诗中多为判断句、祈使句，或以动作为核心的陈述句，从不因为过分雕琢而陷入修辞的迷障，而是保持着抒情主体与物象之间较为直接的接触。这样的诗从容、自然，偏向于“口语”和“自白”的方式，但王小妮又不似于坚、韩东等以“口语”为标签的诗人，赋予“口语”以话语阵营的戾气。

不过，这种书写方式，也带来一些问题。首先是较为平面，缺少更多的变

① 王小妮：《西瓜的悲哀》，《有什么在我心里一过》，作家出版社2008年版，第34—35页。

化。如果说八十年代末到九十年代的一批诗中,可以看得见主体的生长,那么,在2000年之后,王小妮诗歌中抒情主体的言说仍然延续着九十年代的方式。尽管随着周遭物象的变化,她保持着对现代都市、社会现实的审思,如《富士康外的落日》、《致京郊的烟囱》、《致比蓝更蓝》[①]等,但主体与物象的关系落在诗歌文辞上,并未发生新的裂变。

其次,主体与物象之间这种"速战速决"的触碰方式,更适合短诗,在组诗和长诗的写作中,或许并不太奏效。在诗集《半个我正在疼痛》、《有什么在我心里一过》、《害怕》中,王小妮也收录了数首长诗和组诗,包括《我看见大风雪》、《和爸爸说话》、《十支水莲》、《乡村十首》等。但是,这些长诗和组诗读来,精彩的部分仍是类似于短诗的零星段落,组诗所需要的层次性以及长诗所需要的气韵的绵延,在这些诗中并不太存在。倘若从题材的相似性上简单对比王小妮的《和爸爸说话》以及马克·斯特兰德的《献给父亲的挽歌》[②],两者均表达了父亲去世后的怀念,但王小妮的《和爸爸说话》,近似于一种甚少节制的倾诉,且组诗中的七首基本上在同一个平面上展开,尽管不能否认这样的写作对于诗人个体情感的意义,但作为一件组诗作品,仍然过于平面化和冗杂;而斯特兰德则从死亡的躯体写到哀悼的人群、生命的痕迹,并思考了死亡本身、时间感,在诗歌形式上,以对话体呈现对一个问题的两种可能不同的回答,或用长短不一的句子造成语流速度的变化,更具有组诗的感染力。而《十支水莲》、《乡村十首》等组诗,更像是一些相关主题的短诗合集,并未在一个总的主题下分层次展开。同理,可将王小妮与几乎同龄的台湾女诗人零雨稍加比较。零雨与王小妮的写作方式较为相似,持有一种自然、随和的语调,发现日常生活表象下的真实,并暗含批判性,但零雨更擅于长诗和组诗的写作,如早年的《特技家族》,晚近的《看画——歌川广重〈东海道五十三次〉》、《山水笔记》,在结构

① 王小妮:《出门种葵花》,江苏凤凰文艺出版社2016年版,第134、226—227页。

② [美]马克·斯特兰德:《献给父亲的挽歌》,《我们生活的故事》,桑婪译,湖南文艺出版社2018年版,第196—208页。

上较之王小妮，更具有层次感和设计感。比如，《看画》是以日本浮世绘画家歌川广重的“东海道五十三次”系列画作为灵感，可说是一组“读画诗”，这组诗中既有从具体的绘画场景引向对古典与现代性的思考[《5.（第 44 次）石药师寺》、《6.（第 34 次）桥上的人们》]，以旅途隐喻人世[《2.（第 19 次）渡河》、《3.（第 16 次）船》、《4.（第 33 次）三盲女》]，也有对绘画本身的讨论[《1.（第 11 次）清晨》、《8.（第 30 次）致歌川广重》]；《山水笔记》也包含着传统书画与人生之间的多个层次。而在具体的抒情声音的特质上，零雨会不断变换声音结构，比如《特技家族》中会以小括号制造二重唱式的和声效果：

向前翻滚（在人最多的广场愈缩愈小）
向后翻滚（愈缩愈小）
向前翻滚（愈缩）
向后跳（愈小）

——零雨《特技家族·1》

由此，组诗的各部分之间形成相互应和，其中的每一节都是整首诗的有机组成部分，而非数首独立完整的诗的拼装。这些，或许是王小妮在拓展其诗歌层次和广度时可以借鉴的。不过，王小妮在 2016 年出版的一本名为《月光》[①]的诗集，不失为她短促简省写法的一种较为有趣的呈现方式。在这部诗集中，王小妮集合了从 2003 到 2015 年所写的与“月光”有关的诗，它们发生在不同地点、不同情境之下，但几乎每首都呈现了月光与人世独特的联结。这种主题式的诗集，也可视为另一种意义上的组诗，在这本《月光》中，王小妮仍然是围绕着一个“物”的核心（月光），以她所擅长的方式与物象短兵相接，而这种散点式、长线程的意义拓展，又一定程度上规避了组诗的结构问题。

---

① 王小妮：《月光》，东方出版社 2016 年版。

总的来说，王小妮诗中的抒情主体在面对物象时，始终保持着松散和自然，她以接纳的态度观察物象，因而物象的呈现携带着可被感知的活力和机趣，但她的“接纳”更准确来说是“共情”，以一种理解力在物的悲哀中发现人的悲哀。在这些诗中，“我”与“万物”相互敞开，形成了对话结构，无论是和谐的互动，还是“我”经由日常物象看到了生活险峻不定的一面，并宣喻自身的独立态度，王小妮都保持了语言的简洁和直接，没有修辞的遮掩和绕避，而是以判断和祈使句一针见血、一锤定音。这种确定的力量不仅是语言修辞的问题，归根结底是王小妮这一写作主体几十年保持本色的结果。而唯一遗憾的是，她诗中主体与物象短兵相接的写作方式，依赖于刹那的灵感，这使得长诗和组诗显得有些气息不足；同时，王小妮的写作缺少更多的变化，从而一定程度上影响了其诗作境界的开阔性与多样性。

第二节　吕德安：自然物象的奇境化与现实缺憾

从八十年代初写诗至今，吕德安是少数持续专注书写自然和乡野，且未将自然滥情化的诗人。从儿时的马尾镇，到旅居美国时期的曼凯托小镇，再到回国后于福建北峰山上筑居，与自然亲近不仅是吕德安习惯的生活方式，也是他的诗歌底色。不过，在三十多年的诗歌写作中，尽管书写对象几乎始终没有离开自然物象，但吕德安的创作形态、书写语调发生了阶段性的变化：八十年代早期，是模仿洛尔迦的谣曲风格，包括《驳船谣》、《芦苇小曲》、《卖艺的哑巴谣曲》等，带有乡间小调的朴素轻浅，彼时，诗人尚未找到自己的声音；经过一段时间的探索，吕德安最精彩的一批诗作集中出现在他九十年代初旅居美国的几年，包括“纽约诗抄”中的短诗和长诗《曼凯托》，它们空灵、跳跃，富于想象力的照临和时间的形变；九十年代中期回国以后至2010年前后，吕德安创作了长诗《适得其所》和集束在“山中诗抄”的一批作品，但这批诗作趋于松散平实，较之纽约时期的高峰，形成了一定的回落。整体观照吕德安的诗歌，一个问题也由此产生：在变化的诗风中，不变的自然物象在吕德安诗中究竟扮演了怎样的抒情角色？而抒情主体又是以何种态度对待诗中的自然物象，并塑成其诗语的？

一、舞台“追光灯”下的自然物

首先，本节将从吕德安最好的一批诗开始分析。这批作品大多写于旅居纽约时期，其中一大惊艳之处，是想象力对自然物象的“施法”，动物的到来或山体的季候变化总以一种奇异的方式发生。比如《鲸鱼》：

冬夜，一群鲸鱼袭入村庄
静悄悄地占有了陆地一半
像门前的山，劝也劝不走
怎么办，就是不愿离开此地
黑暗，固执，不回答。干脆去
对准它们的嘴巴的深洞吼
但听到的多半是人自己的声音
用灯照它们的眼睛：一个受禁锢的海
用手试探它们的神秘重量
力量丧失，化为虚无，无边无际
怎么办，就是不愿离开一步
就是要来与我们一道生活
甚至不让我们赶在早餐之前
替它们招来潮汐……①

① 吕德安：《两块颜色不同的泥土》，长江文艺出版社2017年版，第78页。由于吕德安出版的几本诗集中，诗歌有过一些细微的修改，本节所引诗句除特殊注明外，均出自《两块颜色不同的泥土》。

鲸鱼在这首诗中的呈现，有一种置身于舞台追光灯下的光感，它的突袭，以及人们的反应，展开了一系列戏剧式奇情。鲸鱼的到来在开始是一场意外，“袭入”、“静悄悄”透露了它们到来的突然和神秘，而“劝也劝不走”、“怎么办，就是不愿离开此地/黑暗，固执，不回答”，又赋予鲸鱼执拗的个性。后面的数行，人们尝试与这一庞然大物沟通：吼叫、照射、试探，但鲸鱼的无动于衷不仅令人感到这些试触是徒劳的，“受禁锢的海”、“力量丧失，化为虚无”以及它们的死亡“久久压迫大地的心脏”等句子对鲸鱼之庞大的呈现，达到了几乎消泯人力、与自然的神性力量相联结的地步。这些都把鲸鱼塑造成一个绝对的、不可撼动的，而又神秘、美丽的存在。在诗的后半部分，人们对这群自杀的鲸鱼进行分解：把脂肪加工成灯油，把骨头砌到墙里，而鱼腥四处弥漫。对于这些实用层面的“行动”，诗的结尾给出了一个对比：“哪怕在今天/那些行动仍具有说服力/至少不像鲸鱼，它们夜一般的突然降临/可疑，而且令人沮丧”。在此，鲸鱼自杀的悲剧使后面人们“行动”的“说服力”成为一种反讽：那些讲求效用的行动、人类生活的碎片终将“变得/不起眼，变成历史，变成遗址”，但鲸鱼不计代价地追随某种意愿，直到悲壮地自我毁弃，成为一场不可回避亦无法忘记的震荡，具有了被置于聚光灯下的神性，引人追慕。纽约时期的吕德安，很擅长赋予自然界的造物以神秘而圣洁的色彩。比如《曼哈顿》里的那只海鸟，在曼哈顿和罗斯福岛之间那片黑暗狭长的海域自由翻飞，诗人并不需要在诗中直接指明对高楼林立的大都市的不适，而是将“我的孤独”寄存于海鸟腋窝的白色羽毛之中；还有《解冻》中那些石头，仿佛受到了神秘力量的驱使，在一场朝向山脚的蹦跳中释放了它们的“疯子本性”、它们的“苍老和顽固”，每一块都各具性格，散落在我们的梦与生活中。

如果上述几首诗中，自然物象与“我们”呈隐喻性的叠映关系，那么在《河马》反复升起的音乐节拍里，“我们”则以另一声部出现，与之形成配合：“河马从水面升起/我们希望它继续升起/一遍两遍，直到确认它在那里/和它那酣睡的音乐//冬天，它那宽阔的背/需要爱抚，需要拨弄/或者，河马应该在栏杆里升起/像真理——”、“啊！至少河马应该像教堂/当它升起，大地湿漉漉一片/天空有翅膀的影子，而我们眼睛如梦/继续摇晃在它的阴影里”、“夏天的另一群河马雨一般降临/几乎不曾真正落地//在那里，它们喝彩而我们在/水下屏息”(《河马》)。河马的形象不断转换，先后被比作冬天的乐器、教堂、夏天的雨，而我们拨弄、爱抚它宽阔的背脊，摇晃在它的阴影里，或在水下屏息。整首诗保持着潮汐般的呼吸节律，“我们”与“河马”处在不同的声部中，此起彼伏，形成“混响”。万物随着河马的升起而摇晃、变形、舞蹈，仿若超现实主义者的梦境。类似的奇幻时刻也发生在吕德安的其他作品中，比如当我注目于河床中一个拾竹竿的人，暮色将会“由于我专注于这个男人的劳作/而推迟降临，兴许还会破例降临两次”(《河床中的男人》)；一棵落叶的树仿佛在落雨、融化、乃至雪崩(《一棵树》)；圣诞节前的傍晚，一群天鹅在波光中“逐渐靠近/使一座房子生辉”(《天鹅》)，更有“一个燃烧着下坠的天使/它的翅膀将会熔化/滴落在乱石堆中/为此我们听见群峰在夜里涌动/白天时又坐落原处/俯首听命。我们还听见/山顶上石头在繁殖/散发出星光，而千百年来/压在山底下的那块巨石/昏暗中犹如翻倒的坛子/有适量的水在上面流淌/满足着时间”(《群山的欢乐》)，等等。

鲸鱼的突袭、山体的解冻、鸟的翻飞、树木的生长、暮色的降临、天鹅的游弋……自然界的物象在吕德安的诗中往往作为抒情主体生命节律、心灵图景的共振而出现，以一种符合主体内心律动的方式展开。他会赋予这些物象以一束纯净的、超现实的光线，让它们如梦境般进入平静的生活。这让人联想到毕肖普《麋鹿》中那只母鹿的陡然出现：“——突然，巴士司机/猛地刹车，/熄掉车灯。//一只麋鹿走出/无法穿透的树林/站在路中央，或者/不如说是赫然耸现。/它走近来；嗅着/巴士灼热的发动机罩。//巍峨，没有鹿角，/高耸似一座教堂，/朴实如一幢房屋/(或者安全如房屋)/一个男人的声音劝慰我们/‘绝不伤人……’//……//她不慌不忙地/细细打量着巴士，/气魄恢宏，超尘脱俗。/

为什么,我们为什么感到/(我们都感觉到了)这种甜蜜/欢喜的激动?”①不过,值得注意的是,在这首诗的前半部分,毕肖普还描述了新斯科舍的潮汐、日落、家禽、农舍、日常的告别氛围,随着旅途的延伸,外祖父母在巴士里压低声音谈论陈年旧事,有人沉沉睡去,麋鹿的突然出现并带给人惊叹与甜蜜正是发生在这样的氛围中。这只充满母性的麋鹿与毕肖普诗中的鱼、海豹、犰狳等一样,尽管不同程度地映照了诗人的内心,或呈现出一个宁静的异在世界,但在写法上并未脱离具象的细描:鱼鳃上钩和线的形状、鱼肉翻出的白色、犰狳湿亮的玫瑰斑点、海水的冰冷咸涩……另一方面,这些动物并非抽离人世的天外来客,而是发生在巴士穿行于乡间的旅行、一次垂钓或对老渔夫的一趟拜访中,自然物象并非抒情主体内心的投射或抒情的对象物,而是作为独立的动物主体,与环境中的人发生切实的互动和感应,并反作用于抒情主体对世界的认知。

相比之下,吕德安的诗中,不仅很少能直接读到对动物或植物具体形态的描绘,这些自然物象所扮演的角色也往往是抒情主体内心某种抽象情绪的客体化。它们大多作为梦境的跳板,将诗句带向一个奇异的时空,其中场景的切换以非常简洁干净的句子衔接起来,恰如梦境中事件轻盈顺滑的流转。由于一切并非实景,而是想象的产物,这一系列幻象的降临是悬空的,如美丽的海市蜃楼。这么说并非否认想象力的作用,但比单纯强调想象的有无更重要的,是探讨想象力从何处生发、如何作用于诗歌的动力机制。它的持续性、对抒情主体的滋养和扩展能力均有赖于此。吕德安诗中奇境的悬置可能会带来的问题,在他后期诗作中或多或少地显现了出来。

二、时间的拉伸术与蒙太奇

除了展现自然界神秘而富有灵性的异动,这批佳作体现了吕德安另一大

---

① [美]伊丽莎白·毕肖普:《唯有孤独恒常如新》,包慧怡译,湖南文艺出版社2015年版,第117—118页。

优长，擅写时间的流逝。在其中，诗歌的内部速度时而迅疾时而舒缓，张弛有度地给出了重构历史的另一种方式：

洪水的故事

当初，洪水来过，一个世纪后
又把我们从台阶上惊起
先是不到膝盖一半，女人们
都只是轻撩裙子，鞋端在手上
来了，似乎只是来重复一下往事
来了，漫过街巷，让大小灰尘浮起
让深处的泥土开腔说话，重新浑浊一遍
而那时我在屋里，看见父亲
从床底拖出几箱重物，堆到床上
又很快把它们放回。那一天
若说受了惊吓，也不过是
小小岁月中换一条床单，寂静
寂静仍旧是廉洁的，而等五月过去
洪水就会静静地归入大海

而接下来的几个五月加快
和父亲去世后变得沉默
和山里的报信人跑来，那一天
我正在睡觉，他们已打开天窗
要把厨房搬到屋顶，要生起火
让彼岸的人知道我们在这里
“没有更好的地方了”——这是

父亲生前的话，现在重新回荡
而此刻，如果有人溺水失踪
那他一定正在海上漂浮，而往日
幽暗的街角，也一定有人提灯撑船
送来永久的救济：那一天
和今后的每一天

这首诗头两行出现的“来过”和“又”一般用于衔接两个连续的或相隔时间不长的动作，但此处，洪水“又把我们从台阶上惊起”已经是“一个世纪后”的事情了。而当前两行的时间跨度为一个世纪，紧接着的第3—7行却慢下来，停在洪水来的那一天，让镜头扫过洪水漫溢的街道、提裙子的女人、浮起的灰尘和泥土。第8—9行，拉成特写镜头，“我”坐在屋里，看父亲把床下的重物挪到床上。可到了第10行，速度又陡然加快，接了一个蒙太奇：洪水退去，父亲很快又把箱子放回原处。往后的几行，镜头变成了一个回忆中的远景：“若说受了惊吓，也不过是/小小岁月中换一条床单，寂静/寂静仍旧是廉洁的，而等五月过去/洪水就会静静地归入大海”——“岁月中换的一条床单”遂成为那次洪水全部的印记。这首诗的第二段镜头非常俭省，与第一段构成了对比和张力。在同样用三行快速切过几年的时间后，镜头再一次停在当下这场洪水的“那一天”：“我”在睡觉，而其他人已在屋顶上生火求援。此时，回忆的影子再次楔入：“‘没有更好的地方了’——这是/父亲生前的话，现在重新回荡”，这句话不仅是一个闪回，还蕴含着今昔对比——父亲在世时，洪水带来的惊吓不过是“换一条床单”，轻盈、安适，甚至带有温暖熨帖的味道；而父亲去世后，洪水则伴着山里报信人的飞奔、屋顶上生火求援的窘迫、有人溺水失踪的危险……这组险象环生的镜头，显然与第一段童年的那场洪水里捕捉到的“撩起裙子的女人”不一样了。结尾的两个“一定”和“永久的救济”，更像是失怙后面对生活必然出现的艰难而发出的祈望。这首诗看似仅仅铺叙了几个关于洪水的场景，但诗句镜头不断的闪回、加速、跳切、对照，在短短数十行内，将几十年遭遇中最戳中人心的部分放大，其余则轻快掠过，不仅避免了笨拙，还使诗歌所蕴藏的巨大情感能量在适宜处加速释放。此类速度的快慢不一，统合在一首诗乃至一句话中时，其间的效果仿佛屏息后长舒一口气，如《天鹅》中的这句“那一天，房间里多出一个人，像上帝/照亮了孩子们，又顷刻间把他们驱散”，极大调动了情绪的起伏节律。

对时间速度的掌控，是吕德安运用得较为得心应手的方法之一，在他早年的名诗《父亲和我》中就已露端倪：“父亲和我/我们并肩走着/秋雨稍歇/和前一阵雨/好像隔了多年时光//我们走在雨和雨/的间歇里/肩头清晰地靠在一起/却没有一句要说的话。”由于第一段里的秋雨“和前一阵雨/好像隔了多年时光”，第二段中的“我们走在雨和雨/的间歇里”就相应地成了一幅近乎永恒的图景。吕德安巧妙使用了类似“视觉暂留”的方式，悄悄更改了人们对于时间的感知，从而绵延了“父亲和我”这一画面持续的时间。而《继承》中，时间则发生了相反的变化，被压缩成“延时摄影”式的镜头：“几乎可以从一颗苹果开始——它被咬过一口/一个年龄最大的孩子转身跑开/害怕被发现/在桌上，苹果留下来——/这之间又多出了几道缺口/啊！消失了多少孩子，父亲/可是在你习惯训斥的夜色里/我们曾经羞于承认/我们曾经贫穷，会发光，祈求不要这样/但是这些仍然阻止不了/那个最后的孩子消失/啊父亲/我们总是先学会失去/然后才开始珍惜/几乎没有一个例外”（《继承》）。这首诗中，几乎所有的动作均为过去时——咬过、跑开、留下来、多出了、消失了、阻止不了……它们抽离了全部的过程，在诗中仅仅呈现为结果。因此，整首诗像是一系列结局的快速拼接，从一颗被咬过的苹果所暗含的亚当夏娃的故事开始，到一代代孩子跑开、桌上苹果多出缺口，再到父亲的去世——“那个最后的孩子消失”，尤其是诗中两次在“孩子”一词后紧接“父亲”，这种连用更添一层代际更替、时间流逝的意味。

吕德安调节着时间的变速器，在永恒性和瞬间性之间架设他的诗行，这使得他讲述的故事、书写的场景跳出了外在历史时间的桎梏，拥有了独属于主体的“记忆时间”，在追忆和挽歌中产生了尤为出色的效果。他写于1992—1993年的长诗《曼凯托》[①]即为典型的一例。吕德安1991年赴美，美国北部小镇曼凯托成为他的第一个落脚地，两年后，他在纽约写成了这部长诗。吕德安曾在访谈中自述，曼凯托“意味着一种怀念”，具有“故乡的性质”，它“田园味道的冬天”与纽约形成了强烈反差，从而“更像一块净土”。[②] 长诗以一场雪开始：“曼凯托，一天雪下多了，这镇上的雪/仿佛小小的地方教堂，把节日的晚钟敲响”（《曼凯托》第1节）。雪的覆盖首先营造了静穆的氛围乃至静止的时间：“在这里，惟有乌鸦是真实的/在雪地上，它们的黑色瞳仁//在世界的白色眼圈里闪动，飞跃/冲撞，燃烧，沉寂，复活//在这里，惟一执着而天真的/也是这些乌鸦//它们落下又落下/这一只和更黑的一只”（《曼凯托》第6节）。在白雪所取消的时间维度里，乌鸦的“落下又落下”营造了回旋的效果，使得线性时间转而成为轮回时间。而在每一天与前一天的相似中，曼凯托也在记忆中不断后撤，涵括了家乡与童年的光景，并弥漫着人世更迭的死亡气息：蹈海的孙泰、早逝的父亲、死去的棺材店老板……他们的离开渗漏在被诗句所拉伸的时间缝隙中，凝结为一些“未完成”的憾恨：

“……在花园的后架旁
他奇迹般地赶上我父亲

喊着要到远方养蜂，已经
有了合伙人，可是没等父亲回答

① 吕德安：《曼凯托》，《顽石》，中国工人出版社2000年版，第134—161页。本节所引《曼凯托》均为此出处。

② 吕德安、金海曙：《访谈：亲爱的德安》，《在山上写诗画画盖房子》，中信出版社2018年版，第226—227页。

他已踏上了海浪，月光下
撒出鱼网，像一个健忘的人

一个爱开玩笑的人，从他的故事
跳开，从这座永恒的房子中走开”

（《曼凯托》第 2 节）

“现在他稳定下来了，因为我在旁边，
我说：夏至已到，父亲，我们有的是时间

游得更远——但是没有，什么也没有改变
仍然笨拙而沉重，直到他死那一天

直到我放下他的手
把它放在手的重量里”

（《曼凯托》第 27 节）

一个是“没等父亲回答”，孙泰已被海浪永远地带走；一个是父亲没等学会游泳，就已经离开人世。诗句压缩了许诺和死亡之间的间隙，加重了生死无常之感，也更加凸显出他们离开之后岁月的孤寂漫长。如果说这相当于慢板，吕德安也间或插入生命的加速度：

“这里的冬天比夏天长——
想想下雪，结冰，当我们醒来

夕阳池面上，有小孩三五成群

朝着无穷的惯性的夜滑去，回来时

都已是大人，身后带来更多的孩子
更多的光……”

（《曼凯托》第28节）

“这场小雨，还使我想起儿时
灯光下摆着那些蚕，小小的嘴

吐着一丝丝光，织出一个个
小而又小的天堂，它们的白色身体

也因此更加透明，托在掌上
直到变成蛾，再一下子释放了自己”

（《曼凯托》第26节）

诗人先是以缓慢的速度、精致的细节刻画出冬天、冰封、夕阳、蚕蛹等漫长的蛰伏期，而后用一个蒙太奇瞬间加快速度，释放出孩子们长大、蚕破蛹成蛾的瞬间——在漫长的蛰伏之后，在“无穷的惯性的夜”之后，成为突然而至的生命盛典。类似的快慢、强弱调配，极为动人，使得整首诗如交响乐般，具有起伏绵延、收放自如的情绪表达。

不过，上述“记忆时间”所营设的抒情纯度，在写作的广度和复杂性上也构成了一个难题。正如吕德安自己在访谈中所说，他本想将长诗《曼凯托》写成“一个异乡人在纽约这样一个大都会的混乱经验，而曼凯托作为一个自然的情趣仅在其中起着某种镇定作用，最后组成一个大杂烩”，但因为“又怕那样的话我会完全乱掉，精神崩溃，所以《曼凯托》成了最终的这个样子，可以说是我在做一次妥协，回避了一次疯狂”[①]。这一“回避疯狂”的选择，某种程度上成就了《曼凯托》完整安静的气息，在其中，属于自然乡野前现代的、循环的、遵循生命节律的时间观占主导，一定程度上与大都市的线性机械时间格格不入，这也是福建故乡往事能够“自然而然地归入它的气氛中”，而“异乡人在纽约”的都市经验则无法被纳入诗中的原因之一。但另一方面，在这一“回避疯狂”的选择中，也可以看出吕德安诗中抒情主体处理自然物象的方式：他习惯于将这些自然物象置于神秘空灵的氛围中，基于“记忆时间”的伸缩术在诗歌内部的叙事节奏上造成凌空、轻跃的效果，但经过记忆滤镜“纯化”的风景，往往在纳入现实的异质和复杂性时，会暴露出力不从心的一面。

三、接应现实的缺憾

在上面两部分，本书详细分析了吕德安最优秀的一批诗。在其中，想象力的突入以及记忆时间的回旋成为最出彩的部分，但也正是在这批作品的奇峰突起中，同时包含了吕德安创作的惯性可能带来的问题：他在处理自然物象时，始终偏向于营造想象的神秘或回忆的静滞。尽管一位诗人对一种书写方式的选择并不必然存在问题，但在他重回福建乡间之后，自然景物不再只是回忆而是一种现实，他也流露出“每首诗都是对现实的竭力求近”[②]这一观念的转变。因此，当我们依循诗人自我的转型意愿，将现实维度纳入考量，却发现吕德安所尝试的风格转型似乎并不太成功，反而逐渐呈露为一种松弛与滞重的状态。

1994年回国后，吕德安由于一个偶然的机缘，与友人一起在家乡的山中盖了一座房子。这段较为独特的经历，在他近年出版的散文集中有详细的记录。几个月切实的体力劳动，以及一段时间的山居生活，吕德安算是“回到”了他所亲近的自然，他的诗歌风格也相应发生了变化。相比此前作品对回忆的捕捉、

---

① 吕德安、金海曙：《访谈：亲爱的德安》，《在山上写诗画画盖房子》，中信出版社2018年版，第227页。

② 吕德安：《天下最笨拙的诗（代序）》，《顽石》，中国工人出版社2000年版，第3页。

对幻境的构设，吕德安回国后的诗作更朴拙，更多对土地、屋宇、瓦工石匠的实写，而较少空灵和跳跃。这一阶段对“写实”的回归似乎跳出了前文中对想象、回忆的执拗，但问题在于，吕德安所写的是怎样的现实？一方面，对于自然乡野本身的书写，吕德安并未用审视的眼光，去看待他所打交道的山民以及这些年间乡野的变迁；另一方面，除了被传为“隐逸佳话”的山间筑居，吕德安回国后的生活并不局限于山里，他也曾去北京闯荡，为一个诗歌网站做日常运营，并尝试进入北京的当代艺术圈，间或去美国画画维生，在牟森改编自于坚《零档案》的话剧中扮演一个角色赴欧洲演出……这些丰富的经历所能够带来的心灵的震荡，均可作为入诗的好材料，但在吕德安后期的诗作中竟全无踪迹。因此，如果说吕德安需要突破高峰时期的作品所形成的“格式”与惯性，作为方法的想象力与时间重构或许并不应该被舍弃，反倒是吕德安所注目的“自然的实存”，未能拉开足够丰富的层次，它不再扮演打开感官的灵媒，而是有成为桎梏和囚笼的危险。

在吕德安这些几乎集中于山居生活的诗中，一类是生活中与泥瓦匠、石匠、漆工、农民、邻居、朋友打交道的生活逸事片段，另一类则是诗人身边的日常景物，如屋顶、草坪、池塘、台阶、水井、石头甚至土豆，带给诗人的思考和感受。在前一类有关人世生活的诗中，吕德安的写法或许有意追摹他的偶像弗罗斯特，但弗罗斯特的“田园农舍”诗显然更具丰富性和冲突性。在诸如《家葬》、《雇工之死》[①]等诗中，弗罗斯特以一对夫妇的争论，写出了年轻母亲丧子的巨大悲伤与丈夫克制的理性冷静之间无法交流的沮丧，整首诗几乎没有说明性的语句，情绪的紧张和冲撞全部由对话展现出来；或者写一对夫妇在讨论是否要善待一位曾执意离开而今又突然出现的前雇工之后，进屋发现他已死亡。这些诗看似只是平常的对话，但在其中蕴含了对人的尊严、善恶、当时的社会环境、情感的压抑与释放、流浪与家园感等诸多问题的讨论，正如弗罗斯

① [美]罗伯特·弗罗斯特：《林间空地》，杨铁军译，上海文艺出版社2014年版，第38—47、67—73页。

特自拟的墓志铭上所说“我与这个世界有过一场情人般的争吵”①，这些诗中戏剧性的张力、意蕴的复杂性，无疑加深了诗人主体与这个世界的紧密联结。而吕德安《池塘逸事》、《屋顶与池塘三章》、《异乡的石匠》、《两个农民》、《给哑巴漆工的四则小诗》等，所涉及的无非清理山坡、借还斧头、翻修屋顶、路过时的一声问候等生活的插曲。这些诗中几乎没有情节，更没有冲突，口语化的句式甚至给诗歌造成一种失重感。唯有《继父》一首，写每次“我”打电话回家，在电话中隐约听到继父在家里进行种种改装而弄出的又敲又凿的声响：继父在这个家庭边缘、尴尬而又试图融入、获得“合法”位置的处境，通过这些窸窣的声响、家具的位移传达出来，将人世间生死、往来、抗拒、容纳等生活的泥沙俱下写了出来。

而这一时期书写自然物象的诗，吕德安也几乎褪尽了超现实的色彩，意象的清晰度亦有所减弱。纽约时期那些具有他独特色彩的鲸鱼、河马、天鹅、解冻的石头等，几乎不曾再出现过。《无题》中具有“老虎形象”的猫、《适得其所》②中那条被砍去一半的蛇、被开凿的石头等，尽管这些形象也附着了离家之人如何再次适应故乡土地的主题，以及这一主题中诗人对自我的思虑，但它们都没有显现出应有的灵性。或许随着年岁的增长，吕德安开始厌弃早先超现实手法所携带的炫技色彩，然而，超现实其实不仅仅是一种修辞或一种诗歌技法，更是主体对世界的强烈参与，是想象力穿梭于主体和世界之间，使物象发生符合主体生命律动的形变。但这一时期的吕德安，对自然的态度不再是好奇的、探究的、与之共舞的，而是呈现出对自然的顺应、贴合与皈依。这一方面表现在他常在诗的结尾将自然风物归结为一个道理，比如“它引导我们不得不穷尽一生/去爱一些不能爱的事物/去属于它们，然后才去属于自己”（《可爱的星星》），“那留下的成了心灵的禁忌/那消失的却坚定了生活的信念”（《冒犯》），或如“多少年，在不同的光里/我写微不足道的事物/也为了释放自己时/顺

① ［英］W.H.奥登：《罗伯特·弗罗斯特》，《染匠之手》，胡桑译，上海译文出版社2018年版，第475页。

② 吕德安：《适得其所》（长诗），《适得其所》（诗集），重庆大学出版社2011年版，第3—89页。

便将黑暗沉吟"(《诗歌写作》),"我写作时也有一道水源远远瞪视我/我学习着分寸,谨慎地将文字/像原地挖出的石头,把大地圈在几米之外"(《掘井》)等几首关于写作本身的"元诗"。这几首诗仍算是吕德安这一时期较为上乘之作,但这些道理的总结、对写作的喻示,都获取得有些轻易了。另一方面,吕德安越来越多地在诗中表达普泛的"爱",比如"今天,就在那条现成的小道上/虽然踩着相似的落叶/我的心里却充满爱:/我的草坪也许还包括蓝天——"(《草坪》),再比如"愿月光为这块土地洗礼命名。/愿月光祝福大大小小的众多石头。//愿这隔着一座山仿佛在下雨的/遗忘的山谷,月光重新亲吻它。//……//愿那些高高在上的人,他们眼睛里的荒杂地/虽不是伊甸园却也是乐园//愿月光偏爱他们。愿我们就要在上面建立家园/的那两块岩石高耸,一百年仍在它们原来所在。//愿它们的恐惧消失"(《适得其所·第四章虽不是伊甸园却也是乐园》第 29 节)……《草坪》的末句尽管包含了对季候、生死循环的涵纳、体认,但前一句"爱"的直白表露反而削弱了末句的层次;而长诗《适得其所》最末章的最后一节,几乎简化成了一场房屋落成时祈福仪式的祷词。这些单一的情感元素并非不能进入诗歌,而是当它们成为一首诗的落点时,难免显得单质和扁平。从诗歌的写作状态来说,尽管这一路向或许是吕德安追求"口语"、"自然"的结果,但其中的圆融和顺应,无法不带来松弛的遗憾。

这种对自然的皈依和顺从,在一些旧作的改动中亦有体现。吕德安九十年代中期以前的诗中,间或会带有一点神秘的气息,这种神秘能够将诗歌推向一个纯净的乃至神圣的氛围,成为诗中轻盈飞升的部分;有时也使用诸如上帝、教堂、耶稣、天堂等语汇,它们往往很融洽地与其他意象一起,共同作用于诗歌的整体氛围。但吕德安后期诗中,神秘氛围的营造不再经由物象的变形或一连串的动作,而是时常依赖一些带有宗教色彩的地点和名称进行"点化"。尤其是诗集《两块颜色不同的泥土》中出现的几首对以前诗作的改写,新加入的宗教意象明显变得刻意了。比如,收录在诗集《顽石》中的早年诗作《泥瓦匠挽歌》,以第一人称"我"写了一位上屋顶修剪树枝、整理瓦片的泥瓦匠不慎坠落的悲剧："多年之后，谁会带我回来重新认识那片屋顶，/让我挑选一个日子，压弯树枝/听钟声敲响数遍，嘴上仍挂着小曲"，正如开头所呈现的，这一版保留着一种活泼闲散的调子，一个快乐无忧的乡村泥瓦匠形象。因此，结尾的"因为直到如今我才明白，虽然/按迷信的说法，早有人说过：/凡是有神灵的房子都动不得"带有一种民间信仰的似是而非、半信半疑的原生趣味，这种轻快感与挽歌本应有的沉重构成诗歌力量的平衡。但收录在2017年的诗选集《两块颜色不同的泥土》中的《泥瓦匠挽歌》则完全改变了轻松的调子，而代之以庄重："多年之后，谁会教我挑选一个日子，/站稳脚跟，去重新认识那座庙宇"，从开头的"屋顶"被改成了"庙宇"，到诗的中间部分，远处的海浪和岛屿新增了"观音菩萨"的比喻，再到结尾的那句告诫，删除了"迷信的说法"，从而变得更为笃定。修改后的诗似乎完全被"神灵"摄去了魂魄，整个语调都变得小心谨慎，甚至故作庄严，失去了早先版本中插科打诨的民间喜感。再比如《恐惧》，写到邻居放火烧荒却误惹土地峰的慌张，诗集《顽石》中的版本几乎是对这一情景的实写，并以一声嚎叫结束；而到了诗集《两块颜色不同的泥土》中，凭空把"浓烟阵阵"改成了"浓烟的天堂"，烟雾中的"你"变成了"火光里忽隐忽现的幽灵形象"，"你的形象"变成了"你的原形"，并在其后加上了"不像在天堂里"等。可以猜测，诗人的本意或许是想通过这些词语的添加，把这个被火光和蜂群追赶的人物形象虚幻化、神秘化，但实际效果是以较为刻意的神圣意象将诗框定在一个规整的秩序内，带有预先设计的色彩，削弱了山中劳作突遇意外时原始的、毛茸茸的慌乱感。尽管不能由此判定吕德安目标明确地想在自然中归纳出某种神性，但抒情主体在自然面前个性的缩减、格式化的增加显而易见。自然作为他最熟悉的题材，也逐渐变成阻碍他拓展新的写作天地的掩体。主体在自然面前的隐没和躲藏，使得文本的活力、创造性都受到了不同程度的影响。

在当代汉语诗中，吕德安是一个尚未被充分探讨的诗人，这或许和他九十年代旅居国外、回国后生活得较为疏离，且后来越发将重心放在绘画上有关。但自然物象在吕德安诗歌中所扮演的角色，或反过来说，吕德安在诗中处理自然物象的方式，理应得到重新审视：在他九十年代最优秀的那批诗作中，主体以想象的方式将自然物象转化为空灵美妙的奇境，并容纳了回忆对时间的跳切重组，使得一大批动物、山石、草木在当代汉语诗歌中变得鲜活、灵动，满含时移事往的伤感；而这种“奇境化”的抒情方式在他后来尝试接应现实时开始失效，诗中既删削了超现实的幻境，又甚少现实冲撞的复杂性，显露出平实疏松的遗憾。或许，吕德安看待自然的视角，仍然较为单一，他习惯给予它一个幻美的玻璃器皿，而未将其纳入现实的角斗场，这妨碍了他迈向更多的抒情可能。

在各种物象的书写中，自然物象之所以特殊，一则因为在浪漫主义-象征主义的传统中，它们更易于被纳入诗歌的抒情程式，形成主体的情感投射，这看上去似乎是一条抒情的捷径；但另一方面，它的难度也在于自然与现代社会相对隔阂，容易形成一个围囿，框限住一些不能进行经验突围与转化的诗人。当下一大批书写自然乡土的廉价抒情诗，即是这一围困的产物。吕德安作为当代诗中的佼佼者，尽管未能完全跳出经验转换的窠臼，但他近年来较少创作，尚未滑入廉价的抒情，至少是一种可贵的自持。但无论如何，当代汉语诗歌的抒情主体在倾听自然的同时，能否将自然纳入自己生命经验的复杂性，并给予它一个合理的位置，既是一种现代意识，也是一重诗艺的考验。

第三节　叶辉：日常物象的隐秘与历史突围

叶辉的诗始终以语言的简洁凝练和发掘日常物象间的神秘联系著称。深居高淳乡镇，几十年来，叶辉专注于探究南方小镇的日常物象，从中听到了一些世事的奥秘，并以简省、可靠的语言道破它们，构筑起一种神秘的氛围。在他九十年代至新世纪初的诗中，抒情主体语调渐趋笃定，真理在握如占卜的巫师，想象力的延展也由灵光乍现发展为对万物生灭规律的揭示，形成了愈发熟练的操作。近年来，叶辉寻求自我风格的突围，在日常神秘的遍在中引入现实、历史的重构与地理空间的拓展，如组诗《古代乡村疑案》，就将经由物象虚构历史的兴趣推向一个完成度较高的实践。这一新变也使得抒情主体调整了姿态并流露出更多的情绪。在这些诗作中，对世事的洞悉、对过度知识化的警惕以及意象与关联词之间的巧妙联结，既在历史编纂所可能导向的冗余繁复中进行镂空，又为叶辉的轻盈诗风增加了内在硬度，对当下诗歌创作中浅白和繁复的两极均构成启迪。

一、先知语调的获得

就作品的语言来看，叶辉几乎没有学徒期，早年的诗作就已具备了成熟、凝练的语言形态。但倘若仔细考察叶辉诗歌中神秘性的延展方式和抒情主体语调，仍会发现它们经历了一个逐步生长的过程。

有一回我在糖果店的柜台上
写下一行诗，但是
我不是在写糖果店
也不是写那个称秤的妇人
我想着其他的事情：一匹马或一个人
在陌生的地方，展开
全部生活的戏剧，告别、相聚
一个泪水和信件的国度
我躺在想象的暖流中
不想成为我看到的每个人
如同一座小山上长着
本该长在荒凉庭院里的杂草

（《在糖果店》）[①]

---

① 叶辉：《对应》，花城出版社 2009 年版，第 67 页。

作为叶辉早期的代表作,《在糖果店》或许构成了很多人对叶辉的第一印象。诗中并没有太多神秘的色彩,仅仅再现了一个灵魂出窍的美妙时刻,构想着另一种生活的可能。如草一般疯长的愿望,发生了"去别处"的位移。整首诗带有温暖熨帖的调子,因为"糖果店"和"想象的暖流"自带的安谧温馨的气息,诗人对于"另一种生活"的冥想丝毫不意味着对此地的厌恶或逃离,而只是对异在空间的片刻神游。这种"神游"在同时期的另一些作品中增加了物象本身的神秘感:

> "我们经常在各自的阳台上交谈/他看着对楼的房间说:那里像是存有一个/外在空间,因为那里的人很缓慢//……//我低着头在想。但他总是把头伸向望远镜/在深夜,脸朝上/像个祈雨的巫师//附近的工地上,搅拌机如同一台/灰色的飞行器,装满了那些可能曾是星星的砂石"(《天文学家》)
>
> "树木摇曳的姿态令人想起/一种缓慢的人生。有时我想甚至/坐着的石阶也在不断消失/而重又出现在别处"(《树木摇曳的姿态》)

乃至一位"家神"的出现:

> "雨天的下午,一个砖雕的头像/突然从我时常经过的/巷子的墙面上探出来/像在俯视。它的身体仿佛藏在整个/墙中,脚一直伸到郊外/在水库茂盛的水草间洗濯//要么他就是住在这座房子里的家神/在上阁楼时不小心露出脑袋/这张脸因长期在炉灶间徘徊/变得青灰"(《砖雕》)

正如这首《砖雕》由墙上的头像想象它被遮蔽住的身体,叶辉对小镇日常物象背后所隐含的神秘世界的想象,大多紧贴这些物象进行延伸,与祈灵于宗教而获得的神秘性大相径庭。用叶辉自己的话来说,这是"用日常的手边的事物来呼唤‘神灵’”[1]，这构成了叶辉诗歌的基本模式：由身边某个日常场景或物象起兴，通过联想和想象，将与之关联的另一个世界召唤进来，或许是一种人生的可能性，又或许是物件的前世来生。这些冥想带有一种鬼魅的气质，与肉眼所见的日常景象几乎不加过渡地隼接在一起，成为生活中“通灵”的时刻。这样的例子还有很多：“我靠在一棵树上/另一边靠着/一个小神，如果他离开/我就会倒下去”(《空神》)，“鸟飞过来了//那些善意的鸟，为什么/每次飞过时/我都觉得它们会投下不祥”(《飞鸟》)，“癞蛤蟆的表皮起了泡/是因为他们古老的内心/一直在沸腾”(《魔鬼的遗产》)……这些灵光乍现的时刻，对微妙瞬间的捕捉，与罗马尼亚诗人索雷斯库的“奇想”颇有共鸣——“电车上后座人的报纸边沿像是在切前座人的脖颈”(《判决》)、“不知哪颗星球的光正敲打我的墙壁”(《镜框》)[2]。

但叶辉并未止步于这种灵光一现的想象方式，在对命数持久的研习与观察中，他愈发专注于事物之间的隐秘联系，尤其是独属于古中国南方小镇的世代如常、因果报应。它首先呈现为对隐没于现代线性时间之下的循环时间的揭示：“我知道每棵树上都有/附近某人的生活，一棵树被砍掉了/但生活仍在延续/它变成木板，打造成一张新婚的床铺/在那里生儿育女，如此/循环不已”(《量身高》)。这种循环往复正如《遗传》中那道“桌沿上的压痕”，与楼上女同事漂亮的眼睛一样，来自一种世代的层累；或如《老式电话》中那些相似的下午、远处酷似父亲的男人，《砖雕》中与这一天相似的“以前的一些时刻”，欢乐、梦、悲哀会像天气的巡游一样在每个人的脸上风水轮转(《天气》)，一根木头在斧头下可以不断变成椅子腿、衬子、楔子(《一个年轻木匠的故事》)……在一种几乎静滞的时间中，常与变，万物的转化、消长、盈亏，散布在叶辉所构筑的江南小镇上，几乎消弭了时间性与地域差异性，正如诗人在《一首中国人关于命运的诗》中所写：“其实这是一种古老的说法，无论我在哪里/总是同一个地

① 叶辉、木朵：《我宁愿像个巫师》(访谈)，《中国诗人》2004年第2期。

② [罗马尼亚]马林·索雷斯库：《水的空白》，高兴译，上海人民出版社2013年版，第160—161页。

方”。而《萤火虫》在以更为笃定的语调讲述世代如常的命数时，将其推入一个互相关联的命运之网：

在暗中的机舱内
我睁着眼，城市的灯火之间
湖水正一次次试探着堤岸

从居住的小岛上
他们抬起头，看着飞机闪烁的尾灯
没有抱怨，因为

每天、每个世纪
他们经受的离别，会像阵雨一样落下

有人打开顶灯，独自进食
一颗星突然有所觉悟，飞速跑向天际

这些都有所喻示。因此
萤火虫在四周飞舞，像他们播撒的
停留在空中的种子

萤火虫，总是这样忽明忽暗
正像我们活着
却用尽了照亮身后的智慧

（《萤火虫》）①

① 叶辉：《对应》，花城出版社2009年版，第61页。

这首诗以先知般的语调，从容地处理了视角的转换，尤其是不同时空的联结。“我”在机舱中俯瞰城市，小岛上居民仰望天空滑过的飞机，诗人并不过问两者间是否有联系，而是将这一动作中隐含的离别以一种时间的加速度带过——“每天，每个世纪/他们经受的离别，会像阵雨一样落下”，使之成为一种遍在的命运。这几乎让人联想到波德莱尔笔下那幅命定的、永恒的图景：“他们的脚陷入像天空一样荒凉的大地的尘土里，他们露出注定要永远抱着希望的人们的逆来顺受的表情缓慢前进。”[①]人类的孤独、离合、悲悯、希望、失落，星辰的感应，昆虫的自在，命运的起伏、挣扎……它们被布设在短短数行诗中，各安其位，又在冥冥之中互相作用。而叶辉对不同人命运之间隐秘联系的驾驭，在诗集《对应》的第一辑中愈臻成熟。

“每一个人/总有一条想与他亲近的狗/几个讨厌他的日子/和一根总想绊住他的芒刺//每一个人总有另一个/想成为他的人，总有一间使他/快活的房子/以及一只盒子，做着盛放他的美梦”（《关于人的常识》）

“征兆出现在/天花板上，我所有的征兆/都出现在那里//……//每个重大事件/都会引起它的一阵变形”（《征兆》）

“我的生活，离不开其他人//有些人，我不知道姓名/还有些已经死去//他们都在摇曳的树叶后面看我/如果我对了/就会分掉一些他们的幸福”（《飞鸟》）

在这一批诗作中，叶辉的想象力主要集中于对事物之间因果、对应、影响关系的演化。尽管“物无非彼，物无非是”、“方生方死，方死方生”、“是亦彼也，彼亦是也”[②]等道理早已在老庄、周易等典籍中被道尽，但叶辉在当代汉语诗中

① ［法］波德莱尔：《人人背着喀迈拉》，《恶之花 巴黎的忧郁》，钱春绮译，人民文学出版社1991年版，第388页。

② 庄子：《齐物论》，《庄子今注今译》，陈鼓应注译，中华书局2016年版，第60页。

重新发明了它们。他以极度简省的语言建构这些关系，容纳了生灭、世变，无限循环又无法穷尽，构成了一种氛围、一个微型世界，乃至一种诗歌风格，给人以既奇妙又惶惶然的感受。而他也从中获得了“莫若以明”的观照事物的方式，创造了与之相应的语调。

如果说《在糖果店》中，叶辉对异在空间的想象还带有一种温暖迷蒙的调子，那么在这批作品中，他逐渐习得了一种笃定、沉静、中立的先知语调。这首先体现在诗句中大量条件关联词和全称判断的运用中，俯拾即是的“如果……就……”、“每一个……总……”、“所有……都……”增加了抒情主体的自信和通透，让抒情主体逐渐成为一个宣喻的巫师或先知。叶辉越来越娴熟地制造诸多事物之间的对应和联结，仿佛不再需要依赖有形的存在，万物之间的联系早已了然于胸，以先知的口吻一次次说出，成为一个遍在的真理。而诗中结论之外的具体场景，即便是生活中真实发生过的片段，也由于抽离了具体的时间性，而似乎变成了为这些结论提供印证的例子。诗中许多由“如同”、“好像”连接起来的比喻，不再起到一种增加诗歌感性肌质的修饰功能，而是负责串联起一些暗含相似性、关联性的场景。尽管丰富的细节和奥秘仍不乏迷人的感性，比如妇人梦中的葡萄树和远方男子梦中前来啄食的黑鸟，但往昔小镇生活的具体日常不再成为一个绝对的触发由头，而是在一个渐趋稳定的抽象结构内部成为起着说明作用的可替代的存在。这些基于“对应”结构的诗歌，在经由抽象、普遍化而获得一种似真性的同时，其“迷人”的效果，也暗含了形成惯性和模式化的风险。

二、历史的试触

或许是意识到万物消长的结构在诗中已逐渐成为一种固定的格式，而过于顺滑的写作容易导向风格的固化，在2010年往后的一批诗作中，叶辉开始了一些突围的尝试，在他所熟悉的结构中，引入了对现实的触碰和对历史的重绘。

一些惊诧的元素开始陡然出现在安宁恒常的景物中，比如《远观》，在用寺院、暮霭、溪水、农舍、土豆等搭建起的古朴宁静的气息中，诗人突然写到："这一切都没有改变//除了不久前，灌木丛中，一只鸟翅膀上的血/滴在树叶上。"(《远观》)[①]这让人联想到洪磊的摄影作品《紫禁城的秋天》(1997)中那只卧于血泊中的鸟，或《中国风景——苏州留园》(1998)中那片血色的池塘。相似的，在《广场上的人群》中，诗人由小镇广场上跳舞的人群、玉兰树上的布谷鸟，陡然宕开一笔："透过窗幔，广场显得神秘/有一会儿我觉得/我们之间隔着时光、年代/人群四处奔跑、焚烧/叫喊"(《广场上的人群》)。或如《新闻》中将"我"开车路过的风景与收音机里的新闻交叠在一起：灾难、凶杀与远处的河流，政治家的登场与"我"经过的危险路段，朋友在暴雨中等待救援的联想与广播里"渡过危险期"的儿童以及"火势仍然旺盛"的别处……还有从萦绕的蚕丝想到"大革命前/江浙一带，被缠绕着的/晦暗不明的灵魂"(《蚕丝》)[②]，某个风景地"海鸟飞离，码头躺在血和腥味的/晚霞中"，"在镜头之外，一条狗掉入深渊/棕榈立刻烧毁了自己"(《留影》)，等等。从叶辉诗歌惯常的结构来看，他的大多数作品都由手边的平常物象、场景开始，在诗行行进的过程中，这些物象开始升腾，或发生一些变化，或产生一些喻示。而变化、喻示延伸的方向，就是其诗歌意义提升的向度。由此可以推断，这批诗歌中突然加入的灾变场景，或许是诗人着意冲破以往诗中世代轮回、波澜不兴的氛围，将其导向复杂和动荡，造成"混响"。而顺着这些作品继续往下看，又会发现，这些意外的变数在突然闯入之后又倏忽而去，诗歌的结尾往往又回落到"空无"的音调上。上述几首诗的结尾几乎都呈现了这样的特点："大雾看起来像是革命的预言/涌入了城市，当它们散去后/没有独角兽和刀剑/只有真理被揭示后的虚空"(《远观》)，"不知从何而来的人群/他们正一个个走向夜空//只有空荡的广场感到茫然//一条流浪狗不抱希望地/检查着人们丢弃的垃圾袋、果皮/有如十分可疑的历史事

---

① 叶辉：《叶辉的诗》，《大家》2011 年第 13 期。

② 叶辉：《叶辉的诗(组诗)》，《诗潮》2018 年第 6 期。

件”(《广场上的人群》),以及《留影》结尾剩下“浮动于尘世”的“寂静的教堂”,《新闻》最后遁入“思想快乐的晦暗之处”、逐渐含混的声音、记忆中一张模糊的脸……这或许说明了叶辉的历史观,即永远在一个宏阔的时间线索上去考察历史,即便有偶然的惊异,也仍然遵循旋起旋灭、忽明忽暗的规律,历史的记忆又未尝不可以是未来的先声。这种生灭无常的古老东方智慧,在《遗址》、《邻居》、《隐秘》、《回忆:1972年》、《在展厅》等作品中,进一步发展为人类历史的短暂、速朽,与草木自然世界的恒常、无情之间的对举,前者正如《拆字》结尾那个落入门外深渊的“拍翅的回声”①。

这一历史观念,在2016年的组诗“古代乡村疑案”中,被移置到一个远古的时间点。诗人从当下日常生活显影出的历史遗存里,虚构出一些古代南方生活的故事(以及它们的最终消亡),发展了《浮现》一诗尚未充分展开的主题。诗人在组诗的题解中认为:“所谓疑案也只是我对以往生活的一些想法”,“关于南方生活的由来并不是历史书能给出的,有时它就在我们附近,就在日常生活中不时地流露出来。当我走在旧城中,看到古老的石凳上放着一只旅行箱,或者在泥土里嵌着一小块瓷片(有些可能是珍贵的),细想后你会觉得惊讶,以往的一切时时会浮现出来,在地下”。② 这组颇为整齐的作品充分发展了虚构历史的兴趣,情节性前所未有地增强。

县 令

没有官道
因此逃亡的路像厄运的
掌纹一样散开,连接着村落
在那里
雇工卷着席被,富农只戴着一顶帽子

---

① 叶辉:《在太空行走(组诗)》,《诗歌月刊》2010年第9期。

② 叶辉:《古代乡村疑案(组诗)》,《草堂》2018年第6期。

私奔的女人混迹在
迁徙的人群里

道路太多了，悍匪们不知
伏击在何处
但县城空虚，小巷里
时有莫名的叹息，布谷鸟
千年不变地藏于宽叶后面
无事发生
静如花园的凉亭，案几上
旧词夹杂在新赋中

最后一个书吏
裹挟着重要，可能并不重要的文书
逃离。也许只是一束光
或者几只飞雁
带着并不确切的可怕消息
但无事发生
火星安静，闲神在它永恒的沉睡中

县令死去，吊在郊外
破败寺庙的一根梁上，在他旁边
蜘蛛不知去向
县内，像一张灰暗下来的蛛网
一滴露珠悬挂其上
如圆月。而记忆

则隐伏于我们长久的遗忘中①

《县令》是其中颇具代表性的一首，将一个县城的败落和人们的逃亡写得张弛有度，极富戏剧性和节奏感。人们逃荒的张皇失措、县令被吊死的在劫难逃、悍匪伏击的威胁，与空无一人的县城里"无事发生"的死寂彼此交织冲撞，构成张力。结尾，县内蛛网般荒芜的道路和上空永恒的圆月再次将动荡的历史凝定在千年不变的图景中，而末句"记忆/则隐伏于我们长久的遗忘中"则再一次重复了历史循环往复、生灭不定的主题。这组作品中，还有一个村民诡秘又平凡的失踪(《绣楼》)②；一具溺水的美丽女尸和一个县官的恋尸癖(《鳗》)；一次古代的审讯与落在邻村的流星之间隐秘的关联(《流星事件》)；一只木偶逃脱后狗和葫芦的异象(《木偶逃脱》)；《驿站》中古代城池的闪现；或者乡村先生的起居(《先生》)，无论朝代更迭仍照常生活的村民(《新朝》)，偷伐树木的要领和禁忌(《偷伐指南》)，儿童看到故去的老族长时水中钻出的乌鱼(《儿童》)，青蛙般在井壁上来回浮现的记忆(《青蛙事件》)……这组"疑案"因为丰富的故事情节而获得了具体的时间性，不再将万物间隐秘的联系抽空为普遍的"对应"定理，而是以散布于不同年代的具体情节展现它们，作品的感性程度大大增强。但万物的应和、消长，历史波澜的生灭等观念仍在背后隐隐地起着作用，叶辉对历史的虚构并未落得很实：一方面，所有这些历史均由一个物件引发的想象构成，就像《县令》从一条已经消失的驿道虚构出逃窜、动荡的历史，《穿墙人》的故事极有可能只是从墙边的一双鞋延伸开去，其目的并非真正的历史记述，而在一种美学趣味、一种气息的建立；另一方面，叶辉在建构的过程中也不忘时时对历史发出怀疑和消解，他不断泄露出这些物件、历史消亡的结局，同时表现出对文字构成的历史的不信任——历史可能就像《一行字》中没

① 叶辉：《叶辉的诗(组诗)》，《诗潮》2018年第6期。

② 叶辉：《古代乡村疑案(四首)》，川上主编《象形 2014》，长江文艺出版社2014年版，第260—261页。

有几个人能读懂的布告，以及香案灰尘上的一行字，随时会被识字的“意外新故者”伸手抹去，而无从流传。

值得注意的是，在这一系列历史虚构中，叶辉诗歌中抒情主体的角色也悄悄发生了位移，不再是《对应》系列中始终持握真理的巫觋或先知。他大部分时候是记录乡村逸闻的史官，是传说的讲述者，偶尔也会成为故事中的角色："我"有时排在古代县衙受审队伍中，是个身负小罪、偷听到秘密的草民(《流星事件》)；有时是在宇航员探索太空时“正在给朋友写信”的小镇居民(《在太空行走》)；参观外地一尊佛像时，“我”突然丢失了自己——“每个人都找到了自己/池塘、桥、小庙，几只仙鹤//我是什么？/内心没有痛苦、只有焦虑/仿佛此刻田里闷燃的麦秸”(《解说》)……以往诗歌中仅作为功能性存在，且永远静观、沉稳、不介入的“我”突然出现了主体情绪，而这种情绪在《鳗》的结尾得以喷涌：“我决定任其腐朽，我要看着/窗口狼眼似的眼光渐渐暗淡/任奸情的状纸堆积成山/而人世的美竟然是如此深奥莫测”(《鳗》)，面对女尸的美，老年持重的内心突然焕发出少年般狂暴的激情，压倒了有关断案和兴衰的所有理性，爆发出对美毅然决然的耽溺和挥霍，这一被激活的县令形象，在这部虚构的史册中搅出了轻微的震荡。

或许可以认为，“古代乡村疑案”对村庄佚史的虚构，一定程度上解决了叶辉在《对应》系列中面临的抽象、空泛的危险，从“先知语调”到“史官语调”的转变，使得他在处理以往熟稔的消长、转化主题时更为从容。即尽管内心仍然持握宇宙万物相互生化、历史生灭无常的认知，但抒情主体不再直接地宣告出联系、对应的秘密，而是节制地待在具体物象或场景的内部，通过描摹它们的形态变化、空间挪移，想象它们的前身后世来表现这一切，乃至随物赋形，角色化为其中必然消失的一环。

这一变化也体现在近期的几首新作中。《在暗处》、《划船》、《幸福总是在傍晚到来》涉及了物象明暗、光影的变化，并在其中看到往世与来生、记忆与遗忘的秘密。这似乎是对以往主题的回归，但诗人并未急于用背后或许隐含的定律来统摄它们，而是耐心地沉浸于光线变化本身的美妙，比如“幸福总是在/傍晚到来，而阴影靠得太近//我记起一座小城/五月的气息突然充斥在人行道和/藤蔓低垂的拱门//在我的身体中/酿造一种致幻的蜜”、“几只羊正在吃草，缓慢地/如同黑暗吃掉光线”(《幸福总是在傍晚到来》)，“犹如在湖上/划船，双臂摆动，配合波浪驶向遗忘/此时夕阳的光像白色的羽毛/慢慢沉入水中，我们又从那里返回/划到不断到来的记忆里”(《划船》)，还有站在露水中秘密交换种子的树木、地平线后面滚落进海洋的半个世界、中世纪女巫“艳如晨曦”的长裙内衬、驱动我们的“沉重的黑色丝绒”、感到喜悦时身体内可能会出现的一道闪电(《在暗处》)[①]……这些诗作都将驱动万物的神秘力量写得绚丽感性。《大英博物馆的中国佛像》则是关于地理空间拓展的诗作中较为成功的一首:“没有人/会在博物馆下跪/失去了供品、香案/它像个楼梯间里站着的/神秘侍者，对每个人/微笑。或者是一个/遗失护照的外国游客/不知自己为何来到/此处。语言不通，憨实/高大、微胖，平时很少出门/……”(《大英博物馆的中国佛像》)[②]整首诗较长，写了一尊中国佛像在异域的博物馆中微妙的“违和感”，并想象了它从中国的无名村落运到英国的旅途，曾拜倒在它脚下的村民由信徒摇身变成中介人，而他的脸与旅客、学者、另一展区的肖像画彼此酷似……结尾处，闭馆的博物馆外，“水鸟低鸣，一艘游船/莲叶般缓缓移动/仿佛在过去，仿佛/在来世”，将地域迁徙、历史文化的流动收纳到带有佛教意涵的莲叶中，凝定为世代生灭轮回的永恒图景。正如《候车室》试图展现“我们的生活很可能是其他人生活的影像，可能是历史生活的影像，也可能是未来生活的影像”[③]这一主题酷似博尔赫斯的《环形废墟》，叶辉或许正在尝试通过空间上的延展继续探索现时、此地与别处“过往人类的反光”间的关系，《高速列车》、《上海往事》、《临安》、《异地》等作品可看作这一尝试的初步结果。此外，《在北京遇雾

---

① 叶辉:《木偶的比喻(十二首)》,《江南(江南诗)》2019年第2期。

② 叶辉:《叶辉的诗(组诗)》,《诗潮》2018年第6期。

③ 叶辉、李乃清:《叶辉:以往的一切会时时浮现出来》,《南方人物周刊》2018年第30期。

霾》、《大地》、《高速公路》、《蜘蛛人》中引入的现代城市意象，以及《灵魂》、《笑声》、《卷角书》中对“神性失落”与“历史混沌”的喟叹，亦可视为叶辉新一轮的试触，其美学效果还有待更多的作品提供观察。

三、轻盈的奥秘

就总体风格而言，叶辉是当代汉语诗歌中为数不多的成功发展了“轻盈”特质的诗人。在语言的简洁、凝练，与附着于物象的想象所可能形成的曼衍之间，叶辉总能获得一个较好的平衡，像是一位出色的建筑师，在稳固与空灵之间找到一个恰当的形态。尽管文学中的“轻盈”概念经由卡尔维诺和昆德拉的著名论断，已传播甚广，但汉语新诗中能够真正窥得此奥秘并成功熔炼为作品风格的诗人着实不多，以至于这一词汇反而常常成为中国评论者面对能力不足的“轻飘”作品时的粉饰托词。然而，须知真正能够掌控自己航向的“轻盈”，必然不同于“轻飘”，要以足够的内在力度为支撑。

正如前文所论述的，叶辉对日常物象的观照总带有一种探究其背后奥秘的兴趣。这让他能够快速地离开物象表层的迷惑与牵制，迅速抓住事物的内核。叶辉自己也承认，他有一种“对于事物探究的执迷”[①]，这一定程度上成为他诗歌轻盈的奥秘之一。这种探究，首先意味着对事物的倾听。主体清空自身的偏见，清除凌驾于物象之上的欲望，让事物自身所携带的气息被主体充分感知，主体也得以突破自身的个体有限性。而基于这种感知之上对事物间关联的发现，由于并非主体强加上去的，因而不必依赖对事物繁冗的捏塑、涂抹或修饰，而是直取世事秘密的核心，获得一种遍在的结构，一个独特的视角。叶辉正是在一个“被动”的层面上理解诗人使命的：“诗人的命运，似乎也是这样，最终，你只能以某种‘继承者’的身份出现，但这也不是你努力能够做到的，是它找到了你，而不是你自己，所以所谓独特和创造都是不重要的，关键是你

① 叶辉、李乃清：《叶辉：以往的一切会时时浮现出来》，《南方人物周刊》2018年第30期。

是否能在自己的母语中找到回响，看到自己远久的样子。”[①]这颇有些济慈“消极感受力”(negative capability)的影子。他声称自己是诗歌的“练习者”，只是记下了“对生活的觉悟”，且不论其中自谦的成分，其中对主体“我执”之局限的放弃，对更广阔命运的体察，或许是抒情获得轻盈飞升力的方式之一。

另一方面，尽管崇尚对事物的钻研，叶辉对事物内在规律的“研究”并不太依赖书本所提供的知识。作为一位“研究《周易》数十年”，对地气、风水、运数非常着迷的诗人，叶辉诗歌中的智性元素，更多是基于类似农耕时代的生活经验的累积。这让他有效避免了知识的围困。在与木朵的访谈中，叶辉流露出对诗坛论争术语和理论“大词”的抗拒，表示对九十年代诗人提出的理论策略和当代诗歌的年代变迁并不太关心。与处于“中心”的诗人相比，深居在高淳石臼湖边的叶辉呈现出较少与外界联系的封闭状态，尤其是在网络普及之前的九十年代。但有时，“常常是貌似远离的东西更具有吸引力，远离即主见，自我放逐、沉迷和隐匿正是一种态度，一种自我选择”[②]，正是偏居一隅的叶辉敏锐地发现了时代的谎言：“我的整体印象是：九十年代的诗，仿佛只是言论的引用部分，言论似乎更重要了。”[③]的确，九十年代诗歌的泡沫之一，在于阅读资源的堆砌和理论建构的空洞成为诗人才华平庸的掩体。很多在九十年代开始经营自己声名并显赫一时的诗人，往往将经由他们所提出的“叙事”作为诗歌复杂性的必然保障，但充其量只是以分行的形式留下了一些拉杂的事件陈述，使得这些作品显得表面繁复，实则缺乏精神内力。与这一风潮相比，叶辉的轻盈，在于他不会遁入理论和修辞的旋涡，他对日常物象的亲近和研习，并不在意于导向某种知识的炫耀，而是着力于一种美学趣味和气质的养成——“要紧的是你是否有能力离开诗，进入真正的生活”[④]，这让他的诗中留有足够的缝隙

---

① 叶辉、木朵：《我宁愿像个巫师》(访谈)，《中国诗人》2004年第2期。

② 朱朱：《空城记》，《东方艺术》2006年第3期。

③ 叶辉、木朵：《我宁愿像个巫师》(访谈)，《中国诗人》2004年第2期。

④ 叶辉、木朵：《我宁愿像个巫师》(访谈)，《中国诗人》2004年第2期。

供语言和物象自由呼吸。

但需要说明的是，轻盈并不意味着简单和怠惰，它仍然有赖于诗人足够的创造力，在语言中塑成风格。尽管在前文中，叶辉强调了自己聆听物象背后可能性的“消极承袭”能力，但落实到具体的诗歌形态上，轻盈的诗风仍然是他在语言中主动创造的结果。其中，意象与关联词的关系值得注意。一方面，叶辉诗中意象众多，往往并不具体展开，但每个意象都自带一种气息、一个自身的小宇宙，构成了一个丰盈的世界。他认为，《易经》中强调一个事物的变化带来整体变化的观念和写诗很像，给他以很大影响。由一个字、一个意象的改动来带动诗歌整体观感的变化，比如 2010 年之后一批试触现实的诗歌就以现实意象突入的方式，充分发挥了汉语诗歌中“意象”的灵活性。另一方面，叶辉并未简单地将这些意象堆叠在一起，而是用关联词将它们组合起来，因而有效地控制了诗歌内部的张弛度，连接词的果决、简省，乃至通过否定词达成的多重转折，比如《县令》中的“但”、“而”，《远观》中的“除了”，或《在糖果店》中的“不是”、“也不是”，使得诗歌内部的层次和褶皱丰富起来，构成了一个紧凑的内部空间。但这些关联词并非强加上去的，而是基于诗人对物象间联系的发现或构想，正如前文所述，这有赖于诗人对事物自身声音长期的倾听和思考。时下与叶辉同被归在“江南”名下的几位诗人，诗风也大多简洁。但一个显见的问题便是“轻”造成的失重感。他们当中有些以呼天抢地的家国指涉，有些以声色绮靡的江南营构，形成了各自的写作特征，但主体往往是怠惰的。他们经常只是以排比的方式摆放、堆叠出了一些意象，由这些意象自身携带的暗示力，组合成一幅似是而非的图景，以唤起人们心中的江南想象；又或者过于紧贴物象的浮表，亦步亦趋地织就景物，然后仅仅在诗歌结尾腾空一跃，砸下喻指。相比之下，叶辉以更为持续的深入，呈现了主动镂空的姿态和诗歌结构上的平衡。他通过精准的描述、视角的选择、繁简的调配、臻于极致的概括力来抵达诗歌的轻盈，而非依赖或此或彼的暗示。如果确乎存在一个南方小镇，它绝非仅仅是一团似有还无的雾气，它包含着更多的复杂性——循环、静滞中的冲撞，奔突之后的陡然柔弱，或无数世代的诞生与寂灭，均需要写作者进行主动建构。这提示了即便是一种轻盈的诗学，也永远是透澈的产物，而非懒散的结果。

“我将不断吃，不断重建/一些飞鸟、一些野蛮的东西”（《树木摇曳的姿态》）。就已经呈现的作品来看，叶辉以一种轻逸而富有力度的方式，构筑了时代、世变、无常，以及属于东方古老智慧的此消彼长的奥秘，并且，他仍在不断地建筑和吐纳着他的南方，或某个他处。他的小镇空灵，但并非完全神秘莫测，那些雕镂得当的诗行至少构成了某种召唤：放弃永远有千百种滑落的方式，而唯有持续掘进的诗人，才能够偶然窥得轻盈的奥秘。

小结

从上述三个具体案例分析可以看出，王小妮、吕德安、叶辉分别提供了抒情主体处理物象的独特方式：王小妮通过“我”与“物”的对话，以及物象和主体的变形，来表达对人世的洞悉和潜隐的批判；吕德安为他亲近的自然物象搭建了一个个奇境，以想象力和蒙太奇对时间的跳切，赋予物象以纯净和圣洁；叶辉则在南方小镇的物象中，充分发展了老庄哲学里万物互相联系、生灭无常的当代版本。

而当他们在诗中观看、呈现“物”的同时，我们从抒情主体的语气、声调、状态中，也同时看到了他们的“看”。日常事物入诗，对主体的要求在于，主体必须具有独特的视角、独特的“命名”，才能将日常之物超拔出他们的庸常之境。用海德格尔借阐释荷尔德林来探讨诗歌本质的话来说，诗人通过“词语性的创建”，物的本质达乎词语，物才得以闪亮，而人的此在在这一过程中被带入一种固定的关联中，才被建立在一个基础上。[①] 而只有“命运性地与我们相关涉”的

① ［德］海德格尔：《荷尔德林和诗的本质》，孙周兴译，《海德格尔文集：荷尔德林诗的阐释》，商务印书馆2014年版，第44页。

诗歌，能够“诗意地表达出我们身处其中的命运”[①]的诗歌，才是“别具一格”的、本质意义上的诗。

上述对“诗的本质”的揭示，究其实，是要求抒情主体能切实地进入诗中，而所谓“进入”，并非以其固有的观念凌驾于物象之上，而是以自身的澄明和开放，将主体自身的命运也放置在与物象的对话中，并每一次都重新发现物的“灵晕”。当代诗中还有许多擅写物象的诗人，但他们往往工匠气较重，倾心于好句的营构，却缺乏主体的修为。主体不应该扮演物象之上永恒的解释者，他需要被震惊或震慑，比如在胡弦的名作《春风斩》中，虽然中间能听到地球中心的吱嘎声，但结尾惶恐的是群山，而主体不为所动。

此外，就整体看来，书写物象的诗歌，也存在要么过轻，要么写作的持久度和丰富度不够等问题。比如徐俊国的诗集《致万物》、何三坡的诗集《灰喜鹊》，其中不乏灵动之诗，但瞬时的触动往往过于微小，很难对抒情的气息给予持续的供养。上文中分析的王小妮、吕德安尽管已佳作迭出，但在物象书写方面，仍然显得有些单一，而叶辉近年来在历史和现实方面的试触，或许也正是觉察了这一点后的突围。

---

① ［德］海德格尔：《诗歌》，孙周兴译，《海德格尔文集：荷尔德林诗的阐释》，商务印书馆 2014 年版，第 224 页。

第三章　主体与语言：语言逸乐中的主体位置

本章讨论的是抒情主体在转喻、悖谬等修辞技艺中与语言本体所建立的关系。尽管任何文学写作者都必须直面与语言的关系，但此处所指的是，九十年代以来一部分诗人将语言直接当作对象物来处理，亦即：通过对词语的拆解、转喻句法的使用等，使得语言传达内容的功能，让位于语言自身的变形、运动图示所宣示的意义。

这种对语言游戏性一面的开发，对语言本身所内蕴的技巧、机锋的关注，既有类似于“西昆工夫”等宋诗理趣的反照，又一定程度上受到世界范围内语言学转向的启发。而在汉语新诗的范畴中，它与1990年代一批诗人提倡的“知识分子写作”较为相关。“知识分子写作”的含义比较混杂，除了在王家新处特指一种知识分子良知，这一名词也曾作为与“民间诗歌”的对垒，意味着诗人在写作时对智识元素的青睐、对阅读资源中典故的暗指、对非诗领域词汇的挪用、对固定的成语或表达进行拆词重构……种种操作，通过打破常规的表达，使语言不再顺滑，从而引人将注意力重新放回到语言本身，而非仅仅关注语言所传达的内容。

因而，这一转变，同时深刻地关联着抒情诗中词与物的关系。如果说，上述对语言的操作一定程度上构成了对语言习惯的省察，尤其是对之前几十年来语言粗鄙化的反拨，那么它的效果究竟如何？同时，抒情主体在沉浸于语言智性机巧的同时，怎样不致沉溺其中，让作品成为趣味化的语词滑动游戏，失去与现实世界的关联？诗人臧棣曾在《90 年代诗歌：从情感转向意识》的笔谈中，将“历史的个人化和语言的欢乐”视为九十年代诗歌的主题，并认为，“对语言的态度，归根结蒂也就是对历史或现实的态度”[①]。这使得对主体与语言关系的探讨变得必要。

本章将以欧阳江河（1956 年生）、张枣（1962—2010）为例，他们诗风迥异，但皆对语言本身的潜能投注了较多的心力。欧阳江河以矛盾悖谬的修辞著称，并试图在其中焊接冗杂的社会话语；而张枣对语言的雕琢，则更具美学上的雄心，试图复现汉语甜美的古典音势。考察他们作品中主体、语言与现实的关系，有助于看到九十年代以来诗人们在语言技艺实践上的趋向与得失。

第一节　欧阳江河：悖谬修辞下的杂语与自指

欧阳江河在八十年代早期即已登上诗坛，且数年来不断经营着自己的诗歌名声。作为一个较有理论素养的诗人，他不仅善于为一个时代的诗歌写作指点江山，也善于对自己的创作进行方法论的归类和总结。在一次访谈中，他将自己的创作划分为三个阶段：“第一个阶段，从 1983 年正式写诗到 1993 年出国之前，更多的是雄辩，是一个人对多个人的宣告，语速快声音大；第二个阶段，去美国以后到 1997 年回国，完全生活在美国和欧洲，我作为诗人失去了听众，没人听懂我的声音。我的诗歌变成了安静和小声的独白，是一个不在中国的中国诗人的心灵轨迹；第三个阶段，回国以后停写了十年，从 1998 年到 2008 年，我使劲压抑自己，无法应对中国的急剧变化，3000 年变化之慢和 30 年变化之快形成奇怪的镜像。”[②]在另一次访谈中，他将自己的诗歌语言称为“悖论式语言”或“矛盾修辞法”，并认为这是他“对这个时代的很多东西的阅读、归纳的

---

① 臧棣：《90 年代诗歌：从情感转向意识》，《郑州大学学报（哲学社会科学版）》1998 年第 1 期。

② 欧阳江河、舒晋瑜：《欧阳江河：长诗写作是对抗语言消费的有效方式》，《中华读书报》2013 年 12 月 4 日第 11 版。

产物，是这个时代本身具有这些特点，而不仅仅是我写作风格和修辞习惯的问题”①。这两段自述与欧阳江河的许多陈述一样，都只说出了部分的事实。通读欧阳江河的诗作可以发现，尽管这三个阶段的划分基本成立，但每一阶段的特征，以及这些特征形成的原因都有待更细致的分析。因此，倘若将其诗歌放在一个由抒情主体、现实物象、语言三者搭建的坐标轴上，可以更为清晰地看到这些作品的成绩和问题所在。

或许可以对欧阳江河的诗歌历程做这样的简要概括：在1984年写完“文化史诗”风格的《悬棺》之后，欧阳江河离开传统意象符号的堆积，写下了《手枪》、《肖斯塔柯维奇：等待枪杀》、《玻璃工厂》、《汉英之间》、《傍晚穿过广场》等与当时社会现实关联紧密的作品。到了九十年代中期，他诗歌中的词汇光谱变得非常广阔，容纳了与现代工业、经济生产模式、社会意识形态等方面相关的词汇，诗歌获得了“杂文”特质。而在停笔近十年后，欧阳江河2005年开始的一批作品，将早年间描摹悖谬现实的语汇发展成一套在语言内部自足的、可独立于事实而存在的“矛盾修辞术”，几近一种语言增殖。同时，自始至终，欧阳江河持有一种坚硬、果决的、反抒情的语体。可以看出，为欧阳江河自己所津津乐道的“悖谬式语言”其实经历了一个由附着于现实到抽空成自在自为的过程。那么，在这一过程中，抒情主体对语言与现实世界关系的认知经历了怎样的变化？而这一变化又如何影响到欧阳江河诗歌的审美特征？本节试图分阶段进行分析。

一、早期悖谬修辞的诸种形态

在八十年代后期到九十年代初，也即《手枪》到《傍晚穿过广场》前后，欧阳江河的兴趣还集中在用语言对物象进行符合其客观特征的准确描摹。因而，

---

① 欧阳江河、王辰龙：《消费时代的诗人与他的抱负——欧阳江河访谈录》，《新文学评论》2013年第3期。

这一时期欧阳江河诗歌的语言尚存一种随物赋形的味道，会因为书写对象的不同而略有差异。而所谓的悖谬修辞也只是诸多风格中的一个面向，且大多建立在现实悖谬的基础上。较典型的是《肖斯塔柯维奇：等待枪杀》："因此生者的沉默比死者更深/因此枪杀从一开始就不发出声音//无声无形的枪杀是一种收藏品/它那看不见的身子诡秘如俄罗斯/一副叵测的脸时而是领袖，时而是人民/人民和领袖不过是些字眼/走出书本就横行无忌/看见谁眼睛都变成弹洞/所有的俄罗斯人都被集体枪杀过/等待枪杀是一种生活方式//真正恐怖的枪杀不射出子弹/它只是瞄准/像一个预谋经久不散/……//枪杀者以永生的名义在枪杀/被枪杀的时间因此不死"①，在这几句中，欧阳江河借俄国作曲家肖斯塔柯维奇的生平，写出了苏联极权制下人们的扭曲生活。统治者与被统治者之间身份的诡秘转换，说出了告密与强权之下普通人朝不保夕的命运，而眼睛变为弹洞、生者比死者更深的沉默、枪口瞄准却不射出子弹，则是恐怖中随时可能的丧生与难以为继的生存。"枪杀者以永生的名义在枪杀/被枪杀的时间因此不死"一句中，"永生"与"枪杀"互为名实，反讽地揭示出革命正义的虚伪性，"不死"则表明这种恐惧的漫长，阴魂不散。可以说，这首诗中所有的悖反，都是建立在对极权制下人们命运的体察，较为准确而生动，且带有历史的痛感。而稍后写成的另一首名作《玻璃工厂》，是欧阳江河参加"青春诗会"时参观秦皇岛一家海边的玻璃制造厂后所写。这首诗的悖谬修辞，则是基于玻璃在生产过程中物质形态的变化，对劳动关系、人生境遇的体认：

在玻璃中，物质并不透明。
整个玻璃工厂是一只巨大的眼珠，
劳动是其中最黑的部分，
它的白天在事物的核心闪耀。

① 欧阳江河：《肖斯塔柯维奇：等待枪杀》，《谁去谁留》，湖南文艺出版社1997年版，第10—11页。

事物坚持了最初的泪水，

就像鸟在一片纯光中坚持了阴影。

以黑暗方式收回光芒，然后奉献。

（《玻璃工厂・1》）

水经过火焰变成玻璃，

变成零度以下的冷峻的燃烧，

像一个真理或一种感情

浅显，清晰，拒绝流动。

在果实里，在大海深处，水从不流动。

（《玻璃工厂・3》）

在那种真实里玻璃仅仅是水，是已经

或正在变硬的、有骨头的、泼不掉的水，

而火焰是彻骨的寒冷，

并且最美丽的也最容易破碎。

（《玻璃工厂・5》）①

这首诗中的悖谬，并不在修辞上凸显，而是紧贴着玻璃物质形态中所蕴含的张力。玻璃由液体淬火而成，高温燃烧与液体凝固这本是矛盾的现象在这道工艺中合为一体。而玻璃作为成品自身，既坚硬、锋利，又脆弱、易碎。同时，作为劳动产品的玻璃透明、轻盈，而劳动者和工作过程则充满辛酸、劳苦甚至伤害，成为透明的玻璃工厂中"最黑的部分"。因此，在第四节中，诗人总结道："那么这就是我看到的玻璃——/依旧是石头，但已不再坚固。/依旧是火焰，但已不复温暖。/依旧是水，但既不柔软也不流逝。/它是一些伤口但从不流血。/它是一种声音但从不经过寂静。"（《玻璃工厂・4》）在玻璃这一物质形

① 欧阳江河：《玻璃工厂》，《谁去谁留》，湖南文艺出版社1997年版，第20—23页。

态所包含的矛盾中，欧阳江河看到了人类与之相似的痛苦，或者说，他将对人生的体察投射到玻璃这一复杂的物体之上。因而，诗中多次出现“代价”、“感情”、“生命”、“拒绝”、“坚持”等关乎心灵品质的词语，这首诗在欧阳江河整个的创作中，也具有罕见的抒情性。

在另一些诗中，悖谬的修辞术获得了时间上相对论的意义。比如《咖啡馆》：“时间不值得信赖。有时短短十秒钟的对视/会使一个人突然老去十年，使另一个人/像一盒录像带快速地倒退回去，/退到儿时乘坐的一趟列车，仿佛/能从车站一下子驶入咖啡馆。/‘十秒钟前我还不知道世上有你这个人/现在，我认为我们已经相爱了/许多个世纪。’爱情催人衰老。/只有晚年能带来安慰。‘我们太年轻了，/还得花上50个夏天告别一个世界，/才能真正进入咖啡馆，在一起/呆上十秒钟’……”[①]这一段中“十秒钟”、“十年”、“50个夏天”，在爱情、人生遭际、个体记忆等之于时间的感知上是成立的，是时间在人类心理上的奇妙变形。这首诗所写的咖啡馆，作为当时新兴的城市公共空间，聚合了不同的人、不同的相遇，诗中也相应地以不同速度，串连起不同时空中真实或虚构的人物：萨特、波伏瓦、纪德、日瓦戈医生、普宁……不断进入或离开。这与《傍晚穿过广场》有着颇为相似的“小剧场结构”：“我不知道一个过去年代的广场/从何而始，从何而终。/有的人用一小时穿过广场，/有的人用一生——/早晨是孩子，傍晚已是垂暮之人。”“那些曾在一个明媚早晨穿过广场的人/我从汽车的后视镜看见他们一闪即逝/的面孔。/傍晚他们乘车离去。”（《傍晚穿过广场》）其中早晨和傍晚、一小时和一生的对举，既构成修辞和语感上的张力，也暗含了时易世变的沧桑。

不过，欧阳江河早年诗歌中的悖谬修辞，也并非完全没有游戏性或纯语言上的因素。比如《手枪》：“手枪可以拆开/拆作两件不相关的东西/一件是手，一件是枪/枪变长可以成为一个党/手涂黑可以成为另一个党//而东西本身可

---

① 欧阳江河：《咖啡馆》，《如此博学的饥饿：欧阳江河集1983—2012》，作家出版社2013年版，第73—74页。

以再拆/直到成为相反的向度/世界在无穷的拆字法中分离”，这是在手枪这个名词的字面上进行意义的衍生，以此牵带起关于帮派和政治的联想。因为拆字游戏的偶然性，也因为这些联想和手枪这个物体较为贴合，这首诗颇为巧妙。然而同一时期的另一首《汉英之间》，虽然也常被论述，却因为诗中亦庄亦谐的拆字游戏，到结尾处落入了汉语和英语之间简单的二元对立甚至民族主义，而显得较为单薄。

总的来说，在欧阳江河创作的早期，所谓悖谬的修辞尚不构成他的诗歌方法论，而是在对现实中悖谬现象的描摹时，以贴合事物各自特征的方式被运用。主体与现实的关系是直接的，或者说，在语词以悖谬的方式与现实贴合时，主体时时在场，也灌注了主体对现实的思考和体认。因此，这一时期欧阳江河诗歌的语言形式在审美上是成立的，甚至帮助诗歌获得了切入现实的准确性。

二、 异质性词语与悖谬架构

早在《快餐馆》这首诗中，一些经济学名词就已进入了欧阳江河的诗歌，且占有较大的比例和较为显著的位置。而在诗中越来越多地容纳公共生活的语汇，也成为欧阳江河九十年代一大批诗作的特征。以《快餐馆》的开头为例：

> 货币如阶梯，存在悬而未决。
> 远景，火星人的眺望，天堂在最底层。
> 爱或被爱因推迟而成了慢动作，长话
> 短说的奇遇，电话里，花开的声音突然停电。
> 牛，浮鼻而过，一张张发票脸在飘移
> 滑落。过去的现在，
> 公共关系，教条或发条，环绕着
> 腰部以下的带花边的晕眩。

四颗并列的头颅使心事变得昂贵，
以此酬答小人物的一生。增长的纸币，
厚黑学的高度，将财富和统辖
限定在晕眩中心。对这一切的询问，仅有
松懈的句法，难以抵达诗歌。①

这一段围绕货币、纸币、发票脸、厚黑学、财富等经济学名词展开，似是在描述快餐馆所携带的经济交易现象，但场景并不清晰，只有"四颗并列的头颅使心事变得昂贵/以此酬答小人物的一生"，隐约看出是用第四版人民币上的图案形成一个反讽。在大多数句子中，词语以转义的方式向下推进，比如"电话里，花开的声音突然停电"一句，几乎是以"电话"与"花"、"电"之间读音的相似连成的。尽管可以说，诗人是以词语的杂合状态，模拟了现代社会打破完整性的支离景象，但这种拟合在诗学上是否成立，其实大有可以探讨的空间。

如果说《快餐馆》作为八十年代的遗存，还保留着一丝抒情的气息，那么，在时隔两三年后的《计划经济时代的爱情》、《关于市场经济的虚构笔记》等诗中，这些异质性的经济学、政治学名词，以更强蛮的方式侵入诗歌。"录音电话里/传来女秘书带插孔的声音。/一根管子里的水，/从 100 根管子流了出来。爱情/是公积金的平均分配，是街心花园/耸立的喷泉，是封建时代一座荒废后宫/的秘密开关：保险丝断了。"（《计划经济时代的爱情》）这首诗以官员和女秘书之间的情欲为线索，将政治、经济话语与性话语扭结在一起，并以很多数字的嵌入，增加诗中反抒情的冷感。但诗中的权色交易并没有超出我们在政治秘闻中形成的一般认知，因此这些异质词汇更多是在风格上用力，以夸张、硌人的语词在诗中形成一种蛮霸的"姿势语言"，制造后工业风的粗粝感，而并不着力于抒情主体对经验世界认知的更新。而在《纸币，硬币》开头，"乌鸦坠地，

① 欧阳江河：《快餐馆》，《如此博学的饥饿：欧阳江河集 1983—2012》，作家出版社 2013 年版，第 142 页。

像外星人的鞋子，其尺寸/适合年轻人外出——他们的全部课程/都由死者讲授”这句，诗人将乌鸦比作外星人的鞋子，并进一步斜逸出去由“尺寸”到“年轻人”再到“课程”，所有的喻体及其联想都并不指向乌鸦本身，不是让乌鸦的形象更为清晰，而是漫溢出去，扯进更多的意象、场景，让一首诗在主干之外尽可能多地容纳意象群，相当于把绵密的针脚拆开，用细碎的线头牵带起更多的事物。这在《纸币，硬币》的其他段落，以及《晚间新闻》、《感恩节》、《时装街》等诗中，进一步由德国音乐到哲学、从黑格尔到阿尔都塞、从世界各国革命景观到全球化的消费社会……从一个偶然的画面，由其中的某一元素引发联想，通过不断的转喻、同义、相关，拉拉杂杂形成意象流，乃至意象团块。粗粝的语风和转喻的联想，可算是欧阳江河这一阶段诗歌语言异质性的两个表征。

在九十年代的汉语诗歌写作中，开发语言的异质性，并非欧阳江河一个人的实践，而是一批诗人较为自觉的甚至不乏策略性和目的性的行为。在著名的《1989 年后国内诗歌写作：本土气质、中年特征与知识分子身份》一文中，欧阳江河将写作中新的活力来源指认为“扩大了的词汇（扩大到非诗性质的词汇）及生活（我指的是世俗生活，诗意的反面）”，并认领了它的发明权：“这种写作实际上就是西川、陈东东和我在早些时候提出来，后来又被萧开愚、孙文波、张曙光、钟鸣等人探讨过并加以确认的知识分子写作。”[①]在后文中，他进一步将这种语言认为是“在作品中确立了某种具有本土气质的现实感”，即通过对“借入词语”（从专门行业术语中借入的词汇）的使用，以及“挤压、分类、索引、错置、混淆”或“多层次措辞技法”（即“使同一个词汇或同一个短语在不同语境中产生语义上的分歧、弯曲和背离”）等方法，达到一种“混合效果的汉语”，能够在作品中容纳囊括了写作者知识、经验和判断的现实，表现出他们“对于变

① 欧阳江河：《1989 年后国内诗歌写作：本土气质、中年特征与知识分子身份》，《如此博学的饥饿：欧阳江河集 1983—2012》，作家出版社 2013 年版，第 292 页。

化动荡的中国现实的某种不同于常人的理解”[①]。这一批诗人的追求，甚至可以进一步上溯到庞德在美国诗歌中的传统：不同于史蒂文斯承接济慈、叶芝脉络下的浪漫主义—象征主义传统，抒情主体成为一切的枢纽，并提供一个清晰的世界观，庞德则与上述浪漫主义的抒情主体决裂，通过拼贴、并置等方式，“如其所是”地呈现出一系列庞杂的意象、元素，让读者在自行的组合过程中发现线索。在庞德这里，诗成为对外部世界、对行动的模仿。

不过，尽管欧阳江河、萧开愚、西川等诗人都不曾回避对庞德的推崇，但相比于庞德“漩涡主义”纯然的客观、去主体化，欧阳江河们在蹈袭庞德式拼贴、混杂风格的同时，其实并未放弃诗歌的抒情主体对意象的统摄作用。因此，异质性词汇在诗中的出现本身并不构成问题，更需要讨论的是，它们如何进入诗歌，被抒情主体以什么样的方式组织起来。在现代汉语新诗中，无论是1930年代诗歌中“汽车”、“邮筒”，还是1940年代九叶派诗人杜运燮、穆旦等在奥登的影响下，多次放入“政治家”、“唯物主义”等社会意识形态的词汇，他们在诗中纳入现代社会的新兴词汇时，这些词汇往往只是充当名词或形容词闪现在诗中，比如用“电灯”替换了“月亮”，而诗歌的整体骨架仍然是遵循浪漫—象征主义抒情传统的，即抒情主体以一个明确的情感逻辑线索，勾勒出一个可辨识的场景。而到了九十年代，在欧阳江河等倡导“知识分子写作”的诗人这里，对事物之间关联性和逻辑的切割、破除，成为抒情主体一种有意为之的语言行为，换句话说，诗人们故意在诗中追求去逻辑化、断裂、混沌的效果。具体到欧阳江河的诗歌中，混沌驳杂的政治经济景观，延续了早年的悖谬修辞法，基本上是以互为反义词的方式组构起来的，比如“一个口号/使庞大的重工业变得轻浮。在口号反面的/广告节目里，政治家走向沿街叫卖的/银行家的封面肖像”，“如果你把已经花掉的钱/再花一遍，就会变得比存进银行更多，/也更可

---

① 欧阳江河：《1989年后国内诗歌写作：本土气质、中年特征与知识分子身份》，《如此博学的饥饿：欧阳江河集1983—2012》，作家出版社2013年版，第300—304页。

靠。但是无论你挣多少钱，/数过一遍就变成了假的”，“你谈到旧日女友时引用了新近写下的/一行赞美诗。在头韵和腰韵之间，你假定/肉体之爱是一个叙述中套叙述的/重复过程。重复：措辞的乌托邦。/由此而来的下一个不在此时/此地，其面相带有小地方长大的人/特有的狡黠，加快了来到大城市的步伐”（《关于市场经济的虚构笔记》）。在这些充满矛盾、高低音的句子中，有些较为准确地概括了新兴经济现象，给人以高速运转的眩惑感，有些则是以假乱真的语言游戏，但无论所言是否为实，抒情主体的语调都是斩截的，带有一锤定音的宣谕味道：“时尚最终将垂青于那些/蔑视时尚的人。”（《计划经济时代的爱情》）“像什么/就曾经是什么”，“要想在年轻时/挥霍老年的巨大财富，必须借助虚无的力量/成为自己身上的死者”（《关于市场经济的虚构笔记》），“那时大地上并没有铁轨和电梯，/不然死人中的不朽者将会上升得更快”，“总有一个位子是空着的，留给独裁者坐”（《纸币，硬币》）……在这些既缠绕驳杂，又试图以概括式的句法给出结论的句子中，抒情主体的角色其实是介于浪漫-象征主义的高度主体性与庞德式现代主义的纯然客观之间的。一方面，主体不再满足于仅仅捕捉物象、世界在内心激起感触的部分，而是试图给出一个宏大、纷繁的现代社会景观；另一方面，他们又并没有像庞德系的诗人那样，以史诗式的纯然客观去呈现物象，而是在抖落这些景观后，仍然尝试作一个真理在握的、洞悉现实的智者，以一些总结、概括性的结论，宣示出上文中所提及的主体的“知识、经验和判断”，乃至“对于变化动荡的中国现实的某种不同于常人的理解”。或许正是因为主体的这一“中介位置”和力有未逮，抒情主体自身所展现出的形象，其实难逃一种明明同样陷入惶惑但又强行发声的尴尬，而这些“结论”也往往难逃片面、以假乱真之感。

这让人联想到姜涛曾对西川《致敬》中的混杂语体所做的细致分析。他认为，《致敬》中包含了互为异质的两个部分：一方面是“代表怀疑、悖论、反讽的经验‘肌质’”，也即作为内容的荒谬现实，另一方面，这些拉杂的内容却是容纳在西川八十年代典型的“代表稳定、沉思、和谐的箴言体‘构架’”①之中的，这种箴言体往往具有先知般的语调，庄重、具有仪式性，因而与内容的芜杂、颠三倒四形成了矛盾张力。这种混杂的语体，实际上是在诗歌中模拟、同构了诗人所面对的浑浊、无法开解的现实。但诗歌与现实的所谓“同构”究竟意味着什么？对于此，姜涛是从文学社会学的角度指出其意义的：诗人作为处于边缘的知识分子，其实无力应对复杂、混沌的现实所给予他们的精神困境。因而，西川在诗中以箴言体将困境道德化，并在其中纳入拉杂的语言，是对矛盾尴尬的现实进行“象征性的化解”，是一种心理学上的代偿。然而，从诗歌的审美角度，又如何来看这种同构？尤其如欧阳江河，他在后来的创作中将由悖谬修辞所构筑的矛盾现实高度风格化了，甚至上升为一种创作方法论式的存在。

三、悖谬修辞的风格化与滑脱

在写于1995年的一篇文论《当代诗的升华及其限度》中，欧阳江河为自己的悖谬修辞找到了基于当代诗歌词汇使用症候的理论依据，并搭建了一个“圣词—反词”的复杂体系。他将一些由于历史或审美习惯等原因，已经具有一个比较固化的公共含义的词语称为“圣词”（比如家园、太阳、火焰、光芒、海、故土等），认为这些词因为不是“特定语境的具体产物”，所以变得模糊、笼统，成了没有具体性的“纯象征”；而对于这些失却了具体指向的词汇，人们往往需要通过一个二元对立的结构，从这个词的反面去理解它，亦即通过一个词的补集，去反向限定这个笼统的词的边界与含义。但欧阳江河认为，这种方法是寄生的、过时的，因此提出了“不可公度的反词立场”，即在每个文本中为词语造设一个转瞬即逝的语境，让词语仅在这一文本中一次有效，用欧阳江河自己的饶舌表述来说，即是“将词的意义公设与词的不可识读性之间的紧张关系精心设计为一连串的语码替换、语义校正以及话语场所的转折，由此唤起词的字面意

① 姜涛：《“混杂”的语言：诗歌批评的社会学可能——以西川〈致敬〉为分析个案》，《巴枯宁的手》，北京大学出版社2010年版，第103页。

思、衍生歧义、修辞用法等对比性要素的相互交涉，由于它们都只是作为对应语境的一部分起临时的、不带权威性的作用，所以彼此之间仅仅是保持接触（这种接触有时达到迷宫般错综复杂的程度）而既不强求一致，也不对差异性要素中的任何一方给予特殊强调或加以掩饰”[①]。

这篇写于 1995 年的文章，部分地给出了欧阳江河此后诗歌的逻辑路向，也表明欧阳江河当时已经有意识地构建自己的诗歌方法论。上述推论乍看很有道理，但仔细推敲可发现诸多逻辑的罅隙。首先，如果我们配合欧阳江河的逻辑，站在这一“反词”结构的内部来看，当他提出“反词”是过时的、寄生的时，给出的理由是这样的：“我认为，这是一种时过境迁的、寄生性质的反对，词的意义寄生在反词上面。先有了反词，然后词才被唤起，被催生，被重新编码。问题是，反对邪恶一旦成为界定善良自我的必不可少的前提，那么就逻辑而言，下面两种可能都难以排除：其一，因为邪恶的存在，导致了我们对邪恶的反对；其二，我们为了反对邪恶而发明了邪恶（例如，为了反对体制的或他人的邪恶而发明了自我的邪恶）。这里是否有一种弗赖（Northrop Frye）所说的‘可怕的对称’呢？因为有天堂，所以能够堂而皇之地呼应一个地狱的存在。”[②]且不说“我们为了反对邪恶而发明了邪恶”这一论断在事实层面近乎诡辩，倘若退一万步，把上述“发明邪恶”的论断限定在语言的发生层面，亦即视文本语言中“邪恶”的出现为一种“发明”，这段话中仍然存在一个循环论证：既然已经选择了所谓的“反词立场”，那就必然会存在一对意义相反的词互为限定，这是这一语词方式的必然结构，那欧阳江河又为何会因为“可怕的对称”而惊讶并反对呢？如果说他反对的是一种固定化的意义对称，那么他完全可以不采用反词的方式。而后文中，欧阳江河进一步说明：“我不知道人们是否已经足够清醒

---

① 欧阳江河：《当代诗的升华及其限度》，《站在虚构这边》，生活·读书·新知三联书店 2001 年版，第 40 页。

② 欧阳江河：《当代诗的升华及其限度》，《站在虚构这边》，生活·读书·新知三联书店 2001 年版，第 26—27 页。

地认识到，由于有了丑恶现实，才会有诗人内心的美丽童话，这个典型的顾城式逻辑完全可以自动颠倒过来，改写为：由于有内心的美丽童话，所以必须有丑恶现实与之对应。”这句话或许意在说明对称结构可能导致诗歌中对称之物的无条件代换，但这在事实层面其实并不成立。这样的逻辑是将现实世界完全当作写作中可以随意拼接的乐高玩具——现实中有什么不重要，因果和先后也不重要，重要的是诗人写下的词语和因为这个词语而出现的对应物——这完全是欧阳江河置现实于不顾的一种臆想。按照欧阳江河的逻辑，无论现实中是否客观存在着矛盾和悖反，在他的概念中，作品中的对称、悖反都是被诗人一手创造出来的，且可以因果互相颠倒，这种对反义词的触发机制会形成类型化，为免于此，他需要发明上文所说的“不可公度的”转喻方式，让语词在一次性造设的语境中更自由，这一推论恐怕是站不住脚的。从上述一系列逻辑链条的断裂中可以看出，从欧阳江河预设的前提，即“圣词—反词”的意义固化，无法推断出他的结论，且其中加入了他的诸多臆想。因此，这篇文章的论证，与其说是为当代诗歌提供某种剖析与方案，毋宁说是他为了给自己创作方式的转型提供合法依据而倒推出来的。

况且，从整个当代诗歌的词语使用方式来看，即便“圣词”的抽象性确实概括了八十年代诗歌的某种特征，“从反词去理解词”的二元结构方式也一度存在，但是，通过“反词”的限定去理解一个抽象的“圣词”，并非让“圣词”获得具体性的唯一方式，而只是欧阳江河自己最熟稔的方式。所以，面对“反词”方式的过时问题，大可以通过赋予抽象的“圣词”以具体的时空情境，从概念回落到真实的生活之中，这也是九十年代另一些诗歌选取的路径。因此，上文中给出的“不可公度的反词立场”，其实是在“反词”结构的内部给出方案。这篇文章虽以“当代诗的升华及其限度”为题，但与其说是对当代汉语诗歌词语使用方式的考察，不如说是建立在欧阳江河自己的词语使用习惯之上，为自己写作中“反词”的存在寻找一个合法性依据，并将它们从衍生于事实的语言策略，抽象为包打天下的修辞模式，来作为他诗歌永动机的运转机制。

在此后的1998年左右，欧阳江河开始了一段长达七年的停笔时期，直到2005年写出《一分钟，天人老矣》和2008年的《泰姬陵之泪》。在以这两首为起点的新世纪的创作中，欧阳江河将上述“不可公度的反词”方法论发挥到极致，且几乎走了形。以《一分钟，天人老矣》为例：

一分钟后，自行车老了。
你以为穿裤子的云骑车比步行快些吗？
你以为穿裙子的雨是一个中学教员吗？
一分钟，能念完小学就够了。
一分钟北大，念了两分钟小学。
一分钟英文课，讲了两分钟汉语。
一分钟当代史，两分钟在古代。
半封建的一分钟。半殖民的一分钟。孔仲尼
或社会主义的一分钟。
……①

这首诗由一句从天而降的“一分钟后，自行车老了”开始，进行意义的不断增殖和衍生，句与句之间基于含义的相关或相对进行连接。先是由自行车带出骑车、步行、裤子、裙子、云、雨，又由中学教员牵出小学、北大、英文课、当代史、半封建、博士、学期等一系列与教育相关的词，后面又有一段关于交通和通讯，一段关于饮食娱乐，但这些句子无一例外都找不到什么逻辑关系，不传达任何意义，而只是基于相关性的堆砌。相比于八年前《时装街》中的片段：“你迷恋针脚呢/还是韵脚？蜀绣，还是湘绣？闲暇/并非处处追忆着闲笔。关于江南之恋/有回文般的伏笔在蓟北等你：分明是桃花/却里外藏有梅花针法。

① 欧阳江河：《一分钟，天人老矣》，《事物的眼泪》，作家出版社2008年版，第141—142页。

会不会抽去线头/整件单衣就变成了公主的云，往下抛绣球？//云的裤子是棉花地里种出来的，转眼/被剪刀剪成雨：没拉链能拉紧的牛仔雨，/下着下着就晒干了，省了买熨斗的钱。/用来买鸭舌帽吗？帽子能换个头戴，/路，也可以掉过头来走：清朝和后现代/只隔一条街。华尔街不就是秀水街吗？”（《时装街》）尽管同样基于词与词之间的联想和拼接，但《时装街》中无疑更紧凑，节奏富于变化，且包含了大跨度的空间挪移，而到了《一分钟，天人老矣》中，诗行的推进变得平实，充满诡辩，且仅仅依靠惰性。

但《一分钟，天人老矣》中的现象并非孤例，甚至广泛地存在于欧阳江河新世纪以来的几乎所有作品中。《泰姬陵之泪》据说是起因于欧阳江河参观泰姬陵之后的感动，但全诗几乎没有任何感人之处，而是用各种文明中不同的流水或器皿，对“流泪”这个动作做古今中外的衍生：“这些杯水就足够流，但非要用沧海来流的泪水。/这些因不朽而放慢步伐，但坚持用光速来流的泪水。”“年轻时泪流，/老了，厌倦了，也流。/……有眼睛它流，/没眼睛，造一只眼睛也流。”（《泰姬陵之泪》）“如果只有一个过去，我就是这个过去。/如果我的现在有五百个过去，/那么一个现在我都没有。/……/或许，你在你不在的地方，而我不是/我是的人。”（《在Vermont过53岁生日》）“三两支中南海，从前海抽到后海，/把摩天楼抽得只剩抽水马桶，/把鹤寿抽成了长腿蚊。/一点余烬，竟能抽出玉生烟，/并从水泥的海拔，抽出一个珠峰。”（《凤凰》）“有人脱下皮鞋，换上耐克鞋。/先生说：别以为穿上跑鞋，/会跑得比豹子快”（《黄山谷的豹》）……在这些不胜枚举的例子中，饶舌的变形成了油滑而浮泛的语词游戏，为了悖谬而悖谬，为了联想而联想。正如姜涛在分析长诗《凤凰》时所说：“词语的‘诡辩’连缀了词语的‘透支’，就是在词语的拆迁、重组中获取更多的快感。”[①]在这样的透支中，物与物之间的差异、特征都被夷平，主体与物、与世界的关联消失不见，只剩下词的狂欢、语言自我衍生。

---

① 姜涛：《为“天问”搭一个词的脚手架？——欧阳江河〈凤凰〉读后》，《东吴学术》2013年第3期。

欧阳江河诗中另一个游戏性的操作较少被人提及，就是对友人或名人诗句的化用。比如，“一次枪杀永远等待他”(《肖斯塔柯维奇：等待枪杀》，1986)之于张枣名作《镜中》(1984秋)的“一面镜子永远等候她”；“我来了，我看见，我说出”(《玻璃工厂》，1987)之于翟永明《女人·第一辑·荒屋》(1983—1984)的“我来了我靠近我侵入”；“他梦中常坐的地方”(《咖啡馆》，1990)之于张枣《镜中》(1984)“让她坐到镜中常坐的地方”；还有“一封春秋来信”、“把花开到灯里去的声音”(《在Vermont过53岁生日》，2009)之于张枣《春秋来信》(1997)、陈东东《点灯》(1985)的“把灯点到石头里去，让他们看看/海的姿态”。而马雅科夫斯基“穿裤子的云”，被欧阳江河在无数诗中反复用过。一方面，被化用的名句多出自他的诗友们的成名作，大多写于八十年代，且被传颂甚广，更不用说外国诗歌的名句，因此，欧阳江河似乎并不含有“偷句”的意图，而更像一种语言的行为艺术，在当代汉语诗歌的传统中，形成一种“互文”游戏。但另一方面，即便是语言的行为艺术，无论是写于八十年代后期还是写于晚近的2009年，他的取用资源仍然还是友人八十年代的成名作，这或许从另一个侧面说明，欧阳江河的互文游戏并不建立在阅读资源更新的基础上，而仅仅是一种姿态化的张口即来。

欧阳江河也曾自我诡辩地认为，自己在增加中文诗歌原创性写作的复杂性和广阔性，“我的抱负就是希望我的诗歌成为语言加速器，让语言因我的一己之力有所不同”①，但实际的效果如何？假如在他创作的早期，因为较为准确地揭示了政治或经济生活中的悖谬景观，悖谬修辞法尚能帮助对现实的审视，那么在后来的创作中，他对现实不甚彻底的“同构”以及主体对混沌现实力有未逮的凌驾，使得“现实的悖谬”逐渐演变为仅仅是“矛盾的修辞”，词与物的关联让步于词的自指，并在新世纪以来的写作中，形成一种几乎不加反思的词语

① 欧阳江河、舒晋瑜：《欧阳江河：长诗写作是对抗语言消费的有效方式》，《中华读书报》2013年12月4日第11版。

衍生器，在“诗歌方法论的超速运转”[1]中，从词与物的轨道中滑脱出去，造成了“词在联想中不断涌现和滑翔的激情淹没了词与生存的持久联系”[2]。因此，对欧阳江河写作的成就和缺憾，或许可以形成这样的认知：倘若抒情主体并未像庞德般完全退居幕后，放任物象在读者处自主构建关联，那么抒情主体在试图将“复杂”、“广阔”的现实纳入诗歌中时，则需要对这些庞杂的元素更好地组织，尤其是语言的组织形态背后所映现的现实判断、主体态度，而非仅仅用一成不变的修辞结构进行语词自我指涉的狂欢。

第二节　张枣：悬空主体的语词雕琢

2010 年 3 月，48 岁的张枣在德国图宾根去世，为“诗人之死”的神话名单增添了又一个逗点。诗人朱朱曾为张枣写过一首悼诗《隐形人》，以张枣二十多年人生境遇的顺逆、起落为轴心，勾连起了八十年代至二十一世纪初中国社会、汉语诗歌场域以及诗歌心灵的变迁。这首诗以一句关于“飞行”的判语作结：

> “一如诗人惯来是死后的神话，
> 类人猿中的鸟科，无地的君王；
> 或许你从来就没有真正地着陆。”
>
> （朱朱《隐形人——悼张枣》）[3]

这一没有着陆的“飞行”可以从多个意义上理解。一方面，张枣年少成名，

---

① 敬文东：《从唯一之词到任意一词——欧阳江河与新诗的词语问题》（下篇），《东吴学术》2018 年第 4 期。

② 贾鉴：《词的倒逆：半个和一个，多和少》，哑石编《句法》，成都时代出版社 2018 年版，第 163 页。

③ 朱朱：《隐形人——悼张枣》，《故事》，上海人民出版社 2011 年版，第 42—46 页。

八十年代就凭一首《镜中》的婉转优美名满天下，正如朱朱在这首诗的开头所写：“很久以前你就是一个隐形人，/诗代替你翱翔，投影在我们中间，/被追踪，被传诵……”张枣于那时起飞，他的早慧、卓异的语言天赋、远赴德国的漂泊经历、企图在当代诗中桥接汉语与西方语言的抱负等，均成为他飞行神话的组成部分，直到“卸下了翅膀的你，/被卷进死亡的床单，永不再飞还”。另一方面，在传记意义之外，“从来就没有真正地着陆”亦可形容张枣诗歌中的抒情主体状态：这一主体在诗歌技艺上主动寻求抽空自身的腾挪、跳跃、幻化，有意规避主体的坦露，视“落地”为滞重、笨拙甚或失败——诗中的戏剧场景大多一触即转，对结构平衡和声律的追求优先于意义，对话多为拟设……但是，当这些凌空的游戏被真身的死亡所喝止，虚构主体一次次成功地跳脱和逃逸之后于诗中留下的“空址”该如何被阅读和评价，重新成为一个问题。

一、微型剧场的“反抒情”

仍然需要从张枣最著名的《镜中》说起：

镜　中

只要想起一生中后悔的事
梅花便落了下来
比如看她游泳到河的另一岸
比如登上一株松木梯子
危险的事固然美丽
不如看她骑马归来
面颊温暖，
羞惭。低下头，回答着皇帝
一面镜子永远等候她
让她坐到镜中常坐的地方

望着窗外，只要想起一生中后悔的事
梅花便落满了南山①

尽管在后来的接受中，这首诗唯美、文艺的色彩被强化和夸大了，但短短十二行中，张枣后来诗歌的很多特质已露端倪：感性细节的膨化、形式结构的平衡、人称的变更等。对这首诗的专门分析和细读已有很多，其中不乏经典阐释。因此，比起逐句分析这首诗本身，本节更希望将它作为一个引子，考察在这首诗中初步显露的特质后来是如何进一步发展的。

感性场景的营造一般有赖于物象的质感。这首诗中，除了松木梯子、梅花、镜子，细节的丰盈主要集中于中间几句："危险的事固然美丽/不如看她骑马归来/面颊温暖，/羞惭。低下头，回答着皇帝"。与八十年代诗人们常以单个词汇意象去增加诗歌唯美色彩的方式不同，张枣通过搭造戏剧化的虚拟场景来展开。但是，他的场景并不疲沓曼衍，而是以浓缩的短句不断进行画面跳切，机警地完成这一切。在张枣的其他诗歌中，以几个短句急速地展开小型戏剧场景成为他增益诗歌感性成分的典型手法：

"幽灵用电热丝发明着/沸腾，嗲声嗲气的欢迎，对这/生的，冷的人境唱喏对不起"（《祖父》）

"一朵云演出那遇刺的哑暴君，/脸'啊'地一声走漏了表情。"（《云》）

"玛琳娜，你煮沸一壶私人咖啡，/方糖迢递地在蓝色近视外愧疚/如一个僮仆。他向往大是大非。"（《跟茨维塔伊娃的对话·2》）

"我写作。蜘蛛嗅嗅月亮的腥味。/文字醒来，拎着裙裾，朝向彼此，/并在地板上忧心忡忡地起舞。/……/有什么突然摔碎，它们便隐去/隐回事物里，现在只留在阴影/对峙着那些仍然朗响的沉寂"（《卡夫卡致菲丽丝·3》）

---

① 张枣：《镜中》，《春秋来信》，文化艺术出版社1998年版，第1页。

在这些小场景中，形容词或起修饰作用的状语值得考察。一方面，这些形容词成为主体顽皮情趣的表征，形成一出出小戏剧，赋予整首诗以很多活泼的、灵光一现的瞬间。它们以一种类似于传统戏曲程式化动作的夸张，强化了如《灯芯绒幸福的舞蹈》中“天地悠悠，我的五官狂蹦/乱跳，而舞台，随造随拆”的效果，增益了诗歌的感性肌质。但另一方面，这些装饰结构对它们所附着动词的牵引，总是旁逸斜出于整首诗的抒情行程之外，戏剧化瞬间的舒展尽管并不脱离整首诗的意蕴，但也并不对诗行的行进产生推动作用，单单成为才情的绽开。因此，这些抒情性本应很强的句子，在张枣诗歌中很少回卷并作用于抒情主体的情感真实。可以考察张枣诗中对“疼痛”这一感官词的使用，它较为明显地体现了上述特征：

“你看，这醉我的世界含满了酒，/竹子也含了晨曦和岁月。/它们萧萧的声音多痛，多痛，/愈痛我愈要剥它，剥成七孔，/那么我的病也是世界的痛。”（《楚王梦雨》）

“铁道/让列车疼得逃光，留杜鹃轻歌”（《早春二月》）

“哪儿我能再找到你，惟独/不疼的园地”“那些从不疼的/鱼和水，笑吟吟透明的虾子，/比喻般的闲坐，象征性的耕耘。/那么他一定知道，不疼的没有性别的家庭，/永恒的野花的女性，神秘的雨水的老人，/假装咬人的虎和竹叶青。”（《桃花园》）

在这些句子中，“不疼”或“不痛”一般与抒情主体的感官无涉，它们更多是在通感的意义上，指向完满光洁的美学质地：《桃花园》中“不疼的园地”、“不疼的鱼和水”，指向世外桃源未经磨损的理想世界，《楚王梦雨》中竹笛声音的“痛”则是指凄婉旋律的摧折人心，《早春二月》列车“疼得逃光”一方面是对火车运行速度的逗趣形容，另一方面也暗指铁轨的巨大声响，与后一句的“杜鹃轻歌”形成音调的强弱对举。对“疼不疼”的询问和抚触，确乎塑造了抒情主体语调的温软呢喃，但“疼”成为美学上“剧烈”、“暴力”、“磨损”的转义，与情感上的喜悲几乎无涉，因此在诗中突显出的是张枣所追求的“圆润甜美”的质地[①]，而非抒情主体的情绪痛感。

在上述“状语的小剧场”中，一些奇喻的出现也是张枣展演才气的舞台。他的比喻结构非常特殊，常以一个夸张丰盈的动作或场景为本体，却冠以一个抽象动词为喻体。比如《何人斯》中很出名的一句：“我咬一口自己摘来的鲜桃，让你/清洁的牙齿也尝一口，甜润得/让你也全身膨胀如感激”，或“屏息的樟脑紧握自己像紧握革命”（《夜色温柔》），“瞥见/中午，美丽如一个智慧”（《早晨的风暴》），“新娘坐下，虚无般委屈”（《骰子》），以及“南风折叠，它/像一个道理”（《到江南去》）等。这些比喻很难以相似性原则去揣度，更多是令人会心一笑的灵感乍现。其中，本体和喻体之间具象与抽象的颠倒成为巧智最为集中的体现。比起一般比喻中为抽象动词寻找一个具体生动的形象，这里更多的是让具体的动作落在一个意想不到的虚幻点上，使句子轻盈飞升起来，当然其中也不乏句子长短节奏的考虑。

所有这些充溢生动细节的戏剧化奇喻，成为张枣诗歌中抒情性的“高光时刻”，像焰火一般陡然绽开，成为正常推进的诗行中舒展绽放的瞬间。但正如焰火瞬时的光亮会照彻夜空，它的腾空并不为持续的照明，这些倏忽迸发的句子，更多是诗人聪颖的灵光一现。尽管同样参与了整首诗美学氛围的营造，但这些“随造随拆”的微型戏剧并不遵循抒情主体的情绪线索继续延伸，也不以主体的生命触动为旨归，而是一俟戳中旋即离开，体现为一种轻逸的风格。因此，张枣的诗歌在抒情浓度貌似最强烈处，却有一种“反抒情”的向度。这一定程度上令张枣在读者接受中，成为一个盛产金句的诗人；对他的研究、评论和悼文，也常将张枣的单个诗句作为“诗谶”，脱离那首诗的语境来形容张枣的境

---

① 张枣曾在访谈中认为，“汉语最大的特征，是在它运用最充足的时候，它是非常甜美、圆润和流转的……诗意最迷人处在我看来就是圆润、流转”。引自张枣、白倩：《环保的同情，诗歌的赞美》（访谈），《张枣随笔选》，人民文学出版社2012年版，第229页。

遇，或许与这些单句在整首诗中的角色不无关系。

二、闭合与平衡

回到《镜中》的开头和结尾，“只要想起一生中后悔的事/梅花便落了下来”和“只要想起一生中后悔的事/梅花便落满了南山”：首尾两句虽经历了一个时间跨度，但大体以相同意象、句式的轻度变奏，组成了一个相框式的回旋结构，将中间数行的场景切换涵括在内，形成了一个自足、闭合的圆环。除了《镜中》，这一结构在张枣《早晨的风暴》、《那使人忧伤的是什么？》、《诗篇》、《雨》等诗中也有应用。奚密曾在《论现代汉诗的环形结构》一文中分析过此类结构的美学效果：“第一，同样的开头和结尾为诗主题的发展提供了一个明确的空间。这个空间好比绘画里一幅画布所设定的框架，它必然建立一种空间结构感和诗的整体性……第二，重复可以暗示自我赓续或循环……最后，与以上观察紧密相关的是，由于得不到缓释、释放，环形结构可用来表达挫折感和无力感。”[①]尽管这一结论主要基于对康白情、戴望舒、徐志摩等早期汉语新诗作品的研究得出，但这几点特征也适用于其他具有环形结构的诗。不过，除了上述三点，环形结构的自我回旋在体现西西弗斯式困境的无法解决时，也以闭合的方式对困境进行了美学上的封存、搁置和取消。比如，《那使人忧伤的是什么？》就围绕一本书丢失之后的情绪展开，这首诗中间部分所环绕的失落与回忆，被末句与开头相重复的“那使人忧伤的是什么”所关闭，成为一个悬置的情绪团，并不通向任何喻指或情绪出口。《早晨的风暴》中，“昨夜”—“早晨”—“上午”—“中午”—“早上”—“昨夜”构成了一个自足的时间序列，整首诗仿佛早晨将醒未醒时的一个梦幻，在徐徐展开后最终取消了自身。《诗篇》、《雨》应为形式实验。尽管这些“环形结构”的诗主要为张枣早期作品，带有习作期的唯美色彩，可能并不具有太多代表性，但“环形结构”所包含的闭合特征延续了下来。

---

① [美]奚密：《论现代汉诗的环形结构》，宋炳辉、奚密译，《当代作家评论》2008年第3期。

比如《何人斯》，以“究竟那是什么人”为诗歌的追问动力，但结尾“你若告诉我/你的双臂怎样垂落，我就会告诉你/你将怎样再一次招手；你若告诉我/你看见什么东西正在消逝/我就会告诉你，你是哪一个”，以条件句式的玩笑化解了追问，使得“什么人”的悬疑被消解、回落，而诗中化用古典情境的“甜美音势”则凸显出来。因此，整首诗从一个貌似线性的行程中解脱，不导向任何情感落点，甚至抽空了它，而是由《诗经》简洁的意境底本为中心，涟漪般曼衍开去，铺展为一个平面的、拒绝情感对象化的唯美场景组合。倘若比较《刺客之歌》、《早春二月》、《选择》、《薄暮时分的雪》，即可看出上述特征或为张枣有意为之的美学选择。这几首诗或多或少都与张枣1986年去国的人生转折有关。与“朦胧诗”一代对抗政治的“流亡”不同，张枣赴德一开始就是私人化的选择，并暗含了文学上的雄心。他意在亲临西方现代诗歌的发源地，建立起多种语言文学的视野从而化合并更新当代汉语新诗，但这同时也意味着他将远离带给他名声、交流和鼓励的当代诗歌现场。《刺客之歌》以荆轲刺秦王前与太子道别的一幕为底本，带有诀别故地的决心与悲壮。然而在这首诗的结构中，“历史的墙上挂着矛和盾/另一张脸在下面走动”在每一段之后均会出现，四次复沓为这首诗设置了节拍和框架，所谓“悲壮之心”也被规整在这一节奏框架内，因此整首诗读来情感非常节制：不仅典故中隐含的家国背景被略去，恰似张枣的去国与年代无关；哪怕是诗中所呈现的送别，也是场面的铺陈大于悲壮情感的铸造，虚拟色彩更为突出。而《选择》、《早春二月》两首诗则相对直接地道出了主体的人生抉择之难，以及命运赌局的凶险。据人民文学出版社《张枣的诗》注释，《刺客之歌》本来有两节情绪饱满浓郁的诗句：“你看他这时走了进来/像集中了所有的结局和潜力/他也是一个仍在受难的人/你一定会认出他杰出的姿容”①，带有少年才子骄傲的雄心和笃定，但后来被移植到《薄暮时分的雪》最后两节，而删除了这两节后的《刺客之歌》，如上文所述，更加紧贴历史

---

① 张枣：《张枣的诗》，颜炼军编，人民文学出版社2010年版，第71页。

文本来展开，主体情绪的附着相对减少。

如果说以古典为蓝本的诗尚有摹拟情境的考虑，那么在《深秋的故事》、《姨》、《祖国》等现实境遇感很强的诗中，张枣仍然喜欢让诗歌的结尾悬空化。《深秋的故事》婉转地呈现了对江南的企慕，暗含了与一位江南女子爱情的错失。诗歌自如地在女子的言辞、发型、耳畔、袖口与江南的乳燕、落花、石桥、季候之间切换，而到了结尾，镜头陡然摇到一个远景："也许我们不会惊动那些老人们/他们菊花般升腾坠地/清晰并且芬芳"(《深秋的故事》)。《姨》用三节写了小姨的恋人之后，突然跳脱为一句抖机灵的结尾："多年以后，妈妈照过的镜子仍未破碎/而姨，就是镜子的妹妹"(《姨》)。《祖国》在快速地虚写了除夕夜回国的车站：南方的阴冷、新年的烟火、家乡的团聚、祖父的叮咛等等之后，最后一行配合着结尾火车的启动，以"乘警一惊，看见你野人般跳回车上来"的动作干净作结，仿佛电影的最后一幕，让前面铺叙的一切随着这一跳被火车带走，只留下一个背影。当代诗中的很多作品，往往会在结尾留下重音，强化前面所铺展的诗行，形成定格，重音或定格的向度常常就是抒情主体的情感向度；但张枣的不同之处在于，他的结尾多以意外的神来之笔使得诗歌的方向发生急转，有时甚至可以腾空一切。这种诗歌力学上的反向作用力，不仅是张枣抽离主体、营造诗歌封闭审美空间的意图使然，其中或许还含有在这一闭合的美学空间中寻求"力的平衡"的努力。这种"平衡"在大到诗的结构、小到句中语词的安排，均有所体现。

结构上最为典型的要数《祖母》的第三节。诗的第一节写了家乡清晨祖母在堤岸练仙鹤拳，第二节则写了地球背面的"我"在午夜对显微镜下细胞的观看，以及"冥冥浩渺者"对"我"和地球的观看，而第三节，镜头重新回到家乡的祖母那儿，但一个新的角色被引入："忍着嬉笑的小偷翻窗而入，/去偷她的桃木匣子；他闯祸，以便与我们/对称成三个点，协调在某个突破之中。/圆。"(《祖母》)按一般的思路很难理解这个"小偷"出现的原因和功能，但如果从美学平衡的视角来看，小偷的进入正是在"我"和祖母之外增加了一个与我们相关联的人物情节，如诗中所言“对称成三个点”，以获得某种“协调”。《椅子坐进冬天》里的第四把椅子，《蓝色日记》中窗外突然放歌的醉汉，《今年的云雀》结尾“迷途的人儿拾到一只死鸟”，都一定程度上起到了类似的“平衡”功能。而在句子中，“像大家一样，/一个赴死者的梦，/一个人外人的梦，/是不纯的，像纯诗一样”（《死囚与道路》），或“猫太咸了，不可能变成/耳鸣天气里发甜的虎”、“如果我提问，必将也是某种表达”（《猫的终结》），这些句子几乎无法从理性层面上解读，但它们延伸的方式——咸与甜、猫与虎、提问与表达、不纯与纯诗……基本遵循了对称或相似原则进行联想式延伸，这不仅是上述“美学平衡”结构在小句中的呈现，也成为转喻修辞的雏形。

与“隐喻”所依靠的替换性原则相对，“转喻”遵循相似性的联想原则，雅各布森曾以失语症研究中的“相似失序”和“毗邻失序”来解释两者的区别，即转喻修辞的替换是“建立在字面词与替换词之间的联想基础上”[①]。除了“白兔往往迷途”（《十月之水》）、“灰心，只好彗星一样游开”（《第六种办法》）等零星的依靠谐音推动的转喻，《空白练习曲》成为张枣语言实验的一个极致。这首几乎不可解的诗充满了技巧的飘忽炫惑，但其中仍有一些可辨识的转喻轨迹，比如第5节：

> 凉水上漂泊船帆，不可理喻。
> 稳坐波心的官员盼着上岸骑鹤。
> 是的，是那碘酒小姐说你还
>
> 活着；说你太南方地垂泪穷途，
> 将如花的暗号镶刻在幼木身上，
> 不群居，不侣行，清香远播。

---

① ［美］罗伯特·休斯：《文学结构主义》，刘豫译，生活·读书·新知三联书店1988年版，第30页。

码头上粗声吆喝小葱拌豆腐，
没心肝的少白头，进补薄荷，
这下流的国度自诩方方正正。

雨伞下颤袅的钥匙打开了一匹
神麟。如何不入罗网？晚晴说：
让我疼成你，你呢，隐身于我。①

这一节基本以河流意象为轴线，由“水上”到“上岸”到“码头”，由“漂泊”到“垂泪穷途”，“船”与“刻舟求剑”的典故成为一组；而第三段的“小葱拌豆腐”则在色彩上延伸出“少白头”（白色）和“薄荷”（葱绿），在豆腐的形态上延伸出“方方正正”；末段“雨伞”的形状联想到“钥匙”，“雨”又对应“晴”，第一段的“上岸骑鹤”与这里的“钥匙打开一匹神麟”呼应，“神麟”又带出了抓捕神兽的“罗网”。这些无比跳脱的转喻极其炫目地展开，使得整首诗成为一场没有出口甚至拒绝交流的独自吟哦。

可以看出，从自足的闭合结构，到闭合结构内基于美学平衡来安排诗歌内容，再到几乎完全“拒绝阅读”的“空白练习”，张枣在诗歌结构上朝向语言本体的掘进，几乎是对法国象征主义“纯诗”的实践。他的平衡原则在诗中所扮演的角色，颇似爱伦·坡《乌鸦》一诗的创作过程：率先考虑诗歌的长度、音色、语调，而后在为“主音”找一个具体情境时，“美妇人的死亡”才被构想出来②；炫技的“转喻”则与马拉美对“纯粹之作”中“诗人的声音”让位于“字词的主动”的观念相合。也正如马拉美所言，这类“字词间不同质性被调动而产生的彼此碰撞”，将会取代“从前触摸可感的抒情气息或语言中激情的个体方向”，“一切都

① 张枣：《空白练习曲》，《春秋来信》，文化艺术出版社1998年版，第78页。
② ［美］爱伦·坡：《创作哲学》，潞潞主编《准则与尺度》，北京出版社2003年版，第25—28页。

成为悬念，片段的布局，其交迭和对立，都是为了达到完全的韵律”。[①] 在张枣的诗歌中，抒情主体正是退居幕后的，主体情绪几乎不成为线索或诗歌的落脚点，更罕见对外部世界的指涉，相反，主体的“抒情气息”和“个体方向”总是让位于语词之间、诗行之间基于美学平衡、谐音对称的相互角力。

三、对话的虚拟性

《镜中》的结尾，除了与开头构成相框式的环形结构，还隐藏着不动声色的人称替换：“只要想起”既可以接续前半句，成为“她”“望着窗外”的下一个动作，也可以是开头发出悔忆之声的“我”的重新介入。钟鸣在《笼子里的鸟儿和外面的俄耳甫斯》一文中曾对这首诗的人称有详细的分析。[②] 通过人称的微妙闪变，张枣在诗中实现了主体的腾挪，这一技法所造成的效果用张枣翻译马克·斯特兰德的一句诗即是：“天哪，我究竟在哪儿”（《各就各位的读法》）。在后来的创作中，张枣将它发展为一个愈发熟稔的游戏：

“有风景若鱼儿游弋，你可能是另一个你”（《十月之水》）

“那么他是谁？他是不是那另一个/若即若离，比我更好的我？”（《桃花园》）

“这是你吗？不，这是我/这是我吗？不，这是你”（《一首雪的挽歌》）

“有一天大海晴朗地上下打开，我读到/那个像我的渔夫，我便朝我倾身走来”（《海底被囚的魔王》）

人称的选择往往意味着言说视角的选择，“我”包含更多的内心活动，“你”

---

① Stéphane Mallarmé, “Crise de Vers,” *Œuvres Complètes*, Paris: Gallimard, 1945, pp.366-367.

② 钟鸣：《笼子里的鸟儿和外面的俄耳甫斯》，《秋天的戏剧》，学林出版社 2002 年版，第 51—56 页。

则带有语调的亲密性，选择以什么角色为“我”本身就包含了抒情主体的态度。但张枣诗中频繁而轻快的人称变换，首先意味着拒绝选择一个确定的视角，而对自我的其他可能性充满了想象。在上述诗例中，“你”、“我”、“他”总在对某些境遇的冥想中，陡然萌生出“可能是另一个你”、“是不是比我更好的我”、“几乎是你”、“或许你就是我”的眺望。这些自我出其不意地分裂、变身，与其说是主体与外界的交互、联结，毋宁说是抒情主体试图摆脱人的有限性而在意念中展开的轻逸“突围”。这一念想张枣在《卡夫卡致菲丽丝》中曾有明确的表述：“小雨点硬着头皮将事物敲响/我们的突围便是无尽的转化。”

数十年来，研究者们多将张枣诗歌中的人称特征总结为“知音寻求”、“对话诗学”等，张枣在诗中确实比一般人更多用“你”这一人称。据颜炼军统计，在人文社《张枣的诗》所收录的130多首中，“你”出现了652次，远远超过了“他”的208次和“它”的162次。[①] 但对这些包含“你”的诗句细究起来，张枣的“对话性”又呈现为一种“虚拟”的特征。一方面，在以古典文学为潜文本的诗作（比如《何人斯》、《十月之水》、《楚王梦雨》、《苹果树林》、《刺客之歌》、《历史与欲望》等）中，张枣更偏爱顺着文本所设情境的表面进行雕琢，而不是抓住情感上最能震动抒情主体的一点进行刺穿式的书写。在这些诗中，人称几乎是等距等价的，“我”并不比“你”获得更多的内视角，诗歌在一个球面上展开，各种人称作为故事中的角色甚至可以互相替换。从抒情语调的角度，“你”的引入确实在诗中复现了一种温和的调式，增加了言说的限定感和情境化，对于八十年代初期的新诗来说，也确乎起到了改变当时抒情诗独白语调的专断、抒情主体过于膨胀等弊端的作用。但是，不触及主体情感的古典虚境，也将抒情主体框定在典故所涉的潜文本之内，抒情主体仅仅是对虚幻传统的貌似复归，而无法跳脱出来，以自身的感应重新照亮传统。这极易导向人称角色的面具化和泥古的趣味化。尽管张枣的才华使得这样的写法尚不至于成为空洞的符号

---

① 颜炼军：《诗歌的好故事……——张枣论》，《文艺争鸣》2014年第1期。

堆叠，但其他诗人循着这一路向的拟古之作，或许未能突破这一困境。另一方面，张枣在后来一些以日常为主题，并用“你”的人称来创设对话感的作品中，对知音的寻求，又总停留在疑问和假想的阶段。正如上面引文所举的例子，张枣会想象出一个侧耳聆听的“他者”，主体在对他的假想和虚拟的对话中找到了自己的言说语调，但这个对话的“他者”除了少数明确被指认的之外，几乎从未被确证过。不像很多当代诗人，在与自己阅读对象对话的诗作中清晰贯注了文化境遇的体认、主体精神的求索、对自身的照鉴、对命运的理解等，张枣诗歌中的“对话”，并非严格意义上的“主体”与“他者”之间遵循特定主题的对话，而更多是一个由头、一个起跳板、一种言说格式。

不过，并非张枣的所有诗歌都在生活和阅读的表面“优美滑过”，在堪称代表作的《卡夫卡致菲丽丝》、《跟茨维塔伊娃的对话》、《云》、《春秋来信》、《大地之歌》、《到江南去》，乃至早年间的《伞》、《南京》中，张枣找到了一些具体、恰切的言说对象，也或多或少触及了他自身的痛切，“对话”便不再只流于虚拟和想象。在三首组诗中，《卡夫卡致菲丽丝》和《跟茨维塔伊娃的对话》可视为一种“中间状态”。一方面，由于张枣与两位作家共同分享着去国离乡之苦、父权制的围囿、知音难觅的孤独、生活的踉跄等困境，相比于其他作品中语词盈转的游戏，这两首诗中流露的生命滞重能够一定程度上平衡诗艺技巧的顺滑，使得诗作不致过于轻飘。但无论是卡夫卡还是茨维塔伊娃，在诗中仍然主要起着“提供剧本”的“面具”作用，并非张枣真正的对话者，这两首诗呈现的方式仍然是自问自答的“镜像运动”；而“对话”的语言行程中，尤其是“茨维塔伊娃”一诗，张枣仍然多有与“大师”们比试诗艺的技法炫惑，在抒情主体层层向内探入她“流亡的残月”、“焚烧的家门”、“死的闭门羹”的同时，那些跳脱的修辞又不断给主体施加一个向外的离心力。而另一首组诗《云》则与前两者不同。因为是写给儿子两岁生日的诗，尽管诗中同样充满了“你”、“我”的人称变换，但由于出自一个父亲对儿子的亲切呼唤，人称不仅获得了实指，还充满了基于血缘、代际乃至人生盛衰的伤感：

"……

这是你的生日;祈祷在碗边
叠了只小船。我站在这儿,
而那俄底修斯还漂在海上。
在你身上,我继续等着我。"

(《云》第 1 节)

"地平线上,护士们忙乱着。
瞧,我那祖父。他正弯腰
采草药。乌云把口袋翻出来,
红豆,在离地三足高的祖国

时日般泻下,吸住我父亲,
使他右手脱臼,那天他比你
还小,望着高出他的我在
生气。于是,他要当书法家

尊严从云缝泄出金黄的暗语。
地平线上,护士们在撒手:
天上担架飘呀飘。你祖父般
长大。你,妙手回春者啊!"

(《云》第 6 节)

"今天你两岁;你醒来时,
雷雨已耗尽了我心中的云朵。
下午一道回光伫立,问:
'你是谁?'而没有哪种回答

不会留个影子。这是诗艺。

……”

（《云》第8节）[①]

这首诗以云的形状、阴晴变化为核心，涉及了虚空、漂泊、母语、逝去的祖父、现实的雷电、对儿子的期待等，一些张枣惯用的语词炫技，也因为此诗中逗弄孩童的调皮而显得温馨妥帖。“在你身上，我继续等着我”和“你祖父般/长大”不再仅仅是滑脱的语言游戏，它们以玩笑的方式，确证了人类的有限性、命数、思念，以及几乎是出于无奈的寄望。张枣向来所热衷的语言层面的人称变易术，看似“永动机”般自由穿梭、从无碰壁之险，但在生命无法变更的限度面前，终究会遭遇“变换”的不可能。《云》中所渗漏的伤感和诚恳，正是被生命的唯一和脆弱所提示，正如张枣在另一首诗中对年轻士兵弥留之际的摹拟：“战地牧师来了，/慈祥得像永恒：/可永恒替代不了我。/正如一颗子弹替代不了我”，“Lebewohl[②]！卡佳，蜜拉娅！//嘿，请射我的器官。/别射我的心”（《德国士兵雪曼斯基的死刑》）。

从上述例子可以看出，张枣的对话诗作中，最动人的实践有赖于抒情主体的生命震颤。但这么说并非在贬低诗歌游戏性或轻逸的一面。海伦·文德勒曾分析美国诗人阿什伯利的《悖论和矛盾修辞》一诗，这首诗游走于“我”（诗人）和“你”（读者）之间，尽管语调充满“嬉闹、反讽和恳求”[③]，也不乏人称变换的游戏，但抒情主体从未停止对读者情感参与的邀约、对阅读互动关系的反思。而另一首《凸镜中的自画像》里，阿什伯利诸多腾挪跳跃的意象不断驱动着视觉、思想、历史、文学、科学的议题，这些“节奏不断加速的经验变化”被文德勒指认为阿什伯利两大主题之一，但另一主题——“爱的主题”、“一位热情

① 张枣：《云》（组诗），《春秋来信》，文化艺术出版社1998年版，第133、138、140页。

② 德语：“永别了！”

③ ［美］海伦·文德勒：《约翰·阿什伯利与过去的艺术家》，［美］哈罗德·布鲁姆等《读诗的艺术》，王敖译，南京大学出版社2013年版，第248页。

的观画者(或一首诗的读者)会产生的情感”,在诗中同样得到了等值的甚或更重要的表现:“从客观超然到觉醒的同情,从学术兴趣到审美的投入,从自我指涉的沉思到对死去多年的画家直切而诚挚的致辞,直到最后被迫放弃自己内心深处产生的眷恋”[①]。因此,正如阿什伯利在诗中所言,尽管艺术的法则往往是一个纯粹的“表面”,但正是从这个表面,需要生发出一个“可见的核心”。张枣的语词流转作为诗艺当然没有问题,但关键在于,他所抟造的语言球面,是否同时映现并触动了主体的生命脉搏?

从诗歌方向来看,张枣用力更深的,显然还是对诗艺和语言变革本身的钻研,而很少论及主体。他曾在访谈中自述与柏桦的同道之处在于两人都在“寻找语言上的突破”,回顾自己当年出国的意义,他也特别强调了语言上的抱负:“我特别想让我的诗歌能容纳许多语言的长处。因为从开始写作起,我就梦想发明一种自己的汉语,一个语言的梦想,一个新的汉语帝国。”[②]在多篇随笔和文论中,张枣频频论及“当代诗歌在寻求现代性的同时如何重建汉语性”、“诗人对母语的改造”等,并在Anne-Kao诗歌奖受奖词中,将“纯诗艺的变革愿望”推举为当代诗歌最深刻有力的辩驳。[③] 正是在这样一个“语言突围”的向度上,张枣的诸多诗学追求可以得到解释:在对比中西方语言差异时,他认为,西方语言具有一种反思能力,感性则是汉语固有的特点,而他想写出的是“一种非常感官,又非常沉思的诗”[④];在给保罗·策兰写翻译导言时,他也着重提到,策兰“源于犹太教神秘主义”的“对话式”(dialogisch)抒情,相比于西方正统“独白式”(monologisch)抒情的区别和新异:“他用每首诗来追寻一个对应面,‘那另一个’——一个神秘莫测的‘你’。‘你’时而是被戕害的母亲,时而是情人,

① [美]海伦·文德勒:《约翰·阿什伯利与过去的艺术家》,[美]哈罗德·布鲁姆等《读诗的艺术》,王敖译,南京大学出版社2013年版,第253页。

② 张枣、颜炼军:《“甜”》(访谈),《张枣随笔选》,人民文学出版社2012年版,第206、209页。

③ 这些文章包括《朝向语言风景的危险旅行——中国当代诗歌的元诗结构和写者姿态》、《诗人与母语》、《诗歌与翻译:共同致力汉语探索——欧阳江河、赵振江、张枣对话录》、《Anne-Kao诗歌奖受奖词》等,均收录于《张枣随笔选》。

④ 张枣、颜炼军:《“甜”》(访谈),《张枣随笔选》,人民文学出版社2012年版,第211页。

时而是自身，时而是神，更多的时候是这一切的综合体。”[①]有理由推测，张枣对“对话性”、人称变换的诗艺探索，正是出自上述对中西方语言差异的考量，出自他融合古典汉语的温润甜美与西方语言反思性、二元性的愿望。

然而，诗歌不仅仅是诗艺，也不仅仅是桥接中西语言的试验场。语言的变革毕竟不能凭空发生，正如张枣自己也多次提到：“人，完蛋了，如果词的传诵，/不像蝴蝶，将花的血脉震悚”（《跟茨维塔伊娃的对话》），“词不是物，诗歌必须改变自己和生活”[②]，“如何使生活和艺术重新发生关联”[③]……或许正是在创作中过多执着于语词和诗艺，写作与生活相分离的焦虑在张枣处才显得如此深重，这是趣味使然。但同样不可忽视的是，“隔绝”作为张枣切身的处境，也加剧了他朝向语言本体的倾斜。张枣旅居德国的近二十年，恰是中国社会生活、价值、伦理发生剧变的时期，而张枣“敛翅于欧洲那静滞的屋檐，梦着/万古愁，错失了这部离乱的史诗”（朱朱《隐形人》）。抱持着八十年代的诗歌幻觉，张枣在德国噬骨的孤独中常遥想远方的“知音”，但回国后景色格局的变迁、诗歌极速的边缘化和利益化又再度令他错愕。如果诗歌一部分是现实的回声，而当声源缺失，回声也变得极其微弱，他只能向阅读资源求索对话，或在新闻中翻检现实的足迹。尽管《大地之歌》精妙的华彩部分发挥了他对现实敏感的观察，但他的失语症，还是在回国后的大部分诗作中愈发清晰地显露了出来。他锁闭于玄思的塔楼，在诗学自述中着力强调语言的建设，未尝没有自辩的成分——在突出自己语言技法的轻逸和风格化的同时，绕避了主体不在场的空缺。这是他试图掩藏的局限，更是个体生命与时代齿轮相错格的悲哀。

从八十年代成名到去世，张枣始终是当代诗坛的佼佼者。不可否认，张枣

---

① 张枣：《保罗·策兰》，《今天》1991年第2期，转引自《张枣译诗》，人民文学出版社2015年版，第1页。

② 张枣：《朝向语言风景的危险旅行——中国当代诗歌的元诗结构和写者姿态》，《张枣随笔选》，人民文学出版社2012年版，第191页。

③ 张枣：《Anne-Kao诗歌奖受奖词》，《张枣随笔选》，人民文学出版社2012年版，第241页。

以其优美独异的声线，将当代汉语诗歌在语言向度的探索推向极致，并引发了诸多年轻诗人的追随和学习。而他的英年早逝带给诗友们的惋惜与憾恨，也让其后的缅怀替代了诗学批评，成为诗歌评论中单向度的声音。不过，除了丰厚的诗艺遗产，张枣也留给我们一个更大的疑问：在抒情主体被腾空、被悬置的前提下，所有感性的场景、精巧的结构、拟设的对话等等，将会寄身哪里？又将走向何处？更扩大一点说，如果在诗中暂时搁置主体被围困的事实，让技艺代替真身去飞翔、去寻求一种轻盈的异在，这只“从来都没有真正着陆”的飞鸟将要如何处理自己投下的暗影？又如何找到一个可供栖泊的岛屿，以便续航和再次起飞？

在上文提到的《凸镜中的自画像》一诗的结尾，阿什伯利先是向画家发出吁求：“所以我恳请你，收回这只手/别再用它，给出掩护或问候，/一个问候的掩护，弗兰西斯科”，随即又以一个倒置的望远镜，抵消了这幅画中凸透镜的弧度，“谋杀”了画作中唤醒他的部分。这一吁请和主动取消，是诗人在“对话”展开之后，对自我主体的重新确认。而这一主体之所以有能力确认自身，正是因为他在诗中不仅没有悬置自我，反而仔细地审视了自我，将自我纳入与画作、画家以及读者之间深入的对话、理解与共情之中，让“社会生活的伦理”切实进入了抒情诗的空间。

而“社会生活的伦理”对张枣意味着什么呢？这个嚷着“我啊我呀，总站在某个外面”（《空白练习曲・3》）的诗人，这个将自我的抒情主体悬置在“万古愁”这一抽象情绪之下的诗人，曾颓靡地发愿：“我宁愿终身被舔而不愿去生活”（《祖国丛书》），又急迫地呼告：“生活啊，快递给我的手”（《伞》），而这两句诗中“生活”含义的轻微差异，正涵纳了这个词诱人而又坚硬的两面。对于曾经的张枣，更是对于他身后的追随者们来说，其中的任何一面，都需要勇敢地踏入。

小结

上述两位诗人在创作中采取了相异的语言策略：欧阳江河趋向于混沌、驳杂，张枣则朝向精致、婉转。不过，他们的共同点在于，倾心于语言实验的诗人，大都喜用转喻的方式去推进句子，注重文本内部词与词之间的关联，而非在隐喻的关系中让词指向外部事物。因此，语言的自我衍生力量很容易挣脱主体，形成词的自指运动。在欧阳江河的创作中，这体现为矛盾的修辞在后期脱离了对现实悖谬的指向，也失去了词与词之间的逻辑关联，而单单变成饶舌的修辞狂欢；而在张枣的写作中，语句的婉转优美，几乎从不作用于主体的情感，而是萦绕为一种虚拟的才情展演。这样的特征或问题并非为他们所独有，前者在西川、萧开愚的史诗倾向，后者在陈东东的古典趣味中均有体现。在这样的创作中，主体往往是缺席的，至少是疏离的。而倘若依照臧棣所说，语言与历史是一体两面的，或许从一定程度上也说明了这样的主体对历史、现实的貌似介入实为虚拟，且持有一种隐晦的旁观态度。

此外，对语言的认知也涉及诗歌观念的问题。西川和王敖曾对汉语新诗与西方浪漫主义、现代主义、后现代主义的诗歌"时差"有过几个回合的争论，从西川的论述中可以看出，追求诗歌思潮的新异、对西方后现代语言观念的蹈袭，也成为一批诗人进行语言实验的动机。[①] 这种追赶潮流的心态，同样值得纳入思考。

同时，由于学院诗教以及对知识话语的迷恋，此类靠语词的"滑动"来进行创作的方法，在一些更为年轻的诗人那里成为一种风尚，然而其中显露出的话语锁闭与同质化问题，亦需要更长久的观察。

---

① 西川：《诗人观念与诗歌观念的历史性落差》，《大河拐大弯：一种探求可能性的诗歌思想》，北京大学出版社 2012 年版，第 43—56 页。

第四章　主体与现实世界：现实介入中的审美维度

与前两章处理物象和语言等相对单一的对象不同，本章所要讨论的是当代汉语诗歌自九十年代以来，抒情主体以不同的诗歌技法处理与周遭世界关系的问题。这既是考察抒情主体在写作技艺（如虚实、用典、角色化）中对经验的综合能力，也同时考验着主体在处理现实时如何不放弃诗歌的审美维度。

"主体与现实的关系"在1990年代以来的诗歌中作为一个无法回避的向度，首先与八十年代末诗人们遭遇精神挫折，并引发对现实的强烈关注相关。作为"观物"的补充和"语言逸乐"的反面，诗人们尝试在诗中记录下周围世界的变动或时代的精神苦闷。这一写作路向以及相应的写法变化，在1990年代的诗歌批评中被总结为"叙事性"。尽管也曾被质疑准确性，但"叙事性"这一术语在经历了策略性的提出和含义的不断扩充，尤其是被指认为一种"综合能力"[①]之后，一定程度上可以概括这一时期诗歌范式的结构性变化。在可见的技术层面，"叙事性"指向以陈述句式为主、以具体场景为表现内容的作品，诗中开始出现主谓宾完整的句子，和具体的、有边界的时空，不像八十年代以前，诗歌多由短语和感叹词组成，意象天马行空；而如果追溯到诗意的生发机制，"叙事性"则是建立在抒情主体与现实发生强烈关联的基础上——从九十年代开始，诗人们更自觉地开启了"对现实经验进行综合创造"的意识，诗歌的包容

① 孙文波：《我所理解的九十年代：个人写作、叙事及其他》，《在相对性中写作》，北京大学出版社2010年版，第133页。

力和可能性也由此敞开。

谈及抒情主体如何在诗歌中处理现实经验，所探讨的实质是诗歌在“现实介入”与“艺术性”之间的古老张力。张闳在《介入的诗歌》一文中认为，“九十年代的汉语诗歌中，‘介入性’因素及其强度都在不断地增加”，同时，因为“‘介入’的文学常常面临着丧失自身艺术性的危险”，九十年代诗歌也面临“对现实的‘纠正’功能丧失”和“自身美学功能丧失”的双重危险。[①] 的确，一些过于平实或仅剩立场的诗歌，印证了这一论断。但现实性与艺术性并不截然对立，海·文德勒曾在名篇《在见证的迫切性与愉悦的迫切性之间徘徊》中剖析了爱尔兰诗人希尼对一种兼顾“社会责任”和“创作自由”的写作的探索：“在一个关注精致多于关注真实的时代，一个人也许必须坚持诗歌的道德力量。但是当受到赏识的诗学表述的主要方面只是道德意义的时候——就像一切有关‘个人即政治’和‘诗的见证’的行话——时代要求希尼去坚持不负责任的奔放的想象力和自发的语言自由。”[②]那么，在九十年代至今的三十年间，汉语新诗的写作者们又是如何在见证时代的同时打开诗歌的审美维度？这样的审美维度对于诗人们意图介入的现实又是如何发挥作用的？

本章选取张曙光（1956 年生）、王家新（1957 年生）、刘立杆（1967 年生）、朱朱（1969 年生）四位诗人为分析对象。他们分属两个诗歌代际，对现实的“介入”方式也有较为明显的差异。前两者写作的高峰集中于九十年代，他们的呼告很真诚，但较为直接，且不乏自我重复，后期似乎难逃瓶颈，其中或许蕴含了诗人作为写作者“承担现实”的误区；后两者在新世纪以来才渐露头角，他们在对世界的观察、对阅读经验的调用、切入角度的选取、抒情能量的获得等方面都形成了更为开阔、多元的探索，其中的感性力量，为诗歌中“抒情主体如何承

① 张闳：《介入的诗歌——九十年代的汉语诗歌写作诸问题》，孙文波等编《语言：形式的命名》，人民文学出版社 1999 年版，第 310 页。

② [美]海·文德勒：《在见证的迫切性与愉悦的迫切性之间徘徊》，黄灿然译，《世界文学》1996 年第 2 期。

担现实"的难题提供了新的思考向度。

第一节 张曙光、王家新:"知识分子精神"的自我回环

在九十年代的诗歌范畴中,张曙光和王家新是将叙事与抒情较多融合的两位诗人,他们的作品也因为对阅读资源的指涉,而被冠以"知识分子写作"的名号。正如第三章引言中所说,彼时,"知识分子写作"在不同的诗人那里形成了不同的阐释,而在王家新处,它尤指知识分子对现实的"介入"和"承担":"它首先是在中国这样一个社会,对写作的独立性、人文价值取向和批判、反省精神的要求……如果它要切入我们当下最根本的生存处境和文化困惑之中,如果它要担当起诗歌的道义责任和文化责任,那它必然会是一种知识分子写作。"[①]这种"承担"在诗歌文本里的表现形式在于,一是诗中频频出现俄罗斯白银时代以及欧美反法西斯作家的名字、经历,作者对他们苦难命运的共鸣;二是诗中不断发出对知识分子责任、作用的追问、反诘。

这些形式在诗歌中的突然涌现,大体可归因于八十年代末历史转折给知识分子带来的心理震动:面对巨大的历史溃败,诗人们在现实面前感到无能为力,这一方面促使诗人们去阅读中寻找精神的寄托、支撑和代偿,另一方面,阅读对于现实的无法抚慰,也让他们不断发出哀叹,倾诉虚无。尽管由于个体经历的差异,不同的诗人也会有不同的侧重点,但总体来说,这成为当时的一种公共情感。诗人们的表达无疑是真诚的,但也因为这种伤痛表达的应激性而带来一些问题。

一、张曙光:敞开历史的闭合结局

张曙光八十年代后期就已经开启诗歌叙事技法的尝试,[②]一直延续到九十

① 王家新:《知识分子写作或曰"献给无限的少数人"》,《大家》1999 年第 4 期。

② 程光炜编选:《导言:不知所终的旅行》,《岁月的遗照》,社会科学文献出版社 1998 年版,第 9 页。

年代。由于陈述句的使用，他的诗作风格总体来说较为深沉平实、内敛真诚，始终贯穿着对人的存在、精神世界、历史语境的思考。在《小丑的花格外衣》和《午后的降雪》两部诗集中，张曙光的诗大多并未标注年份，但依照内容可大致分为两类：一类是单纯写自然、日常，尤其是雪景的诗，这些诗大多短制；另一类则会由日常经历引起对一些阅读文本、知识资源、写作体验的联想，诗歌在文本空间与现实经历之间来回穿插往复。前一类并不太具有张曙光典型的个人风格，与很多诗人对景物的书写相差不大，后一类中，则有多首被视为张曙光的代表作。本节也集中讨论后一类作品。

在《1965 年》、《1966 年初在电影院里》、《岁月的遗照》、《照相簿》等以个体、家族记忆为主题的诗中，张曙光擅以一些具有个人或集体标志性的意象，来还原某个年代某些具有特殊意义的时间节点。比如，“那一年电影院里上演着《人民战争胜利万岁》/在里面我们认识了仇恨和火/我们爱看《小兵张嘎》和《平原游击队》/我们用木制的大刀和手枪/演习着杀人的游戏”(《1965 年》)，或是《1966 年初在电影院里》，电影院突然停电，“我”和弟弟在剧场里蜡烛巨大的影子下感受着恐惧：“雨渐渐小了/爸爸打着灯笼，给我们送来了雨衣/好像是蓝色塑料的，或者不是，是其它的颜色/这一点现在已经无法记起/但我还记得那部片子：《鄂尔多斯风暴》/述说着血腥，暴力和革命的意义/1966 年。那一年的末尾/我们一下子进入同样的历史”(《1966 年初在电影院里》)。在这段诗中，包含着一个张曙光式的记忆景观：“我”并不能记得爸爸送来的雨衣的颜色，但清楚地记得电影院放映的那部片子的名字，而电影的名字，则是为了引出影片与“我们”历史语境的相似性。对于一个当时只有十岁的孩子来说，这部片子中“血腥，暴力和革命的意义”显然不是当时就体悟到的，而是后来在回溯这段经历时，诗人领悟到并叠加上去的。但在这首诗中，更易被孩子所记得的生活细节，比如雨衣的颜色，成了模糊的记忆片段，而一部当时可能并不一定记得名字的电影及其所携带的历史意义，则被牢牢记住，这显然是诗人在时隔多年后的写作之时，经过权衡并故意如此摆放的。在张曙光其他的诗作中，也能找到类似的记忆结构——具有历史印记或隐喻的意象极为凸显，而个体的生命细节较为模糊。比如："很久了，我现在已经记不起/那些花儿的名字/而今天当我走过落雪的大街/我再一次想起/白色的尸布，令人晕眩的/墙壁"（《悼念：1982年7月24日》），无论是重大的历史事件，还是母亲的去世，张曙光在诗中呈现出的总是一种被巨大的创伤性记忆完全摄取灵魂的状态，在诗中，它体现为一个强烈而耀眼的核心意象压过了其他细节性意象，在体现历史和命运暴虐的同时，也使得历史成为绝对的、唯一的力量，造成了对生活细节的覆盖。他的诸多"无法记起"，以及诗中常以"或"来连结的诸多不确定的细节，也成为"历史创伤"之后"失忆症"的表现。

与这种失忆相类似的，是在其他诗作中对"无力感"的承认。《存在与虚无》中，诗人以一个否定句为开端，给全诗定下了"无能"的基调："雨声并不带给我们什么。或许/雨声是一种存在。或许/我看到的不是事物本身/不是月亮"，在接下来的诗句中，他继续写道："透过一行行文字/我们无法认识上帝/他是否耽于幻想是否快乐或大声哭泣/甚至无法触摸到白杨树的叶子/它们正排列在街道的两旁/在雨丝和收录机播放的乐曲中熠熠闪亮/我读了很多书，仍然/无法诠释死亡的风景"（《存在与虚无》）。《存在与虚无》是萨特的名作，他在书中认为，人的现在尚未被定义，要在自主的选择中赋予存在以意义并对选择进行承担。但在这首诗中，张曙光以一连串的否定表达了一切都无法触及的虚无。雨声不能带来什么，我们看到的"不是事物本身"，上帝无法被认识、被感知，读书也不能帮助我"诠释死亡的风景"，甚至在结尾，诗人直接点明，连萨特也是一个死去了的"空洞的名词"……这首诗写于1987年，在更大的虚无到来之前，诗人已经感到了这一点，而这种感受在张曙光的其他诗作中也被一再地反复地表达："人生不过是/一个虚构的故事"（《哈姆雷特的内心独白》），"一次又一次，我这样说了/也试图这样去做，但有什么意义/当面对着心灵的荒漠/和时间巨大的废墟"（《责任》），"对于虚无的风景/我们无法表述得更多/甚至看不清它的轮廓"（《日子或对一位死者的回忆》），"你的心是否平静，或是/充满着期待？期待什么？/而期待又是什么？它是一种/存在，还是一种心理状态？/……/还能说些什么，除了/祝你晚安，祝你好运”（《致奥哈拉》）……其中，有知识无法作用于生活的无力，也有个体无法以自身的意志来处置生活的失重感。这种感受也延续到了最具张曙光特点的“元诗”写作中。

所谓“元诗”（metapoetry），是指诗人在作品中，将生活中所见的场景与“写作”这一行为构成对喻的诗歌，比如，生活的困境同时也是写作的困境，现实的历险也同构于精神的探险。这一名词在张枣《朝向语言风景的危险旅行》一文中被提出，并有较大篇幅的论述。而张曙光的《尤利西斯》、《这场雪》、《关于比喻》等，恰是最为典型的“元诗”写作。这些诗往往会以一个明显的比喻开头或结尾：“这场雪突然降临，仿佛/一个突如其来的思想”（《得自雪中的一个思想》），“雪就这样下了起来/像渴望，或一个蹩脚的比喻。/你在纸上把它们召来/用语言的符咒”（《现代诗歌》），“这是个譬喻问题”（《尤利西斯》），“然后碎片飞上天去/徐缓而美丽，像这首即兴的诗”（《即兴的诗》）……这类比喻起到的功能是将生活中所见的现象、遇到的事情与写作这一行为等同起来，这种等同可以是一个灵光一闪的联想，也可以是惯常的设喻，但无论动机如何，此类比喻使得外部世界的运行与写作同构，而诗人则在其中扮演了“上帝”的角色，正如《这场雪》中所述：

不过是一场巨大的语言实验
你必须设法捕捉一些词语
一次又一次，直到它们变得陌生
并在这个夜晚明亮地闪烁。多么艰苦的劳作
一整个冬天雪在下着，改变着风景
和我们的生活。裹着现实的大衣你是否感到寒冷
或一种来自事物内部隐秘的联系？
当然你不会放弃这场游戏

在里面你扮演着上帝
或一个蹩脚魔术师
肯定与农作物无关，也不会
助长恶劣的天气。……①

在诗中，降雪成为“一场巨大的语言实验”、“艰苦的劳作”，而它对风景和我们生活的改变，在写作中是否也能如此奏效？尽管诗人承认在写作中“扮演着上帝”并不能影响农作物和天气，但在后半部分，诗人认为持续的写作可以淹没迟钝、伤感，“并将带给你一束——新的启示”。这首诗以这个并未道明的“新的启示”作结，但读者没有能从诗中获知这个启示是什么，也不能产生醍醐灌顶之感。因此，即便不能完全否认诗人确曾从雪的降落中获得过一些灵感，但这个结尾是无力的，也是不及物的，只是以简单的“启示”将诗中提出的问题悬置在了诗的内部。在其他一些诗中，张曙光也常常采用这种类似于画框的结构，将诗中展开的一系列问题框限在这首诗的数行之内，比如《公共汽车的风景》，诗人从公交车窗口看到的一系列风景引起了对往事、文学理论的联想，随即提出：“多大程度上，我们能够把握/现实，或我们自己”，但在此之后，诗的末尾以一个上帝视角的比喻作结：“而谁又在另一个地方，冷冷地/观察着这一切？如同此刻的我/在渐渐变浓的暮色中，合上/手中的书本，让一首诗，或诗中的/风景，从我的眼前和意识中消失”。对于公交车所譬喻的人生道路及其终点，诗人无法看见，也无法回答，因此，以一个“合上书”的动作，将我们所身处的三维世界的“人生风景”关闭在诗的二维空间中，用一种貌似“解决”的方式，虚化、悬置了人生的终极问题。而这种“貌似的解决”，不过是一个由写作技巧设置的幻觉。

在写作中扮演“上帝”或许一定程度上让诗人获得一种对现实的虚假“掌

① 张曙光：《这场雪》，《午后的降雪》，重庆大学出版社2011年版，第92页。

控感”，那些无力改变的现实，仿佛可以在写作行为的兑换中得以把握，甚至更改。然而确实如此吗？即便在写作中，更改真的有效吗？《关于比喻》中，诗人不断地切断、干预并重审诗中的比喻行为：

雨声像煮沸的咖啡，或者——
但这是个比喻吗？是的，的确是
尽管蹩脚，你完全可以选用别的，譬如——
而这又是一个比喻，只是还没有开始
就被打断；换句话说
是一个流产的婴儿。当然，这又是一个比喻
但它是否真的那么重要，伴随着我们
进入我们的生活，像一个保姆
用经验的奶瓶喂养着我们……①

抒情主体不停地打断诗中本已程式化的比喻机制，试图不断插入反思和反讽，但取代上一个比喻的仍是一个新的比喻，似乎已经形成一种无法停歇的惯性。尽管这首诗的写法不乏反讽的意图，但诗人在写作中扮演上帝所获得的虚幻的掌控感，其实是更深的无力的表征。

不可否认，张曙光的无力是真诚的，写作对于生活之难的束手无策的确是一个事实，尤其是对于九十年代初处于历史断裂之处的知识分子们。甚或对于当下的我们，也仍然如此。但是，从文学写作的使命——拾捡被历史所遗漏的细节——来说，一遍遍地重复哀叹一种既有的状态，而非剖析其中的肌理、细察个体被更改的生命细部，是否也以一种简单的方式固化、掩埋了历史伤痛对我们的真正作用力？曾有学者认为张曙光的部分诗歌构成了一种自我重

① 张曙光：《关于比喻》，《午后的降雪》，重庆大学出版社2011年版，第116页。

复[①]，或许对这种重复的质疑并不意味着期待诗人在某个很短的时间内实现多么急剧的变化，而是说他的抒情逡巡在同一个平面上，少有更深的开掘。

二、 王家新：复沓的痛感

无论是在诗歌写作还是在翻译、文论中，王家新都贯注着强烈的知识分子责任感，他对俄国白银时代的帕斯捷尔纳克、曼德尔施塔姆、茨维塔耶娃、阿赫玛托娃，以及德国经历了纳粹的诗人策兰等都极为青睐，他翻译他们的作品，并时时将这些外国诗人的苦难经历与中国诗人、知识分子的境遇进行精神上的关联。在王家新自己的创作中，对于知识分子心灵的拷问，作为一种诗歌风格，大体形成于九十年代。

如果说张曙光习惯以无力来表达历史的伤痕，那么王家新则是一种极具心灵痛感的对抗姿态。写于1990年冬天的《帕斯捷尔纳克》，或可算是王家新最好的诗歌之一：

不能到你的墓地献上一束花
却注定要以一生的倾注，读你的诗
以几千里风雪的穿越
一个节日的破碎，和我灵魂的颤栗

终于能按照自己的内心写作了
却不能按一个人的内心生活
这是我们共同的悲剧
你的嘴角更加缄默，那是

---

① 《尤利西斯的当代重写》，洪子诚主编《在北大课堂读诗》，长江文艺出版社2002年版，第301页。

命运的秘密，你不能说出
只是承受、承受，让笔下的刻痕加深
为了获得，而放弃
为了生，你要求自己去死，彻底地死
……①

在这首诗中，王家新感受到了帕斯捷尔纳克的精神强度，并以高亢的音调，将这位俄国诗人的遭遇与“我们”交叉书写。一方面，王家新写出了我们与帕斯捷尔纳克命运的相似性，另一方面，诗歌又不断在中国北方的泥泞、苦难与俄罗斯的风雪、亮烈的秋天之间跳切，形成对比。但这种对比并非平行的，而是始终存在一个光源性的结构，即尽管两国诗人在承受相似的命运，但这种痛苦在汉语文学中尚未找到恰切的表达。因此，诗人渴求帕斯捷尔纳克的精神、命运可以“照亮”我们的灵魂和写作。此外，诗中出现诸多悖谬的句子：“为了获得，而放弃/为了生，你要求自己去死”，这是一个诚实、有良知的作家的两难；而“注定”、“一生”、“彻底”等极端的程度用词，和“怎配走到你的墓前”、“怎能撇开这一切来谈论我自己”等反诘，令诗歌获得了抒情强度。可以说，《帕斯捷尔纳克》是王家新的代表作，这首诗也涵盖了他九十年代大多数诗歌的一贯风格。

王家新诗中有诸多隐喻性的意象，“雪”是其中较为典型的一个，《帕斯捷尔纳克》即多次出现了“几千里风雪的穿越”、“以冰雪来充满我的一生”等。对上文中身处哈尔滨的张曙光来说，雪更多连接的是一种日常，而在王家新的作品中，“雪”常常是来自外国诗人的文本，并且是“从写作中”升起或开始的。它不是外界的真实风景，而是成为死亡、受难的象征，在诗中营造一种精神氛围，比如“接着是雪/从我的写作中开始的雪；/大雪永远不能充满一个花园，/却涌

① 王家新：《帕斯捷尔纳克》，《游动悬崖》，湖南文艺出版社1997年版，第64页。

上了我的喉咙；/季节轮回到这白茫茫的死”（《日记》），“在那里雪从你的诗中开始，/祖国从你的诗中开始，/……/在那里你无可阻止地看着她离去，/为了从你的诗中/升起一场百年不遇的雪……”（《伦敦随笔》），“在一个人的死亡中，远山开始发蓝/带着持久不化的雪冠”（《布罗茨基之死》），等等。类似作为精神景观的隐喻性意象还有：“这就是被我们自己遗忘的灵魂/一个夜半的车站”中的“灵魂”，“它终于为彻夜不眠的失眠者掘出了/一个一直在他身体里作痛的废墟”中的“废墟”（《挽歌》），或是“而为什么我的父亲一咳嗽/天气就变坏，我不能问/我一问在我的日记中就出现乌云”（《卡夫卡》）中的“天气”和“乌云”，甚至，许多诗中频频提及的文学经典大师的名字，也成为诗人精神或心理状态的象征：“带上一本卡夫卡的小说/在移民局里排长队，直到叫起你的号/这才想起一个重大问题：/怎样把自己从窗口翻译过去？”（《伦敦随笔》）在这句诗中，卡夫卡成为诗人随身携带着的荒诞、隔膜与绝望。

除了意象，王家新的句式也具有独特性。首先是“一……就……”或“……就……”此类句式揭示了某种无法抗拒的必然结果，比如上文引述的《卡夫卡》中，“我的父亲一咳嗽/天气就变坏”，它隐喻了个体无法与父权制抗衡的脆弱和无助；它的一个变体则是《纪念》中的“你想到了家乡，父亲的咳嗽传来，/你想起‘祖国’，奥德修斯却在风暴中闪现/（而荷马是否应该修改那个虚假的/史诗的结尾？），你放下《泰晤士》/于是母语出现在泪眼中……”（《纪念・5》），在这几句中，前后两个动作的衔接不再是暴力导致的“习得性无助”的结局，而是成为诗人/受难者的某种应激性反应。在这种状态下，抒情或言说主体对一个念头的反应不再是平静的、丰富的，而是条件反射般单一的、充满禁锢勒痕的。这种“条件反射”在多多九十年代的诗中也留下过很深的印记：“云/叫我流泪，瞬间我就流//但我朝任何方向走/瞬间，就变成漂流”（《归来》）。

其次是倒置因果的反常逻辑，比如：“我的写作摧毁了我！/我知道它的用心，而生活正摹仿它/更多的人在读到它时会变成甲虫/在亲人的注视下痛苦移动——/我写出了流放地，有人就永无归宿”（《卡夫卡》），或“在那里你无可阻止地看着她离去，/为了从你的诗中/升起一场百年不遇的雪……”（《伦敦随笔·7》）写作是一切苦难的缘由吗？是离别的目的吗？在正常的逻辑中，这都无法成立，但在这里，诗人这样感叹，仿佛写作真的可以主导一切的开始和结局。这与张曙光的“元诗”技巧颇有类似之处。一方面，《卡夫卡》一诗中，这可以看作对卡夫卡写作精湛、准确的褒奖，仿佛一切经由他的描述才得以存在，是诗人“命名”一切的力量；但另一方面，只要想想写作对于现实苦难是多么无能，就可以从中体会到另一层意思，类似于张爱玲在《倾城之恋》中的逻辑：仿佛一座城市的毁灭，只为了成全这对恋人。这是一种绝望中的无奈自嘲，王家新在诗中假意将写作说成是一切的源头或终极指向，将生活说成是它的模仿，与其说真的对写作有着何种寄望，毋宁说是对无可阻挡的苦难真正的无可奈何与无能为力。

正是这种无能为力，让王家新的抒情声音在诗中凝结为无数的疑问句。“需要抑制怎样的恐惧，才能独自/去成为”（《纪念·8》），“需要多久才能从死者中醒来/需要多久才能走出那迷宫似的地铁/需要多久才能学会放弃/需要多久，才能将那郁积不散的雾/在一个最黑暗的时刻化为雨”（《伦敦随笔·13》），“怎样从钢笔中分娩出一个海洋/怎样忍受住语言的滑坡/怎样再次走向伟大的生命之树/怎样不说‘他妈的’而说‘我赞美’/而在最真实的激情到来之前/把你的所爱举过头顶”（《挽歌·8》），还有散落在很多诗中的“你是否感到”、“我如何能够”……这些句子看似在提出疑问，实则不过是否定的另一种表达。“怎样”、“如何能够”正意味着“不能”、“无法”，“需要多久才能……”恰意味着遥遥无期。因此，与其说是疑问，不如说是一种质问、质疑，而诘问的对象在根本上是暴政、命运等人类个体无法与之抗衡的存在，因而这些质疑就由外转向内，变成了对第一人称“我”的行为的犹疑：多久才能，怎样，如何，等等。比之朦胧诗更为冷硬而空无的“对抗”，这种向内的转化在九十年代诗歌的背景下，一定程度上柔化了语调，从激昂的反诘变成了痛苦的低回，但数个整齐的排比句所造就的语势，仍赋予王家新的诗一种铿锵的抒情音调。

不过，或许正是这番诗歌抒情背后的支撑力量来自历史所给予的精神创伤，所以在稍稍平复之后，王家新新世纪以来的诗歌显出了一些平淡的面貌。比如《我们怎样讲故事——给安哲罗普洛斯》、《哈姆雷特》、《在那些俄国电影中》等，尽管仍然是以作为精神养分的外国文学艺术经典为题，不过抒情主体的声调不再是高亢的，而是选取了一些与如今琐屑日常可构成类比的细节，但王家新在这些细节的选取以及场景的描绘中，语言偏于松弛，事件或场景也有堆积之嫌，未能很好地在叙述中以语词速度的调节控制情感的张弛。

总的来说，张曙光和王家新在九十年代这批可被冠以“知识分子写作”的诗歌中，以真诚、厚重的音调，表现出经历了历史巨变之后知识分子的惶惑、痛苦、诘问与省思，可算一代人的心灵样本。不过，他们的创作也因为重复和类型化而存在一些问题：首先，在这些诗中，无论是对外国经典作家的选择，还是对他们人生经历的择取、形象的塑造，都趋于同质化，这些“西方文学大师”单单以苦难和困境的姿态呈现，简单地成了中国诗人将痛苦对象化的出口，而他们更丰富的生命细节、属于普通人的爱恨被忽略了。他们并未成为一些鲜活的形象，而只是遗憾地成为中国诗人的“镜像”。其次，这批诗作中的历史厚重感，往往是依赖作为题材的“文本世界”建立起来的，诗人们并未在写作中建立与他们所援引的文本世界同等丰厚的诗歌景观，而单单是重复哀叹无法完成的生活、无法抵达的写作境界。因此，“知识分子精神”以这样的方式被“抒情化”了，而这种抒情化，很大程度上也是以一个没有出路的闭环，形成了对真正问题的消解。至少就抒情的模式化来说，这并非一个突围和探索的姿态。这些问题的形成，或许正是因为诗人们在创作中对“责任”的过分强调，已经形成了一种立场和概念先行的方式，桎梏了文本所可能有的活力。当然，这并非说知识分子的“介入”和“承担”不重要，而恰恰因为重要，对方式的选择才尤其需要讨论：在一个并不是非黑即白甚或愈发悖谬的世界里，这种介入和承担的意识，落实在文学中需要更细微地体察“人”的存在状态、自我与他人的扭结、肉身的脆弱与勇气的光亮，也需要更丰富的切入角度，才能更准确地击中心灵，而非仅仅发出同一种音调的呼喊。

第二节　刘立杆：叙事特征中的抒情性

刘立杆常被人视为"'他们'诗派的代表人物之一"。从文学交往来看，这是一个事实：他与这个团体的成员结下过或深或浅的友谊，并编辑过《他们》杂志在九十年代的几期、运营过"他们文学网"。但是，仅就诗歌风格来说，在一个将"口语"作为流派戳记的群体里，刘立杆的抒情声音始终显得较为另类。他诗中无数智识的触角、磨炼得越发成熟的叙事特征、画面的绵延、抒情的浓度，与口语诗对简单、短促、瞬间惊诧效果的追求，显然分属两个路向。不过，刘立杆对过度秩序化的知识系统抱有警惕，他的诗始终以生活经验为触发点，并在叙事语流中融入松弛舒缓的部分，多少也留存了"他们"的胎记。作为一个高度风格化的诗歌群体中的"另类"，刘立杆独自的探索反倒给予他更开阔的可能：在抒情主体语调（speaking voice）上，刘立杆曾尝试融会口语和书面语；而在对诗歌的态度上，刘立杆从不为某一特定的诗歌观念背书，而是将写作作为他认知世界的一种方式，用他自己的话来说，"如何把狭窄的个人经验作为一颗铆钉拧入一个辽阔、深邃、丰富的世界"[①]是他诗中的追问。在早年的诗集《低飞》和不多的小说练习《每个夜晚，每天早晨》里，这些思考尚呈弥散状，而近年来，他刊发于《诗探索》、《锺山》、《诗镜（2017卷）》、《草堂》、《飞地》，并新近结集出版的诗集《尘埃博物馆》中，抒情主体更深地浸入生活的洪流，并从中获得一种垂直起飞的力量：他对于小说叙事的探索，回馈到诗歌中，提供了一个以叙事性来建立抒情性的样本。

---

① 刘立杆：《创作谈》，《草堂》2018年第12期。

一、 普通人的心灵样本

从主题来看，这些诗中有数十首围绕父辈、祖辈、亲戚、邻居，或是书写故乡、童年的诗作。在其中，回忆的温情与审视的凌厉杂糅在一起，从苏州一地的风物人情，曼衍到广袤的人世图景，并最终流向人性与命运。《去老城》可以看作一个精彩的"引子"："公共汽车在蛇蜕似的/窄街里缓行"，"我"对故乡的探访，经由公共汽车作为视线的引领。如果"落灰的穿衣镜在擦拭中不断膨胀"构成了虚实之间的闸门，那么公共汽车作为镜头的摆放位置，则起到了移步换景的作用。随着它的行驶，不同的故乡景物掠过"我"的眼前，曾发生在这里的一切、生活在这里的故人身影也随之被唤起："人群涌来，在售卖香烟/硬糖和碎花布的杂货店排起长队。/我们的疯邻居，镶了金牙的/嘉良伯伯一路跑来/朝少女们的短裙吐唾沫。/黄天源门口，浑身淤青的外公/松开腰间捆绑的条石/打算和往常一样叫碗头汤面/再去澡堂泡上半天。/而姑父心不在焉地套上翻毛皮靴/叼着烟，蘸肥皂水刮胡子。/我喜欢他的所有举止/粗犷，沉稳又有点儿狡黠。/但乌鸦在乱飞/大运河在推土机和废墟间/懒惰地流淌，不留下任何倒影。/没有谁可以阻止告密者/或让他们远离朽烂的楼梯/这些我爱的，必死的人。"(《去老城》)半个世纪前自决的外公、被医院婉拒收治的姑父、疯了的邻居、故去的祖父……这些"我爱的，必死的人"在诗中还魂，而他们的真身则如流淌的大运河，早已不舍昼夜地奔向死亡。比之静态的物象，刘立杆偏爱运动的镜头，这使得汽车、火车、电梯等常出现在他的诗中，并大多扮演着"移动摄影车"的功能。这一方面适合一种全景的展现，另一方面也是空间景象的"时间化"，叠合了生命时钟奔流不止的必然率。然而，运动的速度并非恒定，即便终点已知，某些瞬间仍会陡然放大、静息又加速，恰如我们对时间的感知：

太寂寞了，我想起

你的叹息，雨中洇开的睫毛膏
你最后的遗言——“快点，快点！”
但我只是一个成天在街上
闲逛的男孩，为蛀牙
或撒谎而苦恼，不会想到
有一天时针会快过飞掠的站牌。

（《去老城》）①

快—慢—快，早逝的初恋女友临终前促迫的呼吸，终究没有被不谙世事的男孩子赶上，而重述时，长大的男孩早已站在一个沧桑的视角——“不会想到”，既是点破现在已经能够明白的“时间的无情”，也是缅怀当年那个“四处闲逛”而当真“不会想到”的天真岁月，那个少年的自我也和这些逝去的幽灵一样，成为再也回不来的一部分。结尾，镜头逐渐推远，“我看见他们拎着饭盒/站在原地，沉默地看向后方/假装还有一趟车驶来”，而“不断消失又延伸的沥青路”仿佛时间的推搡，将这趟寻访老城的旅途最终凝结为一个定格：“每个人的脸都因为死亡闪闪发亮。”正是在这个定格下，诗人设立了一个从死亡的方向往尘世回望的视点，后续的一系列群像在其他诗中一一展开。

《微笑与堕落》中新搬来的女邻居，因为微笑、卷发、照相馆橱窗里的半身像、衣领上“冒犯的钩织花边”，引来“一条街的敌意”。那是七十年代，即便对年轻女孩们和“我”隐隐构成了美和性的启蒙，她仍因为被捉奸、被街坊指戳、很快地结婚又离婚，被生活磨洗得优雅不再——她的脸上再没出现微笑，只是沉默地站在窗前抽烟，“为无用的美偿付了半生”。《弄堂里》那个嫁给车夫的从良妓女，“把浆洗缝补的余生当成/悲惨命运的添头，低眉耷眼/走过爱嚼舌头的女人们。/天地是新的，日子还是旧的。/那些在她胸脯逡巡的/瞥视还跟

① 刘立杆：《去老城》，哑石主编《诗镜（2017卷）》，成都时代出版社2018年版，第139—141页。

从前一样，只是/更短促，像他们短促的戳刺。/惟独世道才是最难伺候的客人/而她熬过来了/像个真正的行家”(《弄堂里》)。刘立杆所写的不仅是儿时街坊中这两个独异的女性个体，同时也借她们写出了周围“人群”的恶意——如果说她们的悲剧是时代给的，那么这个“时代之恶”，实则是由“围观”她们的每一个个人去完成的。但刘立杆并未将矛头简单指向某种“国民性批判”，而是将这些“围观的暴戾”化为命运背景中“惘惘的威胁”，正是因为他深知善恶并非从来就泾渭分明，而是从人性中的怯懦、嫉妒、从众、欲望等几乎未曾变更过的特质里孵化出来的，包括“我”在内的每一个人都多少携带着恶的本能。而生活，则意味着与无数善恶、巧合、偶然所导致的命运进行永恒缠斗。

对家族里同样作为“命运弃儿”的两位男性长辈，诗人更多地走进了他们沉默而庄严的内心。《在乡村采石场——纪念舅舅王益荣》中那位叫王益荣的舅舅，四十多年前作为知青下放乡间，在采石场沉陷一生，而今，他与村口的硅肺病人一样咳嗽成疾，偶然回忆起的“那时”，也抵不过如今“已经被砸碎”的晚年。在送前来探视的“我”去车站的途中，“突然/他收住脚，看着远处废弃的采石场/一辆卸掉了拖斗的手扶拖拉机/停在山腹里”，而当“我”不经意间碰到他的手：“粗糙而硬，异样的新奇”，“我”突然想起儿时围观母牛分娩而被拉走时舅舅的一句话：“别回头！/否则，你的心会变得跟娘们一样软。”[①]诗歌叙事与小说叙事的不同，在于没有大量说明性的情节为铺垫，因此瞬间的意象或画面就扮演着更重要的角色。诗歌的叙事更像电影镜头，通过画面自身的表达力、一个意象的比喻性连缀，以及画面背后的情绪流推动情节走向。在这首诗中，河堤、采石场、患硅肺病的同乡，串连起舅舅下放乡村的一生。如果“卸掉了拖斗的手扶拖拉机”代表他们早已被弃置的命运，那么那双“粗糙而硬”的手，则是舅舅内心坚硬的核——他对外甥的叮嘱“别回头”，不如说是他对自己的劝慰，即便停下的脚步透露出他已被岁月的遗骸击中并俘获，他仍然坚决地抵抗

---

① 刘立杆：《在乡村采石场》，《锺山》2017年第1期。

着在岁月中回头，用酒精麻痹着不堪回首的过往，撑完余生。那避免了“像娘们一样软”的坚硬，其实内里已空、太过脆弱，但在人生没有选择的死胡同里，仍勉力维持着必要的尊严。

相似的还有在耐酸搪瓷厂作翻砂工的姑父。他读医专，却当了工人，工厂改制后，只能在股市中碰运气。这一平凡的履历作为国营老厂改革的缩影，在《棉纱手套》中只是被一带而过，诗中倾注更多笔墨的是姑父对于生活的态度："那被劳动改造的，皲裂的手/摆弄理发推子的手/缓慢又耐心，用仪式的庄重//接上了生活的一个个/断头。"[①]一个无法掌控自己命运的平民，在生活的洪流里做着一个好丈夫：沉稳、寡言、羞于情感表达，日常会为布鞋钉掌、去屋顶筑漏、帮妻子绕线团……即便因为生养了三个孩子而忘却了年轻时“桀骜的平民的血”，他仍会为侄子带来外国小说，“让我相信，生命值得耗费/在虚无、矛盾，毫不实用的事务上”，且“从不加入亲戚们的围攻/为我的忤逆，离婚，拒绝生育”。因此，“对于我，他不是怯懦、精明的父辈/只是一个男人，一个沉默/又纯粹的典范”(《棉纱手套》)。这种属于两个男人之间的理解，带着追忆的温情，留存在点烟时拢住的双手、临终前试探性的一触、童年的永久牌自行车铃上。刘立杆善于捕捉各种致密的细节，并将这些细微的瞬间做成特写，镜头的运动和切换便是一系列特写的连缀。特写瞬间的陡然放大，成为诗歌以叙事性来表达抒情性的一个关键。

在家族史的书写中，此类镜头的定格几乎成了每个人的遗照。在颠沛流离的二十世纪，祖父母的命运“不过是沸腾的汤锅里/被撇掉的浮沫”，但当他们回想起一生中的“某个镁光灯”，是“一个春天的傍晚，/黄包车跑过静安寺的溶溶月色，/四人两两偎依，一路轻笑，/去听梅老板唱戏”(《幽灵照相簿》)；外祖母家“麻醉似的安宁”、破败、琐屑中，外祖父的遗像让我猛地骇然于外祖母寡居的大半生：“两个像框突兀地靠在一起：彩色的/是她，黑白的是外公。/从

① 刘立杆：《棉纱手套》，《扬子江诗刊》2018年第6期。

我出生那年起……一个寡妇！/这个词像把刀子，透过床板扎了过来”（《外祖母的房子》）；父母在与时代和家庭悲剧的斡旋中聚少离多的爱情、被耽搁的青春，在老年将临时成为“一种只有在移动中/才会显影的爱”，“离家越远/他们老迈的肩膀就挨得越近”，但“连绵的群山随车厢的震颤猛地一沉，又继续耸立”（《南行记》），仿佛生活本身，连带着它的困难，永远横亘在每个人的一生中；而八十年代初恋的少年少女，面对无法把捉的爱情与生活，却偏要用性的仪式去尝试确认：“她知道自己要不好了。/因为她总在犹豫，想要不乏味/又明知生活终究是苦的”（《梦的解析》），初夜后独属于少年人的惶惑，“在活着就是忍受之前/在性交变得像白开水一样/平常之前，在变老之前”，这个“瞬间的静止”，这个短暂的间隙，几乎有着祭奠的意味。

这些群像几乎是《走马灯上的新年》里，“走马灯”旋转的剪影。在这个因为下放、外调工作而四分五裂的家庭为数不多的团圆时刻，命运本然的阴影并未停止笼罩：“硬纸板剪出的人影/旋转着，像隔着一扇舷窗。//有人在空气中茫然/挥动手帕，有人喝着汤突然/痛哭，有人忙着拿羚羊角/磨粉治头疼。//那些温驯、沉默的人/吃力地跑着圈，对时间和/自身的悲剧毫不知情。”“走马灯悬停在燃尽的烛焰里/在窗前，等着下一次。/再一次。最后一次。”（《走马灯上的新年》）[①]同属于写童年记忆的组诗《卵石路》中，诗人回忆小时候由于父母异地工作而被辗转寄养于平原上数个陌生的“家”。诗中，抒情主体摹拟儿童的有限视角，来展现一种局促、恐慌、孤独、抗拒，还有安定感和归属感的匮乏。但在上文引述的《走马灯上的新年》结尾，诗人陡然将叙述拉伸为全知视角，与童稚视角下难得的欣快团聚相对撞，似乎为了宣告：短暂的幸福背后，更长久的是独自面对无望而颠荡的一生，以及终极意义上的分离。

家族以外，《白色灯塔》、《尘埃博物馆》、《观看一部纪录片》等诗中，刘立杆将观察视域扩展到更多的人，乃至这个城市身上。《白色灯塔》写陪护母亲住

---

① 刘立杆：《走马灯上的新年》，《尘埃博物馆》，北京联合出版公司2022年版，第74—75页。

院的某个夜晚，“我”看到医院对面通宵营业的面包房，灯光仿若霍珀画作《夜游人》里街角的酒馆，贮藏了“我”渴望而又无法接触的“无忧的轻笑”、“平常快乐的深渊”；而在马路的这一侧，只有“医院生锈的栅栏，/半窒息的夹竹桃”，无尽的衰朽和残酷生命的真相：“那两部旧电梯似乎汇集了/全城的悲伤，你能看见女人们/如何不出声地流泪，如何飞快地补妆。/生命短促，并无太多哭泣的余暇。/但没有一种笑容能驱散水磨石走廊尽头/弥漫的来苏水气味。”医院里，生命的脆弱、滞重与残酷，成为“众生相”的舞台：

我只能离开一会儿，在街上
稍稍透口气。很快母亲就会醒来，
感到疼。她要喝水，上厕所，要做点什么
去抵消羸弱老年的惊惶。
在她右床，那个乡下老妇解开包头巾，
像只拔了毛的鹅，无声无息躺着。
她的头发早就在化疗后掉光。
偶尔，当保安的儿子会来床边搭铺，
佝着背，少言寡语。除了皱纹和早衰的白发，
他没有什么可以劝慰。门边，患子宫癌的
女工正在梦里逗弄不可能的孩子，
以一种异样的，令人毛骨悚然的温柔。
我已经习惯她的粗话，
形同变声期男孩的吃力的嘶吼，
当半夜，她丈夫满身酒气闯进来，
扔过从排档打包的半只烧鸡。
我常常惊讶于他们处理命运的方式，
谈论生计就像吵架，吵架像更激烈的爱恋。

还有天亮前最难耐的孤寂，
她们呻吟着醒来，带着吊瓶和导尿管
仿佛宇航员漂浮在无边黑暗中。
她们囚服似的条纹睡衣，
渺茫的心事，属于同一出肥皂剧。
而我不得不待在租来的躺椅上，
像被绑架的观众，像她们一样无处可逃。

（《白色灯塔》）①

在这一节“病房观察”中，每个人都在独自而苦苦地承受乃至忍受着自己的命运。而“我”作为一个暂时的旁观者，“像她们一样无处可逃”，被迫地观看着她们的，也是每个人的痛苦：“空寂的走廊就像过境安检的黑箱/来回扫描没有出口的死亡。/没有安慰，解脱的安宁，什么都没有。/无论灯光，还是年轻人/热切的眼睛都不能让她们松开/双拳紧攥的痛苦”（《白色灯塔》）。无论是家族里的亲戚，还是病房里的陌生人，刘立杆总是快速地戳穿了命运的幻景，抖落悲剧的本质和必然。但这份悲剧的揭示，是以爱为底色的，而这份爱又得自深知自我的命运并不例外于他们，因而并不冷峻可怖，而是给人一种温柔的痉挛感。同样，在《尘埃博物馆》和《观看一部纪录片》这两首关乎苏州城市历史、风物、精神图景的诗中，尽管比具体的家族叙事写得更为抽象和跳脱，但“反乡愁”的克制、轻微的反讽，也与“乡愁”的温热同时并存。

总体来看，在对故乡的回望中，刘立杆诗中的抒情主体选择了一个非常微妙的视角，既有疏离的旁观，又有共情的哀悯，正是这一双重视角决定了抒情语调。他对祖辈父辈命运故事的叙写，因为注入了对时运裹挟下几代人命运跌宕、人性善恶的审视，从而具备了智性的通透和反思的硬度。但这种审视因

① 刘立杆：《白色灯塔》，《钟山》2017 年第 1 期。

为加入了回忆，又不乏温情。尤其是，在回忆中，无论是童年的"我"还是成年后的"我"，也作为与那些亲友同等的角色，受到主体的凝视。这一双重的镜像，不仅是诗歌叙事技巧中抒情主体之"我"与角色之"我"的分裂，更意味着抒情主体明白自我与他人的同构性——"他们"的命运，也将重复地蹈袭在"我们"身上。这种将"我"放入"他人"之中的视角，比单向度的审视增添了更丰富的层次。

二、 文学与生活之间

除了故乡一两代人的生存图景，刘立杆的诗歌还有另一个显赫的主题：与文学、艺术的关系。无论是现实生活里的作家、艺术家，还是作品中的情节、人物，刘立杆在诗中展开与他们的对话。文学、艺术，作为"最高虚构"乃至"最高虚无"，既给予生活以无形的馈赠，也向生活索求了许多。这个虚构的、灿烂的、由我们的想象和投射所构成的世界，对肉身所处的凌厉现实究竟意味着什么？这是几乎每一个文学艺术的从业者无法回避的终极挣扎，也是刘立杆从事写作二十余年中，始终面对的自我诘问。

在《coffee break》中，他写到了一位外号"老汉斯"的荷兰籍艺术学者、策展人、艺术经纪人。"老汉斯"原名 Hans van Dijk，中文名为戴汉志，曾于 1986 年来南京学习汉语，不久转向中国当代艺术的研究，2002 年病逝于北京。在尤伦斯当代艺术中心 2014 年举办的纪念戴汉志的展览中，他被追认为中国当代艺术早期的"导师"：在中国的艺术家们对世界艺术市场所知甚少的九十年代，戴汉志不仅策划了 1993 年柏林的"中国前卫艺术展"，将中国最早的当代艺术介绍到世界，还在北京创办了新阿姆斯特丹咨询公司，教会中国艺术家们如何参展、包装作品、填写合同、向藏家展示等。而他自己在这一过程中进项甚少，因为贫穷、劳累引发胃病而早逝，留下一部尚未完成的、收录逾 5000 条中国现当代艺术资料的词典。然而，不同于当代艺术界对戴汉志的致敬，刘立杆站在艺术圈的场外视角，更深地思索这一个体与当代艺术场域"不合时宜"的遇合：八十年代后期，当人们“淌着热汗/涌向沸腾的广场”，汲汲于各种观念的激荡、青春的狂欢时，老汉斯则以学究式的认真，猫在书房里“笨拙地誊写”，制作他的“中国艺术词典”；而在他去世之后的新世纪，十几年前还处于雏形阶段的中国当代艺术，在资本的迅速进入和“地下”身份的合法化之后，演变成一场“灰色的狂欢节”①，既不乏生机，也泡沫浮泛。因此，当“我”在二十年后重新读到老汉斯的生平，“仿佛再次看见他浑身湿透/站在街边，错过了狂欢的晚宴”。而这种“错失”并非仅仅是时间上的——自始至终，西方艺术市场表现出对中国古典艺术和政治反抗艺术更多的青睐，为数不少的中国艺术家也在迎合着这一市场动向。但戴汉志对中国当代艺术的多元性始终抱持着一种发现和鼓励的态度，他“一直对主流的后殖民主义态度持有异见，鼓励中国艺术家将自己视为全球文化声场中的平等角色和参与者”②，鼓励艺术家的个性发展。但刘立杆更想追问的是，个性化的艺术之于这三四十年来的中国社会，之于剧变的历史抑或生活本身，究竟价值何在？反过来，作为一个当代中国的艺术家，携带着自身的文化和历史记忆，面对全球化艺术语境之下期待视野的差异，又究竟该如何发声？

假如逝去的美不能慰藉
我们的苦难，何妨
追寻一次毁灭？
——“Coffee break”
请告诉我，作为一个荷兰人
一个中国人，或仅仅作为一个人

---

① 语出朱朱艺术评论集《灰色的狂欢节——2000 年以来的中国当代艺术》，广西师范大学出版社 2013 年版。

② 摘自“戴汉志：5000 个名字”（2014.5.24—8.10）导览册，尤伦斯当代艺术中心（UCCA），资料地址 https://ucca.org.cn/exhibition/hans-van-dijk-5000-names-2/。

意味着什么？也许
你比我更清楚这个国家
正在发生什么：野蛮和勇气
悲伤，但首先是艺术
狂喜的痉挛——不在别处
正是初冬，一间清苦的宿舍。
而你期待的个性解放
并没有带来真正的解放。
这不是艺术的胜利，从来如此。
生活把一面旧旗帜
插上屋顶，像一件付不起
洗衣费而散发怪味的黑大衣。

(《coffee break——纪念老汉斯》)[①]

“这不是艺术的胜利，从来如此”，艺术被动地蛰伏于历史的齿轮，甚或无法改善这位改变了中国艺术走向的老学究自己的生活和生命。但是，诗人对老汉斯的无奈与惋惜，并非对艺术功能的否定，而是如宇文所安读到李清照在《金石录后序》中劝诫人们远离所热爱的东西一样，“这篇文字中的告诫力量来自一种认识，认识到她自己的爱而不舍为她留下的伤疤，认识到推动那些狂热的爱而不舍的人们去做他们非做不可的事的那种共有的冲动，在她身上也发挥过作用”[②]。

正是这种对文学艺术的“爱而不舍”，带给刘立杆，也带给很多作家以互相

① 刘立杆：《coffee break》，哑石主编《诗镜（2017卷）》，成都时代出版社2018年版，第149—152页。

② [美]宇文所安：《回忆的引诱》，《追忆：中国古典文学中的往事再现》，郑学勤译，生活·读书·新知三联书店2014年版，第118页。

撕扯的两极，一个在文学中见过了纯净、至高、绝对、理想主义的人，如何面对生活本质上的乏味、琐屑、磨损、败落？如何在这种注定的不完美中忍受下去？这种挣扎，构成了这一系列诗作中反复喟叹的结构。他在夜车上读策兰，感到“他的痛苦拒绝我的”，这个熬过纳粹铁蹄的诗人的绝望，无法代换为一个人被岁月磨损的叹息：“我像个疯子在城中寻觅/友谊和爱的那些日子/以及从皱纹、诗和心的抽搐中/学到的一切/都不足以揭开命运的玄奥”(《夜车》)，人生不断颠簸在希望与失望中，在盲信和幻灭的间隙里，只有绝望和寂灭是可以把捉的；他厌倦了人群的庸碌、嘈杂，想逃离，但知道自己最终“必然属于他们”，因为没有例外，“没有别的，别人，别的世界”，那么，“诗有何用，如果/终将淹没于一个饱嗝/一排重复、没有餍足的巨浪”(《幕间剧》)；大学里读拉美文学的夏天，携带着青春的狂热、蓬乱的欲望：“文学，要么是一座暴动的监狱/要么什么都不是——我们兴奋地聊着/并排走过阒无人迹的大街。/……/我还记得，爱的炽烈火焰/如何点燃灯柱，使夏天的广场沸腾。/但此刻，只有稀疏的/雨，在革命和死藤水之间/穿过病恹恹的日常”(《忧郁的热带》)；翻看一沓学生时代班级里的“一寸免冠照”，“现在每张稚气的脸/都有了一个大同小异的故事：/琐碎的悲喜，施暴或滴血”，“带着被命运裁切过的，破损的毛边”，而他们“是否会想起排着队/走进照相馆的那个夏天”(《一寸免冠照》)……刘立杆的青春回忆，并非软绵绵的怀旧，而是将青春视为理想主义的顶点，以之抵抗生活的落败。而作为八十年代的大学生，他们一代人青春的落幕，也与整个社会的步履同构。对此，刘立杆在《亲爱的桑丘》中认领了堂吉诃德的角色：“我不是那个手执破矛的/疯老头，我的朋友。但我同样痴迷/漫无边际的奇遇；我和隐形的巨人作战/有时颓丧，更多的是狂热。”(《亲爱的桑丘》)这个当代中国的堂吉诃德，看到“我的杜尔西内娅”，一个原本热衷社会改革的美人，如今成了“围着炖锅和化妆盒打转的俗妇”，而乡村理发师的儿子，靠着阿谀，在赚钱上击败了父亲作为手艺人本分的一生……这些凡俗而油腻的中年，成为理想败落的倒影：“哦，如今回想他们毛茸茸的脸/难免可笑，他们沸腾的热血既幼稚又盲目，/像是铁了心，要跟三十年后的自己开战/——但那时他们多么美，那么美！”然而，面对身边的人们纷纷“卷起白旗”，把脸“藏进布道的白雾，把可怜的虚名变现”时，这位堂吉诃德也像是“铁了心”，要把风车大战继续下去：

当冒牌货的雕像充斥广场，
我更爱游荡的生活而非骑士的名号。
无论多么背运，我相信还有一次冲锋，
一场毕生等待的决斗。

我，堂吉诃德，
以这面破烂的旗帜为誓，
绝不会听任崇高成为一出闹剧，
听任纯净的血沾染屠夫肉案的油腻。

抛下褡裢里无用的破烂吧，
亲爱的桑丘。让我们喝光头盔里的淡酒，
擦亮生锈的矛尖。让我们这就上路，
像两粒满不在乎的骰子，

骄傲，始终有棱角，
滚过所有惊呼、咒骂和狂喜——
至少，你要远远看我如何一头栽下
驽马辛难得，成为一个寻常的失败者。

（《亲爱的桑丘》）[①]

① 刘立杆：《亲爱的桑丘》，《尘埃博物馆》，北京联合出版公司2022年版，第124页。

在这个视油滑、乡愿、一团和气为“成熟”的世界里，诗人套上堂吉诃德的面具，宣誓了一种和生活死磕到底的决心：对崇高、骄傲、棱角的维护，对理想不计代价的坚持，对失败无所畏惧的勇气，这很容易联想到多多的《里程》：“头也不回的旅行者啊/你所蔑视的一切，都是不会消逝的”。即便终究会落于无可逃遁的庸常，仅凭这份英雄式的洒脱和气魄，已经成为生活的赢家。这份高贵的英气，是文学给予的。

然而，如果说在与朽败生活的搏斗中，文学阅读可以支撑起一个人精神的穹顶，那么投身于文学写作并以之为一生的志业，显然意味着更多。从写作行为本身来说，文学艺术的至高，永远是一个可以无限趋近却无法抵达的空无，创作不过是一次次向堡垒发起冲击，却绝无占领的可能。在画家毛焰的工作室里，刘立杆闯入了一件半成品，画中“半完成的裸女”，似乎随时准备逃脱画家的手，退入雾化的布景中去：“在凝视中，她是不动的飞矢，/视网膜上暂留的幻影，/在流光里，微妙，难以捕捉，/习惯跟缓慢的笔触作对。”在诗的结尾，刘立杆给了这幅画一个令人讶异的结局：“现在，他需要调制更多的阴影，/需要更持续的工作，直到/画布还原最初的空无，/像波浪缓慢地叠合，归还/一面镜子。而变化了的光线/依然纯净，充沛，像灵魂。”（《半完成的裸女——给毛焰》）[①]尽管毛焰这幅画并未如诗中所述那般走向空无，但创作作为一种有限朝向无限的行动，必然永恒地伴随着形象呈现的短暂、权且，以及“完满”的不可能。诗歌在结尾让这幅画回归到“最初的空无”，很像兼具诗人、画家双重身份的严力曾在诗中写到过的：“空白画布的状态/比我更好”（《更好》），也类似于多多试图在维米尔的作品中提炼的：“从未言说，因此是至美”（《维米尔的光》）。而诉诸语词的文学写作，更是如马拉美、瓦莱里们早在探讨“纯诗”的不可能时所判定的：“语言的实际或实用主义的部分，习惯和逻辑形式，以及我早

① 刘立杆：《半完成的裸女》，《锺山》2017年第1期。

已讲过的在词汇中发现的杂乱与不合理，使得这些‘绝对的诗’的作品不可能存在”[①]，因此，在流变的光影中奋力捕捉这个“不可能”，包括对前辈的超越、对自我的超越，让写作成为一个漫长的苦役：“他笨拙的写作/如何惟妙惟肖地模仿那颤音/那日常烟火的熏烤/那稀薄的，若有若无的爱”，“当抱负变成墙角/漏雨的霉斑，他知道/写作无非是重复前辈们/洞若观火的灼见/无非是在茫茫大海上追随/远处桅尖上微弱的光亮。/但总要有人接过那远逝的光荣/像举着火把的圣火传递者/或者，像再贫瘠的地/总有人要去种”（《漫长的写作》）。

但是，写作与生活的关系远不仅仅是前者无法完美地捕捉后者变化万千的奇情，生活连接着作家脆弱肉身的在世之在，还会亮出其暴虐无常的獠牙：“老舍跳湖。傅雷上吊。/熊十力绝食而亡。而沈从文/转向中国古代服饰研究。/这是一份长长的，窒息的名单/……”（《文学课》）[②]作为中文系出身的诗人，刘立杆在学生时代的文学课堂上遭遇的困惑，也是几代知识分子共同面对的困境：“在劳改营和稻种，/蓝黑墨水和磨快的齿轮之间，/一个作家应当为他/准备写下的一切卑微地活着，/还是该放弃天赋和使命，/因拒绝领受脏盘子而死去？”（《文学课》）而当他开始思考文学责任与行动的问题，却极其偶然地从“因毁掉的花草愤然投井”的周瘦鹃那里明白，“美的幻灭”、自由空间的失落才是这个世纪最大的文学悲剧：“当整整一代作家/成为鬼魂，无法再溺死或饿毙，/无论我作为反抗者矢志写作，/还是因写作而屈从生活，/都注定要掉进一个早已预设好的/悖论的漩涡”（《文学课》）。这一悲剧远非文学、历史课本里令人扼腕或供人凭吊的遗址，而是细密地渗透在我们写作与生活的日常，如未烬的火堆，随时准备复燃。不过，对于叛逆、不甘妥协的灵魂来说，或许无需历史的利刃，平凡年月那些琐屑的磨损、乏味的圈子游戏，已然是钝刀对生命的切割。好友吴宇清的自裁，让刘立杆再一次重新思考写作的意义：“在恐惧

① ［法］瓦莱利：《纯诗》，丰华瞻译，伍蠡甫等编《现代西方文论选》，上海译文出版社1983年版，第28—29页。

② 刘立杆：《文学课》，《锺山》2017年第1期。

中，我们/悲哀地活着，更好地活着。/在断续的，比将临的/老年更加乏味的小雨里。/唯有死者可以安慰/在空旷的剧场出演主角/使生命温暖。火车重新启动/带着铿铿的鼓点/和记忆燃烧的硫磺味/跟电吉他竞速。/我在死亡的一侧写作/咽下涌到喉头的/淡酒和平常悲剧的苦涩/不期待回声。”(《呕吐袋之歌》)不同于前文述及的充当“移动摄影车”的交通工具，这里的“火车”纯粹成为一个“意念意象”，成为时间和死神的绝对表征。“我在死亡的一侧写作”、“不期待回声”，与其说是和死神的角力，不如说是在看到生命的本相，并接纳了所谓“边缘”位置之后，抖落浮名，将写作视为对生命本质的确证。

相比于故乡生活素描中的旁观，在处理人生与文学的关系时，刘立杆诗中的抒情主体更深地浸入情境，有着更内在的视角和更丰富的心理活动。不过，在一连串的疑问句和反复的自我驳诘之后，诗歌结尾往往会落在一个确定的点，一个澄明的信念，不再充满犹疑。即便是表达悖谬的处境，也是明晰地呈现出一个悖反结构本身。在文学与生活的角力之中，尽管充满了挣扎和矛盾，抒情主体已然能够在漩涡中稳稳插下船锚，或者说，这两者对一个已然将生命交付于文学的诗人来说，从来都没有构成一道选择题。但同时引人期待的是，诗歌，尤其是叙事诗，在自我信念的表露之外，是否还可以有更多的结局？

三、世间生活的蒙太奇

刘立杆的近作，并不只局限在故乡回望和文学对弈这两大主题，尚有一些长短不一的诗，乍看采撷自日常生活琐碎的灵感、片段，但在落成诗行的过程中，还囊括了实验性的技艺探索。前文对“更多的虚构”的呼唤，在刘立杆的短诗中初露端倪。比如《郊外》：

清晨，他们
去那座绿树掩映的旅馆。
她乘火车；

他步行。
在两扇敞开的窗页间，
他们舞蹈着拥抱。
他们做爱。
整夜，布谷鸟在远处的灌木丛里伴奏。

第二天，
山丘变得更加柔和。
蠓虫成群结队，
绕着小路尽头的山核桃树飞旋。
蓬勃的艾草和她雪白的足踝
在暮色中闪耀。
空气薄荷似的清凉。
他们拉着手，轻笑着，偶尔说点什么。

现在，他们疲惫地离开，
一声不吭的，带着交换过的身体。
他乘火车；
她步行。
凌乱不堪的房间里，
一个洗衣工
来收他们睡过的床单——
记忆的猎犬将藉此嗅出他们的体味，
开始漫长的追捕。

（《郊外》）①

① 刘立杆：《郊外》，《诗探索》2013 年第 2 期。

这首诗在叙事的内容情节层面完全平常无奇，不过是一对情侣的外出欢爱，但诗歌的重心在于用语言去表现画面的质感。三段三个场景的衔接，很像超现实电影的片段，语句干净、简洁、确凿，但内容迷离，富有梦境的特征。正如在《被遗弃的大厅》这首几乎是由无数“但”的音律和转折的心理驳诘所推进的诗中，一句“穿轮滑鞋的少女轻盈地滑过”宛如思绪表面不留痕迹的梦境。而《雪的叙事曲》中，“一对男女/争吵之后睡去，絮状的雪在他们/背对背的缝隙里飘落/像许愿用的圣诞玻璃球”，是整首诗貌似实景的展开中，倏忽飘来的轻柔异境。

值得一提的还有《太平山顶》，在这首诗中，香港这座城市复杂的历史与现实，被以《盗梦空间》式无限分层的视角切入，各种玄妙的蒙太奇转接，宛若华彩。全诗以一列驶向山顶的观光缆车开始，从那里，以陀螺飞旋的视域，展开这个城市密集的“混凝土蜂巢”、作为金融中心的写字间、浪荡的游客、驳杂的语言、回归的历史，但这些都仅仅是“梦境的第一层”：

是的，我们现在看见的
还不是香港。我们还需要足够的耐心，
比一根嚓嚓的秒针更多的耐心，
直到黑暗笼罩群山，
满城灯火从每个远眺的窗口亮起来——
就像有一根神奇的指挥棒猛然向上挥，
沿着那完美的仰角，周而复始的
海浪如同庞大的交响乐团
使每条大街的踏板和琴弓发出轰响，
喧腾如星期六下午的跑马场。
我们目不转睛，看着这座光彩熠熠的城市，
像端详有关命运的包罗万象的星盘。

（《太平山顶》）

这组华彩所挥就的变形记，几乎是童话里魔法生效时最激动人心的片刻。诗人为这座城市布设下幻景：云朵可以是邮轮，街道可以是琴键，在暮色降临时，海浪的交响乐和满城的灯光同时亮起，格子间里尚有无数魔方般等待被放大的空间……当然，这一切并非童话，所有变幻莫测的背后，蕴藏了无数个体生存的悲喜、青春的烈焰、现代传媒的叠加、政治诉求的差异、国际力量的斡旋，它实际上成为一个难以解开的死结。但在理性分析的层面，人们已经很难再抵达什么。当“意见”在一个后现代与前现代相交织的世纪里逐渐变得单薄、撕裂，甚少共识，“审美”确乎成为储存我们丰富、多元感受的最后堡垒，它诉诸想象、虚构的力量，试图够触贫瘠的现实所不能抵达的部分。

这种虚构的力量，并不仅仅是技法，也是对生活更多可能性的瞻望。尽管更擅长在篇幅较长的诗中展开叙事，刘立杆也有一些较短小的作品。相比于故乡和文学主题里，如中篇小说般厚重的长诗对生命中不可绕过的事件进行端庄地浇铸，这些短诗更多发挥了短篇小说式的轻逸。冬日里一个毫无来由的电话和笑声(《街心公园》)，对一个胖子的戏谑(《胖灵魂》)，受到背叛的男人报复式召妓的夜晚(《黑水河》)，少年在失火的夏天无端的性冲动(《烟杂店的成人礼》)，旅行中对爱情的片刻倦怠(《一排浪》)，一个怕猫的单身汉与一只孤单野猫之间若即若离的试触(《野猫》)，霍珀名画《自助餐厅》(“Automat”，1927)与一个陌生本地女孩的重影(《快餐店的静物画》)……它们往往锋利地劈开一个截面，并仅仅展示这个截面本身。所有这些奇异的生活片段，都像是《启示》中美国纪实摄影家戴安·阿勃斯照片里的边缘人和畸形人。刘立杆以一种仿阿勃斯式的视角，观察周围的人和事，在阿勃斯重新划定“正常与不正常”的界限之外，仿佛还包含了一重在窒闷的、常规的生活里寻找“异类”的渴望。同时，《伤心曲》、《一分钟沉思》尝试将诗歌搭建在一个抽象的转轴上；《永恒的街角》、《冷淡》则是最简省的双重空间小品；而在仅有三行的《我们的故事》，以及《便笺》结尾“是一截短得握不住的铅笔/在损耗中，坚持戳伤眼球的尖锐”等句子中，刘立杆似乎进一步实验了巴别尔式的爆发力和加速度……这些尝试，或许不像前两辑的诗歌那么整齐，但无疑更具有活力，也预示了新的可能。

而无论是长诗短诗，无论是抽象的二手经验还是具体的生命细节，刘立杆诗歌的意象还有一个大多数抒情诗人所不具备的特征，即一种“小说特性”。当代汉语诗中的大多数意象，仅仅具有指示感情色彩、营造氛围等功效，且大多很常见。诗人们所拥有的知识，顶多能够把“树”细化为接骨木、香樟、紫檀之类。但刘立杆诗中的意象，尤其是用作喻体的那些，往往具有一种专业性的冷门感，需要检索、考证，但又并非一味生僻，而是与人物的身份、诗中具体的情境相吻合。比如，他将《弄堂里》旧时代的妓女比作“天井里的旧柱础”，很贴合苏州老宅子的特点；《尘埃博物馆》里“地宫里的七层珍珠宝幢”的比喻，则无意中点出了藏于苏州博物馆的宋代文物“珍珠舍利宝幢”；而写到身为火箭工程师的父亲时，诗人将母亲弯下的脖颈比作“硫酸纸上/探空火箭美妙的弧线”，又在父亲遭遇命运挫折后，以“肩扛式火箭筒”与前述的“探空火箭”形成对比——前者只是便携式反坦克武器，后者则是可以飞升到近地空间进行探测和科学实验的火箭。在涉及父亲在上海工作的段落里，刘立杆甚至在诗中用了“落帽风”的方言双关：“故事书里总有一阵落帽风/把人和事像锯末忽然吹散”——乍看是一种风，实则为上海方言“找不到人影”的意思。写到城市与人群，刘立杆不用模糊的“墙”或“施工机械”，而是具体到“挡土墙”和“盾构机”——一种新型的隧道掘进机（《幕间剧》）；写到拉美文学，出现了秘鲁部落的“死藤水”（《忧郁的热带》）；海鸥朝向摩天楼玻璃幕墙的俯冲的弧线，是一个“对数”的函数图形（《太平山顶》），乃至刺猬吃盐会咳嗽的冷门知识（《刺猬》）。如果不知道这些背景，也并不影响诗歌的理解，但倘若稍加查证，便可看出诗人的用心，它们不仅丰富了诗歌的细节，使得其中的叙事更具体可感，而且拓展了诗歌意象世界的广度。如果说八十年代诗歌中的意象，大多只是诗人内心情感的外化，它们作为一些心灵图景的喻体，并不太具备现实感，那么在这些经得住考证的诗歌意象中，抒情主体的确打开了感官，切实地与外部世界产生了对话和联结。

纵观刘立杆新世纪以来的诗作，其中的空间跳转、速度调控、视角挪移，已将当代汉语诗歌的叙事特征发展到一个较高的水平。而更重要的是，相比于时下太多写作者执迷于修辞的机巧，刘立杆以自然的语流和真诚的思考写下的叙事诗，呈现的是一个“重”的世界——他并不太赞同当下很多诗歌中语词营构的轻逸及其背后的“士大夫趣味”，他更看重的是诗背后的价值理念、“我们”与这个世界的关系，并展现给我们一个更立体、包含多个思考维度，同时也是携带个体痕迹与生命体温的诗歌空间。刘立杆诗歌的抒情性，一方面来自叙事技巧的精湛，另一方面正是来自抒情主体对生命“重力”的直面，并在诗中浇铸了它们。

第三节　朱朱：开阔现实中的精确意象

在一幅肖像素描的背面，朱朱曾写下这样的句子：“现在你的生活如同一条转过了岬角的河流/航道变阔，裹挟更多的泥沙与船。”[①]这或可概括朱朱创作的某种转向。在一次新诗集的分享会上，朱朱也自述：“九十年代，我深受马拉美、瓦莱里、里尔克等现代主义大师的影响，作品趋向于幻美、唯美，对于社会性非常隔绝，而到2004年左右写作《野长城》的时候，我意识到诗歌可以承载更多的东西。”[②]从早年的诗集《枯草上的盐》(2000)，到《皮箱》(2005)、《故事》(2011)以至《五大道的冬天》(2017)，朱朱的诗歌无论在涉及的话题、蕴含的思辨，还是在写法上，都变得更为丰富和开阔，这在对他的评论文章中基本成为共识。不过，“航道变阔”或“承载更多的现实”等描述并不能击中朱朱诗

① 刘立杆：《岬角》，《飞地》丛刊第八辑《身份的印证》，2014年11月，第13页。

② 朱朱2017年5月13日在“诗歌点亮上海——诗词名家名作阅读分享会”暨第七届复旦诗歌节系列活动之三“重新变得陌生的城市——朱朱诗集《野长城》分享会”上的讲话，笔者根据录音整理。

歌的全部奥秘。朱朱在转向更宏阔的议题时，仍然留存着对意象质感(光线、色彩等)和精确性的要求。正是对意象精准性的捕捉和对丰盈氛围的营造，让他剥开地域概念的刻板印象，看到文明的褶皱；也在自我与他人的共情中，重建"非个人化"的抒情性。与诸多"承载更开阔的现实"的诗人进行横向比较，可以认为，是朱朱对意象美学质地的坚持，而非"承载现实"本身，才赋予他转型的"难度"与"价值"，以及转型后作品的与众不同和持久魅力。

一、"维米尔"式的意象质感

"挥一挥黄手绢，每天都有美好的事物在终结……"捷克诗人塞弗尔特的这句诗，曾被朱朱认为是自己现代诗的启蒙。有趣的是，当他后来再次查对原句，诗中手绢的颜色明明是白色。记忆叛变了色彩，但这一叛变造就了诗的可能。正如他后来读到的，博尔赫斯在彻底失明前看到的最后一种颜色也是黄色。相比于白色，这种更为幻美的色彩，在相当长的一段时间内笼罩着朱朱的创作，比如《八公里》中"黄色的寒冷"。九十年代初，朱朱写过一则短篇小说《林·范·克莫里夫》。小说幻想了一场发生在荷兰马蒂尼各岛上的种族杀戮，荷兰人认为中国人抢走了他们的谋生机会，在几小时内，杀光了所有的中国人，直到最后一个中国妓女。这一切在开头短短几行的交代后便戛然而止了，小说全部的篇幅，都在写一个患有色盲症的荷兰小伙子，出于对黄色消失的惋惜，救起了这位已被弯刀刺中的黄种女人。小说并不关心杀伐、种族、道义，摒弃了所有的观念、正邪、敌我，而将全部的力量聚集在这个年轻的荷兰人，一个色盲患者，对物质和颜色的迷恋。小说的全部空间被色彩、光影所弥漫，遍布着对颜色和物质世界彻骨的耽溺和迷醉，杀戮几乎被遗忘，直到结尾处，铁兵器以嗅觉的方式重新闯入小说。这位年轻的色盲患者说："我曾经用了四年时间，每天割破自己的手指，将血滴进碗中，我不停地嗅着它，并感到它的变化，它在一天内从热到冷，从鲜红到紫色，黑色，然后渐渐发黄，无法用语言描述。因此，我也明白了我的徒劳，即使是同一件事物，它的色彩时刻都在变化，它的色彩也带着梦幻，来自梦幻，来自让我悲哀的启示。”[①]这篇小说更像一首诗，对感官几近恋物癖式的沉醉，也是朱朱诗歌的质感：

“打着呵欠的女人，/从金色的蝇群中走出来//空中的树像绿色的水/在光滑的空气里咝咝作响”（《夏日南京的主题》）

“阳光沿着这棵树，漫开，/像一架风车里飞出的鹤群”（《石头城》）

“山坡上是刺目的光线/仿佛夏天的幻影，正要驱散//夏天。”（《幻影》）

“风正将人淹没在太阳的蒸汽里。”（《驶向另一颗星球》）

朱朱善于捕捉一个个即将散逸的瞬间，它们既真切又梦幻，触手可及却又稍纵即逝，诗句仿佛镜头对于光线的捕捉，在就要定格的刹那，光线又逃逸开去，一切的景物流转起来。在《和一位瑞典朋友在一起的日子》中，光线的增强呈现出熔化的态势。当然，也有定格，“这座房子就像阳伞里/明亮的脚尖”（《过去生活的片断》），“此刻的阳台，/像缩小在一个模糊光斑里的冬天”（《即兴》）……这些被反复淬炼过的句子，富含着形象的精确。语言并未框限住景物的流动，而是通过创造性的命名复活了它们。

这种质感在《小镇的萨克斯》中有更为完整的表现：

雨中的男人，有一圈细密的茸毛，
他们行走时像褐色的树，那么稀疏。
整条街道像粗大的萨克斯管伸过。

有一道光线沿着起伏的屋顶铺展，
雨丝落向孩子和狗。

① 朱朱：《林·范·克莫里夫》，《今天》1994年秋季号。

树叶和墙壁上的灯无声地点燃。
我走进平原上的小镇，
镇上放着一篮栗子。
我走到人的唇与萨克斯相触的门。[①]

整首诗非常短小，每一句都在发光，散发着圆润的甜美，不含任何杂质。视线随光线延展，抚摸到万物的质地，“树叶和墙壁上的灯”点亮了江南黄昏的时刻。而当偌大的小镇和“一篮栗子”并置在一起的时候，你几乎可以感到，整个小镇只剩下栗子丰盈的香气在膨胀。最末一行，既应和了第三行“整条街像粗大的萨克斯管伸过”，又暗含了音乐性：推门的瞬间，恰如人的唇与萨克斯相触，诗行在这里戛然而止，但下一秒，浑厚的萨克斯曲就要在语言停止处奏响。这种不依靠韵律而天然获得的诗歌的音乐性，在汉语新诗中弥足珍贵。类似的声音在《秋日》中呈现为“南方的银叶子正在猎枪的扳机里行脱帽礼。/让我们别再谈论什么镜子吧”。这是秋天脆硬的声线与潇洒的亮度。《沙滩》中，这种视觉化的声音以另一方式重现：“很少有这样的时刻，/我走过大风，也走过一下午的纬度/和海——语言，语言的尾巴/长满孔雀响亮的啼叫。”因为“尾巴”和“孔雀”的视觉性连缀，声音突然获得了孔雀开屏般饱满的色彩。

光线在变。如果说这些金子般的句子是撒落在朱朱诗歌中的宝石碎屑，正如瓦莱里所言，“人们称之为‘诗’的，实际上是由‘纯诗’的碎片嵌于（普通）话语之中构成。一句非常美的诗行是诗的非常纯净的成分”[②]。那么，朱朱早年的创作中，这些纯净的碎片的确专注于一句话的凝定，而并不太顾及诗歌整体，“纯诗”与“普通话语”的联系比较疏松。在朱朱后来的作品中，相似的光线与色泽，却开始连缀和点亮诗歌的各个角落，开始了“对整个受语言统领的感

---

① 朱朱：《小镇的萨克斯》，《枯草上的盐》，人民文学出版社2000年版，第19页。

② Paul Valéry, “Poésie Pure: Notes Pure Une Conférence,” *Œuvres I*, Paris: Gallimard, 1957, p.1457.笔者自译。

觉领域的探索"[①]。那零星几首被他选入诗选集《野长城》的少作，便灵光乍现般地保留了这种完整性，上述《小镇的萨克斯》即如此。新作《大礼堂》中，可以进一步读到光线的跳荡连缀起了童年的各个角落，瞳孔充当了镜头，从电影院里少女的足踝到红色窗幔外的盛夏午后，从河滩阳光下的连衣裙到被单里打开的禁书，特写和远景顺滑地交叠，最后一个字回落在"光"上，仿佛乐曲回到它的主调。少女与禁书，被特殊年代另类的启蒙之光勾连起来，包含着偷窥的快感。扮演相似作用的，是《清河县》组诗之一《顽童》中的"雨"："去药铺的路上雨开始下了，/龙鳞般的亮光。/那些蒸汽成了精似的/从卵石里腾挪着，往上跑。//叶子从沟垄里流去，/即使躲在屋檐下，也能感到雨点像敷在皮肤上的甘草化开，/留下清凉的味道。"这首戏拟西门庆初见潘金莲的诗，雨点在开头就蒸腾着挑逗的意味。而后，"她"出场了，"伸展裸露的臂膀//去接晾衣杆上绽放的水花。/——可以猜想她那踮起的脚有多美丽——/应该有一盏为它而下垂到膝弯的灯。"光照再次出现了，而且几乎是"维米尔式的光"，带着探询的意味和对日常细节的敏锐。第二部分，雨昭示着"我"（西门庆）情欲的泄洪：门栓松动，青草更碧绿，"现在雨大得像一种无法伸量的物质/来适应你和我，/姐姐啊我的绞刑台，/让我走上来一脚把踏板踩空"。情欲正如雨水，无法遏制地倾泻下来，整首诗笼罩在靡靡的湿润感中。这样的雨，曾在朱朱早年的散文《雨声》中，有过偏向于听觉的表述："第一种雨声是最靠近我们的房屋与肉体的，它是一种牵动情欲的声音，绵延不绝，急促，声音里含有光的成分，宛如肉体来回的滑动。"[②]又在《给来世的散文》中幻化成默片："梅雨为幔的窗，好过一把伞/撑开时齑粉四散，光秃的柄/栽种进天空，往事全都失重……"（《给来世的散文》）雨水的漫漶并不意味着模糊或稀释，正如希尼在《暴露》中所写的："雨透过桤木树滴下来，/它那低微的益增的声音/嗫嚅着失望和腐蚀/然而每

---

① Paul Valéry, "Poésie Pure: Notes Pure Une Conférence," *Œuvres I*, Paris: Gallimard, 1957, p.1458.

② 朱朱：《短章·雨声》，《晕眩》，解放军文艺出版社 2000 年版，第 94 页。

一滴都令人想起/钻石似的绝对。”(希尼《暴露》)这种“钻石似的绝对”所标举的语言品质,正是朱朱所歆慕并追求的,它包含着在诗的王国里精确命名甚至再造事物的愿望,是在不可言说之处“诗”的可能。

如果以朱朱也乐于讨论的视觉艺术来比照,朱朱诗歌中点亮事物的光线,是维米尔式的[①]:房屋的内设、地图的经纬线、衣服的褶皱、少女的珍珠耳环、妇人手中的信件、牛奶瓶、毛刷、墙边窗帘的明黄色……一切日常的、可感的琐屑,只有在维米尔的光下才被照亮。但朱朱对语言的雕琢,并未滑入对语言本身的游戏性操控,而是保持着对事物清晰和准确的命名。在九十年代写就的一篇散文中,他很早就勾勒出心目中“好诗”的轮廓:“朴素而华美的语调,诗的健康而细腻的肌理,深沉又轻逸的感受”[②]。在他的诗中,语言正是以一种清澈和精确,自觉地照亮了生命本身的“指纹”和“脚印”,并知道如何去复活经验,正如他曾在诗中揭示的:“我们要更镇定地往枯草上撒盐,/将胡椒拌进睡眠。//强大的风/它有一些更特殊的金子/要交给首饰匠。/我们只管在饥饿的间歇里等待,/什么该接受,什么值得细细地描画。”(《厨房之歌》)可以说,意象的精确性是朱朱诗歌中辨识度最高的一个方面,也是他在后来朝向更多的维度拓展时,从未舍弃的一个特质。

二、 地域形象的消解与重建

地域性问题在文学中有漫长的传统,很多作家在对某一特定地域的持续书写中,建立了自己的风格特质,并与这个地域牢牢绑定。比如福克纳与美国南部、马尔克斯与拉美,中国的东北、陕西、四川、山东分别在现当代小说中找到过各自的“代言人”,“西部文学”、“江南诗歌”等概念,也不断被作家、学者提出,在文学史的建构中占有一席之地。然而,地域性在文学中究竟意味着什

① 姜涛在《当代诗中的“维米尔”》(《文艺争鸣》2018年第2期)一文中,直接将朱朱的写作指认为是维米尔式的。

② 凌越、朱朱:《词语之桥》,《晕眩》,解放军文艺出版社2000年版,第209页。

么？这些以某个地域特征来建立的文学概念是否可靠？如何打破它们作为标签对文学丰富性的削弱？朱朱在近年来的诗作中提供了独特的思考向度。

出生于扬州、生活于南京，朱朱对江南一带有过专注的书写。但朱朱笔下的江南，很大程度上并非作为一个实体的“归属地”，而是被语言文字留存的气息。一方面，江南的城市在他笔下往往以追忆与想象的方式存在，《丝缕》中，现实的扬州剥落了，这个“盆景般的城市”，成为记忆中唯美的镜像：“至少你有一半的美来自倒影——/运河，湖，雨水，唐朝的月光/以及更早的记忆。……/甚至倒影的部分才是真正的实体。”（《丝缕——致扬州》）而南京空灵、亡败、颓靡却不乏风骨的气质，则是东晋时代的遗存：“就像昨夜，在这张桌边，/裸宴的人刚刚死去。/从这扇窗望过去，/在炽热的街道上，能听见抖动的铠甲声”，“这城市——/风说它姓谢，/圣人的家宅，/虽谨慎而短暂的帝国。/……/太亮了，像一座冥府的侧影，/始终在空气中晃动”（《小瓷人》）；在散文中，明孝陵的石象“留有人的气息”（《石象》），而道旁的梧桐树，令“光线变成带有绿色的翅翼拍动着，让我们的面孔变得柔和”（《对一个街区的吻》）……那些由于城市扩建而砍掉的梧桐树，那些被历史风化了的亡败的奢华，乃至祖先们“朝露般无常又未臻至幻灭的、清醒的悲观”，它们的光影在朱朱的想象里得以一一留存。朱朱自己也曾坦言：“记忆和想象的主题对我格外地重要”，“个人记忆如果在一个人的一生中至死都被看护得像一根嫩芽的话，无疑可以不停地让我们从这一枝芽一直上升到神话的、历史与地理的树冠”。[①] 另一方面，正是这一想象维度的存在，朱朱的江南得以飞出江浙的城市实体，成为一块可以携带、移植的土壤。当他移居北方，在矛戟般铮硬的北京城中，他发现这也可以是“纳兰容若的城市”：“他宅邸的门对着潭水，墙内/珍藏一座江南的庭院，檐头的雨/带烟，垂下飘闪的珠帘，映现/这个字与字之间入定的僧侣”（《我想起这是纳兰容若的城市》）——他在北京修建了自己的南方。作为实体的城市以及它带来

① 朱朱：“自序”，《晕眩》，解放军文艺出版社2000年版，第2—3页。

的种种隔阂从此消隐了，历史也不再是编定的知识，旋起旋灭的大楼、随铺随毁的街区都不再碍眼，当畸形的城市化将人们都变为“大地上的异乡者”，而被提取的地域特征愈发成为当下文学团体虚浮的创作标签，朱朱经由不断的离开与不断的归返，在往返中一点点抽空历史与现世的实存。他长久地凝视着这些当代废墟，以想象的方式，赋予它们灵魂，筑造了自己的城市。

当然，朱朱并非一个“江南”主义者，与潘维、庞培等诗人执迷于江南形象、诗歌群体和诗学理论的营构不同，朱朱在诗中对这一概念进行了撬动和溶解，将对“江南”的思考，上升到整个传统文明的层面。在《江南共和国——柳如是墓前》里，“我”成为柳如是，要在清军兵临城下时去激发军心。诗中的三节分别是“我”在屋里梳洗着装、在城头上见到士兵、重回到屋内这三个场景，动与静构成交替起伏，尤其是二三两节：

Ⅱ

我爱看那些年轻的军士们
长着绒毛的嘴唇，他们的眼神
羞怯而直白，吞咽的欲望
沿着粗大的喉结滚动，令胸膛充血，

他们远胜过我身边那些文明的遗老，
那些乔装成高士的怨妇，
捻着天道的念珠计算着个人的得失，
在大敌面前，如同在床上很快就败下阵来。

哦，我是压抑的
如同在垂老的典狱长怀抱里
长久得不到满足的妻子，借故走进

监狱的围墙内，到犯人们贪婪的目光里攫获快感，

而在我内心的深处还有
一层不敢明言的晦暗幻象
就像布伦城的妇女们期待破城的日子，
哦，腐朽糜烂的生活，它需要外部而来的重重一戳。

Ⅲ

薄暮我回家，在剔亮的灯芯下，
我以那些纤微巧妙的词语，
就像以建筑物的倒影在水上
重建一座文明的七宝楼台，

再一次，骄傲和宁静
荡漾在内心，我相信
有一种深邃无法被征服，它就像
一种阴道，反过来吞噬最为强悍的男人。

我相信每一次重创、每一次打击
都是过境的飓风，然后
还将是一枝桃花摇曳在晴朗的半空，
潭水倒映苍天，琵琶声传自深巷。[①]

在普遍的认知中，柳如是是名妓、才女，也因明清易代之际的家国大义而

① 朱朱：《江南共和国》，《故事》，上海人民出版社2011年版，第6—8页。

闻名,但在这首诗中,朱朱通过想象一种本能的女性欲望,于寻常的赞颂之外,刺入文明的内在肌理。在第二节中,勇武的军士与虚伪的文明遗老构成对比,士兵们阳刚的男子气概之于柳如是,既是本能层面的诱惑,也是文明层面的讽刺:"腐朽糜烂的生活,它需要外部而来的重重一戳"。尽管这样的想法不合民族大义,但对于遗老们所代表的体系化的腐朽,无论是柳如是还是"布伦城的妇女",都暗暗渴望暴力和毁灭对它进行重启。而第三节返回到室内,文明以其深邃对历史突变予以平衡,与第二节的激烈、强蛮的猝断构成另一重对比。不过,尽管传统文明的脉动让柳如是感到"骄傲和宁静",但很难说结尾的"相信"是乐观的,它或许表达了对古典文明之韧性的信赖,也同时反讽地揭示了,这种文明的稳定性,也意味着变革的困难。朱朱曾认为,"江南作为传统文明的高地,也包含传统文明精致到极点之后趋于腐朽、没落的镜像",因此,他的江南并非具有士大夫气的古典梦幻,而是蕴藏着尖锐的批判和现代意识。对以江南为代表的传统文明的重审,在他涉及世界各地的诗中,因为地理空间的拓展,而获得了更广阔的维度。《小城》的结尾,有一句常被引用的名句:"我渴望归期/一如当初渴望启程,//我们的一生/就是桃花源和它的敌人。"(《小城》)这首诗写于2003—2004年左右诗人赴法国参加诗歌活动之际,以波德莱尔的《邀游》作为题记,前几节写到欧洲小城里人们生活的平静优雅、自由敞亮,但在一个中国游客眼中,这一切也同时包含着一种空虚和失重感。于是在第四节,诗人发出了反复的自我驳诘:"是不是一个人走得太远时,/就想回头捡拾他的姓名、//家史和破朽的摇篮?/是不是他讨厌影子的尾随//而一旦它消失,/自由就意味着虚无?//是否我已经扭曲/如一根生锈的弹簧,//彻底丧失了弹性?/是否在彻底的黑暗中//我才感觉到实存?/正如飓风和骇浪,//尖利的暗礁/和恐怖的漩涡,//反倒带给水手将一生/稳稳地揣入怀中的感受"(《小城》)。在八九十年代,熟读西方现代主义文学的诗人们,对欧洲文化积累了诸多想象。但当真正置身其中时,原本作为"远处"的欧洲不再是想象的投射,而是作为一个地域和文化实体,以自身数千年的传统对异域的游客同时发出邀约和拒绝。此时，由阅读积累起来的虚幻的亲近感刹那间破碎，沉睡于内心的东方审美反而被唤醒。但由于审思的存在，唤醒后导向的并非民族主义式的归返和拥抱，是痛苦而悖谬的文化身份迷惘：我们自身的传统，包括东方式的审美，既是脐带，又是枷锁，既有辉煌得无可置疑的美学传统，又有腐朽到无可救药亦无法撼动的道德政制——“桃花源和他的敌人”确乎以一个极具概括力的心理结构，道出了这种“任何地方都不是故乡”的流离失所。如果说多多的《居民》中，仍然存在一种单向度的渴慕，那么朱朱在“桃花源”和“敌人”之间，在“一脚踏过太平洋”、“射杀毒太阳”的激愤担当和“我忽然厌倦了旅行而想要居留……纵然自责如逃兵，……但/回去，就是流放”(《九月，马德里》)的倦怠退缩之间，则把这种渴慕迟迟不能达成而带来的精神流亡和没有出路的痛苦，更细致地展现了出来。

正因为不停留于简单的东西方概念，朱朱对于全球地理版图上的诸多“他者”的观察，从不用于印证一些固有的观念或刻板印象，而是能够看到在惯常的思维定式背后，一些更引人深思的细节。比如，在意大利，除了欧洲艺术深厚的传统，他也同时看到了“东方主义”式的傲慢和自矜：“每当外族人/赞美我们古代的艺术却不忘监督/今天的中国人只应写政治的诗——/在他们的想象中，除了流血/我们不配像从前的艺术家追随美，//也不配有日常的沉醉与抒情”(《佛罗伦萨》)。再如写东欧，朱朱并未将文明转型视为一种一劳永逸的结局，而是借马内阿之口，看到了“还会有坏天气，还会有/漫长的危机，漫长的破坏；痛苦/很少有人愿意继承，将它转化为财富。/恶，变得更狡诈，无形的战争才刚刚开始”(《好天气》)，一方面，散为无物之阵的制度之“恶”与个体之间漫长的拉锯和纠葛，成为一种渗透于日常的琐碎，另一方面，人性是更漫长，更难以改变的。而孤悬海外的“历史遗民”们，不是在高度发达的社会蜷缩为生活的赝品(《月亮上的新泽西》)，就是在被时代抛弃的黑洞里“朗诵伤疤”(《纽约快照》)。朱朱曾赞赏好友宋琳超越对抗式流亡的“自许的漫游”所具有的更丰厚的生命价值(《越境——致宋琳，1991》)，并认为：“如果我们能，我们当然应该努力超越这些还仅是意味着概念的概念。”[①]在诗中，朱朱正是以诸多细琐但真切的形象、场景，让南北、东西方不再停留于固化的概念标签：每一地都有悲欢冷暖，但人性在历史中的形态又何其相似。在这一意义上，他反对概念化的地域性，消解的是对“特殊性”的执迷而导致的视野狭窄或趣味化，而在解构之余，他所建立的主体与世界的联系，则意味着一种探究不同历史时空下既是个体的也是共同的人性褶皱的兴趣。

三、“成为他人”的共情力与抒情性

近年来，朱朱在创作谈中屡次提及“成为他人”这一观点，并以之为自己诗歌写作的方向。这的确在他的创作中有迹可循：如果说早年的《我是弗朗索瓦·维庸》还是一种无意识的尝试，那么近年来，从《清河县》、《鲁滨逊》、《灯蛾》到《江南共和国》、《背》、《伤感的提问》……他以旁观的“凝视”构筑一个剧场的目光开始涣散，取而代之的是自身的赴汤蹈火，幻化为诗歌的“剧中人”——“成为他人”越发成为他有意为之的实践，且这个“他人”往往取自阅读经验。

“成为他人”的提出很容易令人联想到西方现代主义诗歌传统中的“去个体化”(impersonnalité)。应对浪漫主义的滥情危机，波德莱尔受爱伦·坡的启发，区分了作为诗人的经验个体和诗歌中的抒情主体，提倡“幻想的感受能力”，而非“心灵的感受能力”，即“为了一种目光敏锐的幻想而离弃所有个人的感伤情调”，以便“表达出人类所有可能的意识状态”。因此，《恶之花》中的“我”，不再仅仅是波德莱尔的经验自我，而是幻化为“现代性的受苦者”，一种“清除了个人偶然性的现代主体”[②]。这一转变，催生了抒情诗中现代主体的生

① 朱朱：《群像下的散步——为宋琳而作》，《晕眩》，解放军文艺出版社2000年版，第107—108页。

② [德]胡戈·弗里德里希：《现代诗歌的结构：19世纪中期至20世纪中期的抒情诗》，李双志译，译林出版社2010年版，第23—24页。

成。而后，兰波在《通灵者书信》中也写道："Je est un autre.(我是另一个人)"，"我目睹了我思想的孵化：我注视它、倾听它，我拉一下琴弓：交响乐在内心震颤，或跃上舞台"[①]。在此，"我"看到了诗歌语言的出现过程，它们被客观化，抽离了诗人作为经验主体的控制，诗歌成为一种自行上演的交响。不过，尽管朱朱被很多人提及的"抒情的节制"似乎与上述诗歌理论有交集，但细读这些化身为他者的诗歌，朱朱"成为他人"的努力不应仅仅被简化为现代主义诗歌技法的注脚，而且还应被理解为包含着更真切的生命体验。

"成为他人"中一个不容忽视的侧面就是"作为他人的自我"。当一个主体面对与世界的关系时，首先要处理的是对自我的认知，这一点内置于主体与他人的关系当中。年轻时的朱朱在友人眼中敏感、拘谨、矜持，有意"维持审美的自适"和"与自我沉溺相随的疏离"，[②]也许还包含着强烈的语言洁癖。这在他早年"水晶的诗"中可见一斑。《窗口》中，曾出现过一个少年的形象，他部分共享着朱朱对少年自我的回视。但在诗歌结尾，朱朱承认："我离开/这个地方已经很久/早已看不见自己/手抱足球的姿态。我不能/再走下那么多台阶，为他，/离开时间。"成长意味着必然面对一个更广大的世界，同时也意味着与这个世界的龃龉和带有疼痛的磨合，在磨合中，原初的自我开始碎裂，它必须让渡掉一些曾被自己悉心守护的部分。这一生长的危机，对初次遭遇它的人来说，不啻一场涅槃。朱朱曾在访谈中自述，1995 年的大雪之后，他经历了一次比较漫长而痛苦的写作困境，直到两年后才"稍稍恢复了自己的诗歌身体"。在《遮阳篷——关于风格和停止写作的人》所透露的思考中，可以看到那个原初自我开始破壳的迹象："优雅，就是和它的某种内在痛苦在一起的神态；太光滑和太清洁的东西，我们称之为'精致'。世界本身的一种残忍的属性掺入了

① Arthur Rimbaud, *Rimbaud: Complete Works, Selected Letters*, A Bilingual Edition, translated with an introduction and notes by Wallace Fowlie, Chicago: The University of Chicago Press, 1966. p.304. 中译版参考[法]兰波：《兰波作品全集》，王以培译，作家出版社 2011 年版，第304 页。

② 刘立杆：《岬角》，《飞地》丛刊第八辑《身份的印证》，2014 年 11 月，第 13 页。

精致，变化产生了。这种残忍来自世界对一颗心的持久的作用，就像逼迫一个光嫩的少女的额头出现皱纹一样，逼迫你变。你的语言的表面出现了裂纹。裂纹在膨胀之中瓦解了你的形象，你体验这样的景象是必要的，你喜爱的词汇从你的耳边飞快地掠过，一次失血症，一次大的灾难。"[①]从写作本身来说，这是从由激情主导的青春写作，开始转向对风格持有自觉的稳健写作，是文学青年成长为文学强者必须经历的破茧，但从主体来看，更是一个开始成熟的主体对世界纷繁杂质的承载。在这一过程中，坚持什么，保留什么，舍弃什么，都包含了主体对自身的认知。因此，在文本中扮演一个角色之前，"成为他人"首先是对自己的凝视和回望，这在《彩虹路上的旅馆》和《夜访》中有颇为动人的表达。前者回溯了"我"初到北京，直面一个陌生城市时的紧张感："这里，我和一只门把手上的无数陌生人/握手，我思考如何与北方对弈"。而今，当他已移居这座城市，"每次从这里经过，那些窗户凝视我/以预知会遭背叛的、漠然的明净：/生活的锁链砸断，接上，砸断，/再接上"(《彩虹路上的旅馆》)，一丝稍稍坦然的喘息中，不乏在生活的洪流里幸存的心有余悸。也只有彻底地珍视自我的内面性，且无法与这个世界顺滑媾和的人，才会在这片刻的"间隙"里驻足下来。这一驻足和朝向自我的凝视，在《夜访》中更完美地呈现出来。当北方"就要凝固成没有日常的冰川"，我"仓促地启程，为寻访远处的你"。一路上，车窗外的景色由飞雪开始变为绿色的树叶、月光，与河湾里的船：

路牌上的地名变得散淡、亲切。
每座城市的规模相当于十几分钟的
光带。摇下车窗，风中有种
亲人们在为你筹措赎金的暖意；
和缓的山势松开了内心的油门，

① 朱朱：《遮阳篷——关于风格和停止写作的人》，《晕眩》，解放军文艺出版社2000年版，第151—152页。

减速，尽可能享受骨盆般的拥抱，
即使闭着眼睛，我也能将车
泊进小院；一棵腊梅垄断了
空气，草丛里摆放落叶的合影，
整个房子是一盒等待冲洗的底片。

那扇门中的你比我更像我，
那张年轻、狭窄的脸，头发
连同衣领布满神经末梢，静止在
多年前的那场告别。你说：别开门，
一幅从墙上掉下来的画刚刚入睡，
而家具们正爬行在逃往森林的途中，
灯一亮就会回到原位；这里已经适应
黑暗，并且将锁孔视为世界的中心。
你说：路过我，成为他人——
十一月的雪飘在满是烟霾的天空。

（《夜访》）①

“远方的你”实为“往昔的自我”，这是一条比寻访旧友或故乡更难以抵达的归返。钥匙插入锁孔的刹那，那个年轻、瘦削、敏感的自我被唤醒，“你说：别开门”，因为一旦现实闯入，那个完整原初的“我”便趋于消散，就像阳光对梦境的驱赶，“我”与“我”相互思念，又相互驱逐。“你说：路过我，成为他人——”，这一百般抵触却又必将到来的蜕变，和时间的流逝一样不可抗拒。在《我身上的海》中，朱朱几乎整首诗都在细描海浪冲击岬角、礁石的景观，实则写自我内

① 朱朱：《夜访》，《五大道的冬天》，华东师范大学出版社2017年版，第121—122页。

心意在于突破而不屑于占有的“雄心”：“只有撞击过/才满足，只有粉碎了才折返，/从不真的要一块土地，一个名字，/一座岸——虽已不能经常地听见/身上的海，但我知道它还在。”(《我身上的海》)在这几首诗中，朱朱都以旁叙的视角来勘察自我，“门把手上无数的陌生人”、“觅食的候鸟”、旧居里的自画像、海浪的运动等意象，以一贯的精确，很好地定格了旁观视角中的“自我”，这是对“自我”的客体化、对象化。

而与“作为他人的自我”形成一体两面的，是以角色化、面具化的方式化身为“他人”。当晶莹剔透的原初自我不再能够存续，化身为他人便成为这一个体在艰难的化蝶中触摸世界的方式，参与到更广大的天地中。《清河县》第二部《对饮》的结尾，潘金莲离家前的告白，未尝不可视为上述自我在蹚入浊世前的心声：“我就要离开这个家了。未来难料。/窗外，蝉鸣正从盛夏的绿荫里将我汇入/一场瀑布般的大合唱。我就要脱壳了，/我就要从一本书走进另一本书，/我仍然会使用我的原名，且不会/走远，你看，我仅仅是穿过了这面薄薄的墙，/你还有复仇的机会，一直都会有——”(《对饮》)。尽管在以《金瓶梅》为蓝本的组诗《清河县》第一部，诗中的“我”便在五首诗中分别化身为西门庆、武大郎、武松、王婆、陈经济，但抒情主体与作为诗中角色的“我”之间仍然存有不小的距离，整个组诗仍然偏向于“全景”的展现，一种社会观察，抒情主体的视角和语调常在“我”与一个旁观者之间游移。而几年后的又一组《清河县》第二部，六首诗中的“我”不再来回变换，而是专注地“成为”潘金莲。抒情主体更深地潜入潘金莲的内心，专心致志地化身并抒情。欲望与痛苦，恐惧与狂喜，空虚与忧郁，清澈与邪恶，寒食的清冷与欲火的灼热，绝望的爱与入骨的憎……在组诗中一一展开。“我洗我赤裸时可以将自己/包裹的长发，太多绝对的黑夜/滋养过它；我洗我的影子，/碎成千万段的她很快又聚拢——”(《浣溪沙》)，“来我的身上穷尽所有的女人吧。/我的空虚里应有尽有——/城垣内有多少扇闺阁的门，/我就有多少不同的面孔与表情”(《寒食》)，“我想要死得像一座悬崖，/即使倒塌也骑垮深渊里的一切！/我想要一种最辗转的生活：/凌迟！

每一刀都将剜除的疼//和恐惧还给我的血肉”(《围墙》)……在“我”的身体里，潘金莲不再是文学典籍里作为荡妇形象的扁平的“她”，而是展开了有血有肉的多元的情感立面。因此，“成为他人”并不必然像西方现代主义诗歌理论中所言，意味着“客观化”，即便它可能带来对经验主体一己情感的节制，但在根本上，化身仍然以诗歌感性肌质的丰盈为旨归，是一种“抒情性的再获得”。

朱朱曾从不同的视角对同一人物或同一群体进行过书写，其中有两组较为典型，可以进行对读。一是有感于“今天”一代诗人画家们被二元对抗的角色所绑架的悲剧，朱朱写过两首诗。在《先驱》中，他更多是站在后辈人的角度看到他们被历史钙化的局限，反讽尽管温和，但仍不乏犀利：“哦，先驱，别变节在永恒之前最后的几秒”(《先驱》)；而《鲁滨逊》中，抒情主体则化身为一位遭遇车祸的流亡画家，他生命的悲剧与空无在诗中得到复现：“我就朝他们笑，我就装傻，/给他们看他们想看到的/一个昔日大师的/沉默的样子。//其实我什么也不是，/连想尝一口自己，屎和尿都不行；/我已经不在一座天平的任何一边了，/……/我已经是一个计算旧时光的漏壶里残剩的沙”，“我已经无法再行走了，/虽然我已经走到了头。/我将死在这张科布西埃设计的椅子上，/低着头死去，虽然/他们传过话来，/我可以回家”(《鲁滨逊》)。二是对于鲁迅，朱朱看到他的两个世界。作为文化战士的鲁迅，“像布鲁诺/被扔进了火刑堆中，肉体毁灭过一次/而道德感垂直起飞，兀鹫般追猎腐臭；/他焦灼的眼已经看不见更多”(《多伦路》)，而到了《伤感的提问》中，化身为鲁迅的“我”突然开始疑惑：“我有过生活吗?”，“为什么这些人都过得比我快乐?”，一个启蒙勇者晚年的悲悯与伤怀，成为文化史上柔软而哀伤的内里：“可以寄望的年轻人几乎被杀光了。/我的二弟在远方的琉璃厂怀古。/……//我用过的笔名足以填满一节/火车车厢，如果他们都有手有脚，/我会劝他们告别文学旅途，/去某个小地方，做点小事情，/当一个爱讲《聊斋》的账房先生，/一个惧内的裁缝或者贪杯的箍桶匠……/只要不用蘸血的馒头，赚无药可救的钱。”(《伤感的提问——鲁迅，1935年》)对于这些被过多地谈论因而也被过多地符号化了的人物，朱朱在复写时转变了视角，让"我"成为他们，并复活他们丰富感性的内心，从而拆解了文化符号对于他们生命细节的遮蔽。正如艾略特《荒原》中那句："异邦人或犹太人/啊当你转动轮子迎风遥望的时候，/请细思弗莱巴斯，他一度也曾和你一样高大而英俊。"[①]通过想象"英雄"是与"我"相似的"人"、有与"我"相似的生活而唤起的同理心和共情，人类普泛的、共同的悲哀展露无遗。

不仅是上文中的柳如是、潘金莲、鲁迅，朱朱这批诗作中的"他人"，绝大多数都得自阅读中的二手经验，但在书写过程中，抒情主体糅合了自身的生命体验，纳入现实维度。《秋郊饮马归来——怀赵孟頫》中，出现了非常"现代"的场景："路口突然拉上戒严的铁栅，/钢盔、枪栓、对讲机填满暮霭。/空白判决书沿街任意抓捕，/此刻，只要能关上门，就算家。/从驶过的囚车里掉出了字：/攀爬着，笔画失散，被霜掩埋。"时空的错序中，涵盖了从古至今的离乱。《霍珀：三间屋》的第二节取材于美国画家霍珀的《火车道边的房屋》，但诗歌并非仅仅描摹画中的场景，而是融入了祖父1976年面对地震时的固执；《霍珀：自画像》中这样的几句："我祈祷长留人海的底部，/不要聚光灯和奖项，它们像鱼雷/毁掉过天才，而我的才能窄如/独木筏，毕生仅够负载一件事。"是对霍珀的理解，但其中未尝没有诗人自己对创作的体认。《读曼德施塔姆夫人回忆录》中拟设曼德尔施塔姆与夫人之间的对话，他们在极权制下的勇气和忍耐，也可以烛照其他时空中相似境遇的人。这样的书写，与九十年代提倡"知识分子写作"的诗人们相比，更深地探入了阅读经验与我们自身的关联，更为细腻、致密，而不再仅仅是把卡夫卡们当作一个浮泛的符号。同时值得注意的是，在朱朱诗中，这些基于跨时空的共情和理解，落在文字上，往往还是凝结为一个准确的形象，无论是人的形象，还是为一种存在状态寻找一个意象。例如《背——致敬小津安二郎》写了小津电影《秋刀鱼之味》中的单身父亲，既不舍得女儿离开身边，又希望她能有个好生活，这种复杂的情感在诗中铸成一个背

---

① ［英］托·斯·艾略特：《荒原：艾略特文集·诗歌》，汤永宽、裘小龙译，上海译文出版社2012年版，第97页。

影："我冷淡地回应而不转身——/我转身，正仓院就需要/重建一次，海就会冲毁岛。""蛮荒中响起你木屐声的时候，/我已经用自己的脊椎做成/墓碑，在上面刻写好'无'。"(《背——致敬小津安二郎》)如果说张枣的人称变换常常携带了不断腾挪、反复调试的技艺考量，朱朱的化身则更纯澈、笃定，以"形象的再造"为旨归，有更强烈的抒情光芒。

因此，"成为他人"的诗歌方向在主体建立与世界的关联上是有效的、成立的。一方面，诗中的"我"抒发的不再是经验之"我"的个己情感，通过建立在理解力之上的共情，探索到一个更广大的世界，也能够看到容易被外部视角所忽略的东西。同时，在他人体内发声，因为不再担心经验自我的情绪宣泄，浓郁而几乎达至性感的抒情重新成为可能。另一方面，"我"所看到的"他人"，何尝不是另一种形式的"我"？主体进入一个"他者"的内心，无论怎样角色化，从角度选取到详略安排，都必然携带着主体自身的视角，也携带着"我"对这个世界的深爱，主体在弥散中，在对世界的参与中，也重新获得了自身。

可以说，朱朱这几十年的创作，从最初唯美、封闭的"水晶的诗"出发，但从未停留于任何一个阶段的风格化，每一部诗集较之上一部，都在题材、经验来源、视角等方面不断拓展，不断打破自身经验的躯壳。主体对世界的认知、与世界的关系在这一拓展的过程中愈发丰实，但在写法上，无论经验如何愈发繁复，诗人始终能够将其巧妙地纳入一系列精准、感性的形象之中，这些形象保持着精确，保持着对生命体验和感受力的绝对忠实。而由此带来的，不仅是美学意义上诗歌语言的精致，更是一些概念和边界的松动。正如帕斯所认为的，意象可以超越语言由于含义的确定性而导致的单义性、局限性，能够在瞬间统合诸多矛盾的方面，恢复事物的完整性，因而可以进入人的存在。[①] 朱朱拾捡起被一些概念所遗漏的生命细节，正是这些细节，在诗中不断提供给我们不同于以往的崭新认知。

---

① [墨西哥]奥克塔维奥·帕斯：《诗歌·意象》，《弓与琴》，赵振江等译，北京燕山出版社 2014 年版，第 78—93 页。

小结

在诗歌文本中讨论主体“与周遭世界的关系”、“对现实的承载”，无论如何都不会是一种直接的行动，因此，这一命题其实探讨的是诗歌的写法，并包含两个方面：一是诗歌如何进行题材上的扩展，纳入主体对现实处境的关心；二是主体在处理现实题材时，如何不致因为书写对象的切近或粗粝而弃绝审美追求。

在本章所分析的前两位诗人中，张曙光以“元诗”写法将生活的困难与写作的困难相叠合，形成类比，但用写作经验来纳入其他经验的同时，也以一首诗的结束对这些问题予以取消；王家新在诗中以经历过暴政的西方诗人为镜鉴，用高亢的诘问反复哀叹历史创伤之下“我们”与他们境遇的相似和无力感，但诗歌在援引大师构筑起厚重感之余，少有更深入的体认。以上述两位诗人为代表的一些在九十年代提倡“介入现实”、“承担现实”的诗歌作品，如今看来相对单薄。尽管他们非常真诚，但由于立场先行以及情感维度的单一，作品呈现出较高的重复度和类型化：他们仅仅提出知识分子的责任、对现实的承担，而未能仔细思考这些立场落在具体的写作中，究竟怎样才真正奏效；同时，他们在写作中无意识地将现实作为主体的对立面去处理，忽略了主体自身所必然携带的历史现实戳记，因此作品隼接现实的力度一定程度上被削弱了。

而两位六十年代出生的诗人，作品中现实的光谱更广阔，切入的视角也更多元。刘立杆用一系列篇幅较长的叙事性诗歌，探索了诗歌讲述故事、承载经验的能力，在其中，他不断调试着镜头的转接、语流的速度、视角的挪移，这不仅是诗歌叙事技巧上的打磨，更是抒情主体尝试以不同方式更深地探入世界，并承接住生命“重力”的写作态度；朱朱突破早期的唯美风格，在诗中越来越多地纳入广阔的现实经验，而他涵纳现实的方式，是始终致力于对感性、精确形象的创造，并以这些形象打破了固化地理概念的格栅，建立了对不同时空中

“他人”的共情。他们的写作相比于九十年代的那些作品，有了更为丰富的角度，在同样不放弃对现实的“介入”和“承担”之余，他们更多地思考了现实进入诗歌的方式——通过对感性生命经验的唤醒，在一个个生命体的悲欢中，显影了时代、历史加诸生命的印痕。

回到本章引言部分曾提到的希尼，这位在“美学释放”和“道德关注”之间进行过艰难思考的诗人，曾在《诗歌的纠正》一文中借助“纠正”的一个已被废弃的含义——“狩猎。把(猎狗或鹿)带回到适当的路线”，探讨了诗歌“作为一种艺术形式的存在”如何对“我们作为社会公民的存在”发挥作用：诗歌的“纠正”功能不在于某种预先策划好的社会承担，而是像飞鸟在玻璃中的形象“突然”进入它的视野并有益地改变了它的飞行轨迹那样，不带任何伦理负载地，使某种“未受阻碍然而又是受指引的东西可以迅猛地发挥它充分的潜能”①。的确，就上文所分析的诗歌来看，这种审美的力量，比直接敲击现实能够带来更多的回声。

① ［爱尔兰］谢默斯·希尼：《诗歌的纠正》，《希尼三十年文选》，黄灿然译，浙江文艺出版社2018年版，第345页。

结 语

在百年来的汉语新诗史上，从 1980 年代至今的这段时期，或许可以算是汉语新诗的诗艺探索较为自觉、持久的一段时间。相比于此前历次政治运动对文学实用性的强调，在二十世纪最后的二十年以及二十一世纪最初的十多年里，诗人们对诗歌艺术性与社会性之间的张力有了更立体的认知，对诗歌作为一种语言艺术的审美特质也有了更高的自觉：他们学习西方现代主义诗歌并进行诗艺的锤炼，汉语新诗在表达技巧、抒情体式等方面都有了较为深入的探索。这也为本书对汉语新诗进行审美层面的探讨提供了基础。

本书对 1990 年代以来汉语新诗中的抒情主体做出了分析，回到本书开头的问题，在这一时段内，汉语新诗的抒情主体发生了怎样的新变？这一抒情主体与诗中其他元素形成了怎样的关系？对诗歌审美质地产生了怎样的影响？在每一节个案的分析中，在每一章的引言和小结中，本书都尝试回答上述问题。可以看到，从 1980 年代到 1990 年代，汉语新诗的抒情主体发生了一些内部的转变，从完整、自足甚至强力的主体（尽管这一强力不乏虚幻），到碎裂的、有限视角的主体，这一变化或可用“自从/一场暴雨冲散了游行：失散/每个人都只剩下自己，甚至小半个”（朱朱《重新变得陌生的城市》）来概括。在这样的变化中，抒情主体与外部世界的关联反而更为紧密，开始回归对日常事物的注目，探索语言变革的可能，或者寻找与历史对话的空间，等等。可以说，在一个诗歌需要“从边缘出发”的年代里，诗人们从未停止对汉语的可能性以及对自身存在的探求。一方面，他们观看物，也是观看自身；在语言中的实验，也反映出主体对自身的态度；而在诗歌中试图承载现实，不仅是道德意义上的关切，更重要的是点亮了不可缩减的感性心灵……所有对外部世界的探求，最终都要回归到主体内心，回归到对个体存在本身的追问。另一方面，在被认为是由"单个抒情人话语"构成的抒情诗体裁中，抒情主体对外部世界的探索轨迹，也为抒情诗这一文体内部空间的开掘做出了努力，叙事、反讽、对话、拼贴等被纳入，它们不仅仅是诗歌技法，也是抒情主体言说的可能性，甚或存在的可能性。

然而，放在更长的历史空间中去看，不同代际的诗人基于不同的存在经验、抒情范式，形成的不同写作风格，很难被武断地评判为孰优孰劣。每一种方式的可能性与限度，都需要留在诗人自身创作的逻辑中去检验，并呼唤有创造力的诗人不断进行自我突围。而在读者的层面，"阅读"、"接受"，有时比"写作"更受制于外部现实的力量——当一个崇尚多元、交流、相对性和思辨力的时代，在不可把捉的世界风潮之下，急遽转变为遍布对抗、偏见、敌视，而甚少共识的时代，如果我们心中被压抑的激愤，需要通过音乐剧《悲惨世界》中 *Do You Hear the People Sing* 来寻找出口，需要通过布莱希特(Bertolt Brecht)"在黑暗的年代/还有歌吗？/是的，还有关于/黑暗年代的歌"[①](《题词》)来自我慰藉，那么，多多等人的诗歌中，作为第一义的强烈情感与强力抒情，会变得再次有效吗？在此，我们尚无法草率地给出答案，但这个问题在一个更广的向度上，导向了对"语言与现实的关系"的思考，并始终提示着我们现实强度的存在：哪怕对于自诩为"诗歌立法者"、崇尚创造的浪漫主义诗人来说，肉身的现实遭际，仍是不可忽视、不可省略的维度，始终对作为"有死者"的人类虎视眈眈。如果我们同意诗人沃尔科特(Derek Walcott)在《遗嘱附言》中所写："要改

① [德]贝托尔特·布莱希特：《题词》，《致后代：布莱希特诗选》，黄灿然译，译林出版社 2018 年版，第 269 页。

变你的语言，你必须改变你的生活”[①]，那么，八十年代抒情诗中以情感为原初动力的方式，在某种程度上仍广泛成立，并类似于希尼“在见证的迫切性和愉悦的迫切性之间徘徊”[②]那样，情感的诗与理智的诗、抒情的诗与叙述的诗之间的争辩、起伏，也会永恒地存在。

本书对抒情主体的探讨，尚局限在1990—2019年间的中国大陆地区，研究对象也仅仅选取了1950—1969年间出生的十位诗人，试图在探入更多作为问题的现象之前，先搭建一个审美的穹顶。还有一些被遗漏的诗人、作为问题与现象的诗人，以及更多生于1970年以后，且正在慢慢形成其成熟风格的诗人，需要在以后的研究中被纳入视野。同时，在大陆以外的地区，中国香港、台湾，以及流散在世界各地的海外华文诗歌，这些作品中抒情主体的心灵变动与诗人经历、学养，以及与当地地缘因素的关联，尚有丰富的话题有待今后探讨。

在二十一世纪第二个十年的尾声中，之前数十年的全球化进程、平稳安宁的世界格局、宽松的政治文化环境，都在遭遇前所未有的挑战，或许已经可以遗憾地预见到，写作的丰富性、创造力，也将随之遭遇缩减。而真正的诗歌如果真像海德格尔所说，是“存在的词语性创建”，那么它将尽最大可能保留住时代作用于个体心灵以及个体试图对此做出回应或挣扎的印记。抒情主体作为诗人心灵的投影，是几代人封存于诗歌中的心灵样本，或许亦为见证。

---

① ［圣卢西亚］德瑞克·沃尔科特：《德瑞克·沃尔科特诗选》，傅浩译，河北教育出版社2003年版，第91页。

② 海伦·文德勒论希尼的文章题目。参见［美］海·文德勒：《在见证的迫切性与愉悦的迫切性之间徘徊》，黄灿然译，《世界文学》1996年第2期。

参考文献

一、书中所涉研究对象著作和选集

（以诗人姓氏拼音为序，选集以书名拼音为序）

柏桦：《往事》，河北教育出版社 2002 年版。

北岛：《结局或开始》，长江文艺出版社 2011 年版。

——：《履历：诗选 1972—1988)》，生活·读书·新知三联书店 2015 年版。

陈东东：《海神的一夜——陈东东诗选》，改革出版社 1997 年版。

——：《明净的部分》，湖南文艺出版社 1997 年版。

多多：《多多诗选》，花城出版社 2005 年版。

——：《多多的诗》，人民文学出版社 2012 年版。

——：《诺言：多多集 1972—2012》，作家出版社 2013 年版。

——：《多多四十年诗选》，江苏文艺出版社 2013 年版。

——：《妄想是真实的主人》，译林出版社 2018 年版。

海子：《海子诗全集》，西川编，作家出版社 2009 年版。

——：《海子的诗》，人民文学出版社 2013 年版。

韩东：《爸爸在天上看我》，河北教育出版社 2002 年版。

——：《韩东的诗》，江苏文艺出版社 2015 年版。

刘立杆：《低飞》，河北教育出版社 2003 年版。

——:《每个夜晚,每天早晨》,河南大学出版社2015年版。
——:《尘埃博物馆》,北京联合出版公司2022年版。
陆忆敏:《出梅入夏:陆忆敏诗集(1981—2010)》,胡亮编,北岳文艺出版社2015年版。
吕德安:《顽石》,中国工人出版社2000年版。
——:《适得其所》,重庆大学出版社2011年版。
——:《两块颜色不同的泥土》,长江文艺出版社2017年版。
——:《在山上写诗画画盖房子》,中信出版社2018版。
欧阳江河:《谁去谁留》,湖南文艺出版社1997年版。
——:《站在虚构这边》,生活·读书·新知三联书店2001年版。
——:《事物的眼泪》,作家出版社2008年版。
——:《如此博学的饥饿:欧阳江河集1983—2012》,作家出版社2013年版。
——:《凤凰》,中信出版社2014年版。
王家新:《游动悬崖》,湖南文艺出版社1997年版。
——:《未完成的诗》,作家出版社2008年版。
——:《塔可夫斯基的树:王家新集1990—2013》,作家出版社2013年版。
王小妮:《我的纸里包着我的火》,徐敬亚编,春风文艺出版社1997年版。
——:《半个我正在疼痛》,华艺出版社2005年版。
——:《有什么在我心里一过》,作家出版社2008年版。
——:《出门种葵花》,江苏凤凰文艺出版社2016年版。
——:《月光》,东方出版社2016年版。
——:《扑朔如雪的翅膀》,浙江文艺出版社2016年版。
——:《害怕:王小妮集1988—2015》,作家出版社2017年版。
叶辉:《在糖果店》,洪叶出版(香港)1998年版。
——:《对应》,花城出版社2009年版。
于坚:《我述说你所见:于坚集1982—2012》,作家出版社2013年版。

张枣:《春秋来信》,文化艺术出版社 1998 年版。

——:《张枣的诗》,颜炼军编,人民文学出版社 2010 年版。

——:《张枣随笔选》,人民文学出版社 2012 年版。

——:《张枣译诗》,人民文学出版社 2015 年版。

张曙光:《小丑的花格外衣》,文化艺术出版社 1998 年版。

——:《午后的降雪》,重庆大学出版社 2011 年版。

朱朱:《枯草上的盐》,人民文学出版社 2000 年版。

——:《晕眩》,解放军文艺出版社 2000 年版。

——:《皮箱》,广西师范大学出版社 2005 年版。

——:《故事》,上海人民出版社 2011 年版。

——:《朱朱专辑:野长城》,《新诗》2017 年第 21 辑。

——:《五大道的冬天》,华东师范大学出版社 2017 年版。

——:《灰色的狂欢节——2000 年以来的中国当代艺术》,广西师范大学出版社 2013 年版。

选集、合集:

《百年新诗选》(上下册),洪子诚、奚密主编,生活·读书·新知三联书店 2015 年版。

《江南七子诗选》,张维编,北岳文艺出版社 2017 年版。

《岁月的遗照》,程光炜编选,社会科学文献出版社 1998 年版。

《中国现代主义诗群大观:1986—1988》,徐敬亚编,同济大学出版社 1988 年版。

二、当代汉语新诗相关刊物

（包括官方期刊、民间诗刊、连续出版物）

《草堂》

《大家》

《飞地》丛刊

《江南(江南诗)》

《诗潮》

《诗刊》

《诗歌月刊》

《诗林》

《诗探索》

《新诗评论》

《星星诗刊》

《扬子江诗刊》

《中国诗人》

《锺山》

《北回归线》

《标准》

《反对》

《非非》

《海上》

《汉诗:二十世纪编年史》

《今天》

《九十年代》

《南方诗志》

《偏移》

《倾向》

《日日新》

《诗歌与人》

《他们》

《现代诗内部交流资料》

《幸存者》

《翼》

《一行》

《异乡人》

《诗镜(2017 卷)》,哑石编,成都时代出版社 2018 年版。

《诗收获:2018 年冬之卷》,雷平阳、李少君主编,长江文艺出版社 2019 年版。

《象形 2014》,川上主编,长江文艺出版社 2014 年版。

三、当代诗歌相关研究

(专著、学位论文、期刊文章分列,按作者姓氏音序,非独著按书名音序)

陈东东:《我们时代的诗人》,东方出版中心 2017 年版。

《从最小的可能性开始:中国诗歌评论》,肖开愚、臧棣、孙文波编,人民文学出版社 2000 年版。

耿占春:《失去象征的世界》,北京大学出版社 2008 年版。

洪子诚、刘登翰:《中国当代新诗史》,北京大学出版社 2005 年版。

姜涛:《巴枯宁的手》,北京大学出版社 2010 年版。

《句法》,哑石编,成都时代出版社 2018 年版。

[荷兰]柯雷:《精神与金钱时代的中国诗歌》,北京大学出版社 2017 年版。

冷霜:《分叉的想象》,光明日报出版社2016年版。

李章斌:《在语言之内航行》,人民文学出版社2014年版。

凌越:《与词的搏斗》,安徽教育出版社2012年版。

罗振亚:《朦胧诗后先锋诗歌研究》,中国社会科学出版社2005年版。

《亲爱的张枣》,中信出版社2015年版。

《抒情之现代性》,陈国球、王德威编,生活·读书·新知三联书店2014年版。

孙文波:《在相对性中写作》,北京大学出版社2010年版。

西川:《大河拐大弯:一种探求可能性的诗歌思想》,北京大学出版社2012年版。

奚密:《从边缘出发:现代汉诗的另类传统》,广东人民出版社2000年版。

谢冕等:《百年中国新诗史略:〈中国新诗总系〉导言集》,北京大学出版社2010年版。

颜炼军:《象征的漂移》,广西师范大学出版社2015年版。

杨小滨:《欲望与绝爽:拉冈视野下的当代华语文学与文化》,麦田出版2013年版。

《语言:形式的命名》,孙文波等编,人民文学出版社1999年版。

《在北大课堂读诗》,洪子诚主编,长江文艺出版社2002年版。

臧棣:《诗道鳟燕》,陕西人民教育出版社2017年版。

《中国诗歌:90年代备忘录》,王家新、孙文波编选,人民文学出版社2000年版。

钟鸣:《秋天的戏剧》,学林出版社2002年版。

《最新先锋诗论选》,陈超编,河北教育出版社2003年版。

贾鉴:《先锋诗歌的转折——从1980年代末到1990年代》,上海大学2016年博士论文。

胡旭东(笔名胡续冬):《"九十年代诗歌"研究》,北京大学2002年博士论文。

蔡玉辉:《卞之琳早期诗歌中抒情主体的泛化》,《安徽师范大学学报》2012 年第 5 期。

多多、李章斌:《是我站在寂静的中心——多多、李章斌对谈录》,《文艺争鸣》2019 年第 3 期。

傅元峰:《论当代汉诗抒情主体在诗美整饬中的作用——以杨键、蓝蓝、潘维的诗作为例》,《扬子江评论》2011 年第 4 期。

傅元峰:《错失了的象征——论新诗抒情主体的审美选择》,《文学评论》2016 年第 1 期。

耿占春:《失去象征的日常世界》,《当代作家评论》2008 年第 1 期。

胡桑:《骄傲的听觉——论多多》,《诗建设》2008 年第 2 期。

贾鉴:《多多:张望,又一次提高了围墙……》,《华文文学》2006 年第 1 期。

姜涛:《叙述中的当代诗歌》,《诗探索》1998 年第 2 期。

姜涛:《为"天问"搭一个词的脚手架?——欧阳江河〈凤凰〉读后》,《东吴学术》2013 年第 3 期。

姜涛:《当代诗中的"维米尔"》,《文艺争鸣》2018 年第 2 期。

敬文东:《从唯一之词到任意一词——欧阳江河与新诗的词语问题》,《东吴学术》2018 年第 3—4 期。

柯雷(Maghiel V. Crevel):《中国民间诗刊:一篇文章和一份编目》,李倩冉译,《两岸诗》2019 年第 4 期。

李润霞:《颓废的纪念与青春的薄奠——论多多在"文化大革命"时期的地下诗歌创作》,《江汉论坛》2008 年第 12 期。

李琬:《"宅男"与"武将"——论姜涛的诗》,《翼女性诗刊》2019 年。

李章斌:《多多诗歌的音乐结构》,《当代作家评论》2011 年第 3 期。

李章斌:《语言的悖论与悖论的语言——多多后期诗歌的语言思考与操作》,《中国现代文学研究丛刊》2011 年第 8 期。

李章斌:《"王在写诗"——海子与浪漫主义诗人的自我定位》,《文艺争鸣》2013

年第 2 期。

李章斌:《“保持整理老虎背上斑纹的疯狂”:再读多多》,《扬子江评论》2018 年第 2 期。

刘立杆:《岬角》,《飞地》丛刊第八辑《身份的印证》,2014 年 11 月。

刘志荣:《“我始终欣喜有一道光在黑夜里”——多多论》,《文艺争鸣》2014 年第 6 期。

娄燕京:《“我”与“我们”的辩证法——论穆旦诗歌的人称结构与主体意识》,《中国文学研究》2019 年第 3 期。

罗振亚:《飞翔在“日常生活”与“自己的心情”之间——论王小妮的个人化诗歌创作》,《当代作家评论》2009 年第 2 期。

木叶:《多多:诗人的原义是保持整理老虎背上斑纹的疯狂》,《上海文化》2018 年 9 月号。

欧阳江河、舒晋瑜:《欧阳江河:长诗写作是对抗语言消费的有效方式》,《中华读书报》2013 年 12 月 4 日第 11 版。

欧阳江河、王辰龙:《消费时代的诗人与他的抱负——欧阳江河访谈录》,《新文学评论》2013 年第 3 期。

朴素:《八月空旷——关于诗人多多》,《诗歌月刊》2006 年第 2 期。

谭君强:《论叙事学视阈中抒情诗的抒情主体》,《云南师范大学学报》2016 年第 3 期。

谭君强:《抒情诗中抒情主体的时空存在》,《中国文学研究》2019 年第 1 期。

王敖:《怎样给奔跑中的诗人们对表——关于诗歌史的问题与主义》,《新诗评论》2008 年第 2 辑。

王家新:《知识分子写作或曰“献给无限的少数人”》,《大家》1999 年第 4 期。

西渡:《当代诗歌中的意象问题》,《扬子江评论》2017 年第 3 期。

奚密:《论现代汉诗的环形结构》,宋炳辉、奚密译,《当代作家评论》2008 年第 3 期。

奚密:《“狂风狂暴灵魂的独白”:多多早期的诗与诗学》,李章斌译,《文艺争鸣》2014 年第 10 期。

颜炼军:《诗歌的好故事……——张枣论》,《文艺争鸣》2014 年第 1 期。

颜同林、彭冠龙:《新世纪贵州诗歌抒情主体变迁探析》,《贵州师范学院学报》2012 年第 2 期。

臧棣:《90 年代诗歌:从情感转向意识》,《郑州大学学报(哲学社会科学版)》1998 年第 1 期。

赵彬:《王小妮论》,《文艺争鸣》2009 年第 4 期。

邹汉明:《为窒息的天空持烛——多多论》,《扬子江评论》2018 年第 4 期。

四、相关西方理论、研究专著及作品

(中外文分列,中文以作者译名音序,外文以作者名字字母为序)

[美]艾布拉姆斯:《文学术语词典》(第 7 版,中英对照),吴松江等编译,北京大学出版社 2009 年版。

[美]埃德蒙·威尔逊:《阿克瑟尔的城堡》,黄念欣译,江苏教育出版社 2006 年版。

[墨西哥]奥克塔维奥·帕斯:《诗歌·意象》,《弓与琴》,赵振江等译,北京燕山出版社 2014 年版。

[土耳其]奥尔罕·帕慕克:《天真的和感伤的小说家》,彭发胜译,上海人民出版社 2012 年版。

[法]茨维坦·托多罗夫:《日常生活颂歌:论十七世纪荷兰绘画》,曹丹红译,华东师范大学出版社 2012 年版。

[美]哈罗德·布鲁姆等:《读诗的艺术》,王敖译,南京大学出版社 2013 年版。

[德]海德格尔:《海德格尔文集:荷尔德林诗的阐释》,孙周兴译,商务印书馆 2014 年版。

[美]海伦·文德勒:《看不见的倾听者:抒情的亲密感之赫伯特、惠特曼、阿什

伯利》，周星月、王敖译，广西师范大学出版社 2019 年版。

[美]海·文德勒：《在见证的迫切性与愉悦的迫切性之间徘徊》，黄灿然译，《世界文学》1996 年第 2 期。

[美]华莱士·史蒂文斯：《最高虚构笔记》，陈东飚、张枣译，华东师范大学出版社 2009 年版。

[德]胡戈·弗里德里希：《现代诗歌的结构：19 世纪中期至 20 世纪中期的抒情诗》，李双志译，译林出版社 2010 年版。

[法]加斯东·巴什拉：《空间的诗学》，张逸婧译，上海译文出版社 2013 年版。

[法]加斯东·巴什拉：《梦想的诗学》，刘自强译，生活·读书·新知三联书店 2017 年版。

[法]兰波：《兰波作品全集》，王以培译，作家出版社 2011 年版。

[美]罗伯特·休斯：《文学结构主义》，刘豫译，生活·读书·新知三联书店 1988 年版。

[美]马克·斯特兰德：《寂静的深度：霍珀画谈》，光哲译，民主与建设出版社 2018 年版。

[美]马克·斯特兰德：《我们生活的故事》，桑婪译，湖南文艺出版社 2018 年版。

[罗马尼亚]马林·索雷斯库：《水的空白》，高兴译，上海人民出版社 2013 年版。

[比利时]乔治·布莱：《批评意识》，郭宏安译，百花洲文艺出版社 1993 年版。

[瑞士]斯塔罗宾斯基：《镜中的忧郁：关于波德莱尔的三篇阐释》，郭宏安译，华东师范大学出版社 2012 年版。

[英]托·斯·艾略特：《荒原：艾略特文集·诗歌》，汤永宽、裘小龙译，上海译文出版社 2012 年版。

[英]W.H.奥登：《染匠之手》，胡桑译，上海译文出版社 2018 年版。

[美]韦恩·布斯：《小说修辞学》，华明、胡晓苏、周宪译，北京联合出版公司

2017 年版。

[法]夏尔・波德莱尔:《恶之花 巴黎的忧郁》,钱春绮译,人民文学出版社 1991 年版。

[法]夏尔・波德莱尔:《波德莱尔美学论文选》,郭宏安译,人民文学出版社 2008 年版。

《现代西方文论选》,伍蠡甫等编,上海译文出版社 1983 年版。

[爱尔兰]谢默斯・希尼:《希尼三十年文选》,黄灿然译,浙江文艺出版社 2018 年版。

[法]雅克・朗西埃:《马拉美:塞壬的政治》,曹丹红译,河南大学出版社 2017 年版。

[美]伊丽莎白・毕肖普:《唯有孤独恒常如新》,包慧怡译,湖南文艺出版社 2015 年版。

[美]宇文所安:《追忆:中国古典文学中的往事再现》,郑学勤译,生活・读书・新知三联书店 2014 年版。

[英]约翰・伯格:《观看之道》,戴行钺译,广西师大出版社 2015 年版。

[英]詹姆斯・伍德:《小说机杼》,黄远帆译,河南大学出版社 2015 年版。

[英]詹姆斯・伍德:《不负责任的自我》,李小均译,河南大学出版社 2017 年版。

赵毅衡:《当说者被说的时候:比较叙述学导论》,四川文艺出版社 2013 年版。

《准则与尺度:外国著名诗人文论》,潞潞主编,北京出版社 2003 年版。

[波兰]兹比格涅夫・赫贝特:《赫贝特诗集》,赵刚译,花城出版社 2018 年版。

Arthur Rimbaud, *Rimbaud: Complete Works, Selected Letters,* A Bilingual Edition, translated with an introduction and notes by Wallace Fowlie, Chicago: The University of Chicago Press, 1966.

Harold Bloom, *Wallace Stevens: The Poems of Our Climate*, Ithaca, N.Y:

Cornell University Press, 1977.

Helen Vendler, *The Ocean, the Bird and the Scholar: Essays on Poets and Poetry*, Cambridge: Harvard University Press, 2015.

Jane Hirshfield, *Nine Gates: Entering the Mind of Poetry*, New York: Harper Perennial, 1998.

Marjorie Perloff, *The Dance of the Intellect: Studies in the Poetry of the Pound Tradition*, Evanston, Ill.: Northwestern University Press, 1996.

Paul Valéry, *Œuvres*, Paris:Gallimard, 1957.

Sharon Cameron, *Lyric Time: Dickinson and the Limits of Genre*, London: Johns Hopkins University Press, 1979.

Stéphane Mallarmé, *Œuvres Complètes*, Paris: Gallimard,1945.

五、其他

OCAT 深圳馆展览,"共生:诗与艺术的互文"(2019.9.21—11.10)作品介绍,网址 https://mp.weixin.qq.com/s/VJlYyUiwPJRX2tEI90UncA。

尤伦斯当代艺术中心(UCCA)展览,"戴汉志:5000 个名字"(2014.5.24—8.10)导览册,资料地址 https://ucca.org.cn/exhibition/hans-van-dijk-5000-names-2/。

后　记

这本书中的内容，陆续写于2017年下半年至2020年初。那几年间，因为一些机缘，我对当代诗的体认终于得以走出往昔的瓶颈，也形成了一些让自己兴奋的思考。于是，我在灵感的驱策下写成这些文章。比之于博士论文所应有的更精巧的章节结构，这本书或许更像一本集合了一系列个案研究的文集，记录下我求学阶段对于当代诗的一些感性发现。博士毕业后，当我的思考进入下一阶段，回过头再读这本书中的文字，已觉得过于稚嫩、浅表。许多论断或许不乏灵感的火花，但远未展开更深的理论剖析。我曾想在此基础上大做一番修改，但那几乎无异于重写，因而最终放弃了这一想法，还是依原样呈现在这里，作为我读书时光的一张留影、一种纪念。

感谢南京大学中国新文学研究中心对本书出版的支持，也要感谢南京大学文学院承载了我十年的求学时光，并让我实现了最初的教学理想。此外，还需感谢《文艺争鸣》、《扬子江评论》、《上海文化·新批评》、《江汉学术》、《台北大学中文学报》、《中国现代文学论丛》等期刊对本书中一些章节的发表。

波拉尼奥曾在回答“诗是什么”这一问题时说，“我不知道诗是什么，我不知道。但我知道曾有人非常接近诗这种现象……诗对我而言，是一种颇具少年心气的行为——与其说是行为它更是一种姿态——脆弱的、手无寸铁的少年，赌上自己仅有的一切，去追逐一些他们自己也不知道是什么的东西。而且往往会失败”。我想，这也是我选择读诗的理由。

李倩冉

2023年4月

图书在版编目(CIP)数据

1990年代以来汉语新诗的抒情主体研究 / 李倩冉著. — 南京：南京大学出版社，2024.7

(教育部人文社会科学重点研究基地南京大学中国新文学研究中心学术文库 / 丁帆主编)

ISBN 978-7-305-27420-6

Ⅰ.①1… Ⅱ.①李… Ⅲ.①新诗-诗歌研究-中国-当代 Ⅳ.①I207.25

中国国家版本馆CIP数据核字(2023)第232222号

出版发行 南京大学出版社
社　　址 南京市汉口路22号　　　邮　编 210093

丛 书 名 教育部人文社会科学重点研究基地南京大学中国新文学研究中心学术文库
丛书主编 丁　帆

1990 NIANDAI YILAI HANYU XINSHI DE SHUQING ZHUTI YANJIU
书　　名 1990年代以来汉语新诗的抒情主体研究
著　　者 李倩冉
责任编辑 郭艳娟

照　　排 南京紫藤制版印务中心
印　　刷 南京爱德印刷有限公司
开　　本 718毫米×1000毫米 1/16 印张13 字数200千
版　　次 2024年7月第1版
印　　次 2024年7月第1次印刷
ISBN 978-7-305-27420-6
定　　价 60.00元

网　　址 http://www.njupco.com
官方微博 http://weibo.com/njupco
官方微信 njupress
销售热线 025-83594756